EIFELHERZ

Rudolf Jagusch, 1967 geboren, arbeitet als freier Schriftsteller in der Nähe von Köln. Bekannt wurde er durch zahlreiche Krimis mit regionaler Färbung. Darüber hinaus schreibt er Thriller und veröffentlicht auch unter dem Pseudonym Jan Kilman. Mehr über ihn erfährt man hier: www.rudijagusch.com

RUDOLF JAGUSCH

EIFELHERZ

Eifel Krimi

emons:

Bibliografische Information der Deutschen Nationalbibliothek
Die Deutsche Nationalbibliothek verzeichnet diese Publikation
in der Deutschen Nationalbibliografie; detaillierte bibliografische
Daten sind im Internet über http://dnb.d-nb.de abrufbar.

© Emons Verlag GmbH
Alle Rechte vorbehalten
Umschlagmotiv: shutterstock.com/Leka Sergeeva
Umschlaggestaltung: Nina Schäfer, nach einem Konzept
von Leonardo Magrelli und Nina Schäfer
Umsetzung: Tobias Doetsch
Gestaltung Innenteil: DÜDE Satz und Grafik, Odenthal
Lektorat: Marit Obsen
Druck und Bindung: CPI – Clausen & Bosse, Leck
Printed in Germany 2021
ISBN 978-3-7408-1130-3
Eifel Krimi
Originalausgabe

Unser Newsletter informiert Sie
regelmäßig über Neues von emons:
Kostenlos bestellen unter
www.emons-verlag.de

Dieser Roman wurde vermittelt durch die
Literarische Agentur Kossack GbR.

»Wer sööck, der föngk.«

1

Sie fror. Die Kälte kroch durch ihre Kleidung, kühlte unangenehm die Haut, verursachte ein Frösteln.

carofatal2000 widerstand trotzdem der Versuchung, schneller zu rennen, reduzierte sogar die Geschwindigkeit. Sie wollte nicht verschwitzt aussehen, der Eyeliner sollte nicht verlaufen, das Rouge nicht verschmieren.

Sie sprang über eine Wurzel und folgte dem Pfad, der sie den Berg hinaufführte. Sooft sie es neben ihrem Studium einrichten konnte, lief sie diese Runde. Ihre Hausstrecke. Sie war in der Gemeinde, deren Kirchturmspitze rechts von ihr über die Bäume ragte, groß geworden. Als Kinder hatten sie hier im Wald Räuber und Gendarm gespielt, Baumhäuser gebaut, sich versteckt und Marshmallows geröstet. Letzteres heimlich, da der Förster es nicht gern sah, wenn Kinder im Wald zündelten. Und hinter einem Holunderbusch, nahe bei dem kleinen Bach, der links von ihr plätscherte ... der erste Kuss.

Erneut lief ihr eine Gänsehaut über die Arme. Diesmal lag es nicht an der Kälte, sondern an der Erinnerung. Zuerst die Lippen, die sich ungestüm auf ihre pressten, dann die fleischige, ungeschickte Zunge, die ihren Mundraum wie ein feuchter, fetter Aal ausfüllte. Damit hatte sie nicht gerechnet. Entsetzt hatte sie ihn von sich gestoßen und war davongerannt.

Sie schreckte eine Krähe auf, die auf dem Weg an einem Tierkadaver zupfte. Der schwarze Vogel hüpfte bedächtig zur Seite, ignorierte ansonsten die Joggerin, die das Festmahl störte.

carofatal2000 vermied es, näher hinzuschauen. Nur noch wenige Meter bis zu ihrem Ziel. Sie verdrängte den Gedanken an den aasfressenden Vogel und dachte an das, was vor ihr lag.

Grotesk, was sie inzwischen alles für einen kurzen Clip unternahm. Aber was blieb ihr denn anderes übrig? Um neue

Follower für einen Modeblog zu generieren, genügte es heutzutage nicht mehr, sich vor den PC zu setzen, in die Kamera zu lächeln und ein wenig an der Kleidung zu zupfen. Nein, es musste exklusiver sein. Den Besten unter ihnen gelang es, einfallsreiches Videomaterial und knackige Kommentare brillant zu kombinieren.

carofatal2000 machte sich nichts vor. Sie gab zwar alles für ihren Internetauftritt, doch den Top-zwanzig-Playern in der Modeblogszene konnte sie schlicht nicht das Wasser reichen. Ihr fehlte es an Kreativität, um bei denen da oben mitmischen zu können, und an Geld, um diesen Mangel zu kompensieren. Dazu hätte sie Texter verpflichten müssen, außerdem Leute, die sich mit Schnitt von Bild und Ton auskannten. Doch das konnte sie sich nicht leisten. Sie war schon froh, wenn sie bis zum Monatsende mit ihrem Bafög auskam. Und was sie sich über YouTube hinzuverdiente, reichte gerade, um sich ein wenig Luxus zu gönnen. Schicke Schuhe oder ein teures Parfüm, hin und wieder auch mal einen feuchtfröhlichen Clubbesuch in der Stadt. Mehr war nicht drin. Doch sie war auf dem besten Weg, das zu ändern. Ihr fehlten nur noch eine Handvoll Follower, um die Grenze von zwanzigtausend zu überspringen. Was sich am Ende in barer Münze auszahlen würde. So einfach funktionierte das Internetgeschäft. Wurde man gesehen, schuf man Reichweite, dann lohnte sich das.

Die Schwierigkeit bestand darin, Leute für sich zu begeistern. Anfang des Jahres war *carofatal2000* noch wenig zuversichtlich gewesen, diesen Punkt jemals zu erreichen. Egal, was sie online gestellt hatte, gleichgültig, wie viele Beiträge sie abgeliefert hatte, es waren einfach keine neuen Follower mehr hinzugekommen. In ihrer Verzweiflung hatte sie ihre beste Freundin Pauline um Rat gefragt.

»*Sex sells*«, lautete die Antwort. »Du bist zu sehr das brave Mädchen aus der Eifel. Sei ein wenig verruchter, verlockender, begehrenswerter.«

»Ist das nicht oberflächlich und sexistisch?«

»Klar. Aber so was funktioniert immer. Es surfen genug Kerle durchs Netz, die du damit aufgeilen kannst. Und die Mädels werden wissen wollen, wie du das machst, und deswegen zuschalten. Die Frage ist nur, ob du dazu bereit bist. Wie wichtig ist dir der ganze Scheiß?«

Sehr wichtig, hatte *carofatal2000* nach kurzem Überlegen entschieden. Denn ihr YouTube-Kanal diente nicht allein dazu, sie finanziell zu entlasten. Sie zog aus ihm auch Kraft und Energie für den Alltag, indem sie das bisschen Ruhm, das sie damit erlangte, genoss. Es streichelte ihre Seele, hob sie ein klein wenig von der Masse ab. Das zu spüren, tat ihr gut, belebte sie, trieb sie an.

Also hatte sie ihr Konzept geändert. Sie war dazu übergegangen, bei der Kleiderauswahl ihre schlanke Figur zu betonen und nicht mit Schminke zu geizen. Solange sie nicht nackt posierte, war ihr Auftreten in den Videos vertretbar, fand sie.

Überraschenderweise hatte sich der Erfolg durch diese Maßnahmen schneller eingestellt als erwartet. Schon nach wenigen Tagen war die Follower-Zahl gestiegen, und dieser erfreuliche Trend hatte sich seither nicht mehr umgekehrt.

carofatal2000 erreichte den Waldrand und stieß einen Jauchzer aus. Wie erhofft waberte Bodennebel über die vor ihr liegende Mulde. Pfähle eines Weidezauns schimmerten feucht im Licht der niedrig stehenden Morgensonne, Reif überzuckerte die Äste der Bäume. Sie stellte sich in Position, befestigte ihr Handy am Selfiestick, drückte auf »Aufnahme« und hielt das Konstrukt schräg nach oben. Während sie über ihre neue Laufkleidung sprach, drehte sie sich langsam im Kreis. Sie achtete darauf, den Clip mit der nebelwattierten Wiesenmulde im Hintergrund zu beenden.

Zufrieden mit sich selbst, verstaute sie ihren Stick wieder in ihrer Bauchtasche. Dann checkte sie an Ort und Stelle den Clip. Dazu stellte sie sich in den Schatten eines Buchenstamms. Noch hätte sie die Gelegenheit, alles neu aufzunehmen, sollte zum Beispiel die Sonne geblendet haben. Sie legte Daumen und Zeigefinger auf das Display und zoomte ihr Gesicht heran. Eigentlich wollte sie kontrollieren, ob Mimik und Sprache zueinanderpassten. Doch etwas irritierte sie.

carofatal2000 runzelte die Stirn. Was störte sie, was war ihr unterbewusst aufgefallen? Sollte sie erst zu Hause darauf kommen, würde sie sich darüber ärgern. Es schien alles in Ordnung zu sein. Das Rouge färbte die Wangen, der Lippenstift glänzte zartrot, die Ohrringe funkelten …

Da sah sie es.

Eine Welle der Furcht schwappte über sie hinweg.

carofatal2000 wirbelte herum, suchte am Waldrand das, was sie im Clip gesehen hatte.

Nichts.

Hastig kontrollierte sie erneut den Clip, in der Hoffnung, sich geirrt zu haben. Der helle Fleck zwischen den Bäumen hinter ihr. War das ein Gesicht, eine Gestalt? Sie vergrößerte die Stelle auf Maximum. Eindeutig, ja, jetzt war ein Umriss zu erkennen. Ein Mann, kein Kind, da war sie sich sicher. Jemand hatte sich dort versteckt gehalten und sie heimlich beobachtet. Allerdings waren keine Details zu erkennen, die Linse hatte auf ihr Gesicht fokussiert und den Hintergrund leicht unscharf aufgenommen.

War es nur ein Wanderer gewesen, der hinter einem Baum austrat? Oder ein Pilzsucher, der sie zufällig beim Dreh beobachtet hatte und nicht stören wollte? Wobei … Anfang April und Pilze … Da wäre es sogar wahrscheinlicher, dass ein Hater sie verfolgte, ein Internettroll. Jeder, der einen Blog betrieb, kannte das: Missgünstige, die fiese Kommentare schrieben, beleidigten, motzten oder sogar Morddrohungen formulierten. Auch *carofatal2000* blieb von solchen Widerlingen leider nicht verschont. Aber würde einer von denen so weit gehen, sie im Real Life zu verfolgen, um seine Drohungen in die Tat umzusetzen?

Die Umgebung im Auge behaltend, steckte sie ihr Smartphone in die Hosentasche. Dann bückte sie sich und tat so, als würde sie sich den Schnürriemen zubinden. Dabei umfasste sie den eigroßen Stein, der rechts neben ihrer Schuhspitze lag. Damit würde sie dem Kerl notfalls den Schädel einschlagen.

Aber dazu müsste er sie erst einmal einholen. Was gar nicht so einfach war.

Denn wenn sie eins konnte, war das rennen.

Richtig schnell.

carofatal2000 verlagerte ihr Gewicht auf das gebeugte Bein, achtete darauf, dass ihre Sohlen Halt fanden. Dann spannte sie alle Muskeln an und schnellte los wie ein Sprinter aus dem Startblock.

Nach den ersten Metern durchströmte sie ein Hochgefühl. Ihre Oberschenkel ruckten auf und nieder, die Sohlen berührten immer nur kurz den Boden.

Ha! Sie würde dem Scheißkerl einfach davonlaufen.

Sie riskierte einen raschen Blick über die Schulter.

Nichts zu sehen, niemand verfolgte sie.

»Arschloch«, stieß sie zwischen zwei Atemzügen hervor und sah wieder nach vorn.

Etwas Dunkles flog auf sie zu, ihr blieb keine Zeit, darauf zu reagieren. Der Schlag traf sie vollkommen unvorbereitet.

Von einem Moment auf den anderen schwanden *carofatal2000* alle Sinne, wie abgeschaltet sackte sie in sich zusammen. Den Aufprall auf den Boden spürte sie schon nicht mehr.

2

Hauptkommissar Horst Fischbach, den alle »Hotte« nannten, streifte seine Lieblingslederjacke über und betrachtete sich im Spiegel. Er zog den Reißverschluss hoch, der sich erfreulich leichtgängig bewegte. Die abgespeckten Kilos machten sich positiv bemerkbar. In der Klinik für psychosomatische Erkrankungen hatten sie ihm beigebracht, mehr auf sich zu achten. Eine ausgewogene, vorwiegend mediterrane Ernährung, dazu regelmäßige Auszeiten und viel Bewegung. Er hatte sich an die Ratschläge gehalten, was die Pfunde purzeln ließ.

Fischbach stellte sich ins Profil. Die Schrammen im Leder zeugten von seinem letzten Sturz. Mit dem beherzten Sprung von der Harley hatte Fischbach die für einen Freund gedachte

Kugel gerade noch abgefangen. Ende gut, alles gut. Selbst die Narbe, die an die lebensgefährliche Schussverletzung erinnerte, schmerzte nur noch bei Wetterumschwüngen. Allerdings hatte sich Fischbachs geliebtes Motorrad, eine Harley-Davidson Night Rod Special, bei der Aktion in ihre Einzelteile zerlegt. Eine Restauration wäre ein Projekt für die Ewigkeit geworden. Darum hatte sich Fischbach schweren Herzens für einen anderen Weg entschieden.

Die Schlafzimmertür schwang auf. »Bist du fertig, Schnäuzelchen?«, fragte Sigrid.

»Nenn mich nicht so. Du weißt doch, dass ich das nicht mag. Ich trage ja noch nicht mal so eine Rotzbremse.«

Seine Frau kam herein, drückte sich an seinen Rücken, legte den Kopf auf und schlang die Arme um seinen Körper. »Wie fühlst du dich?«

»Bereit.«

»Versprich mir, dass du es ruhig angehen lässt.«

»Ich halte mich an den Ratschlag des Arztes, keine Sorge.«

Sigrid löste sich von ihm, drehte ihn zu sich herum und drückte ihm einen Kuss auf die Lippen, wobei sie sich auf die Zehenspitzen stellte. Ihre Augen strahlten. »Ich wünsch dir für den ersten Tag viel Glück.«

Fischbach lächelte. »Das hast du gestern Abend schon.«

»Doppelt hält besser. Immerhin ist es dein erster –«

»Es ist *nicht* mein erster Tag. Bin doch kein Frischling. Ich habe schon über dreißig Dienstjahre auf dem Buckel«, unterbrach er sie unwirsch.

»Sei nicht so ein Pedant, Schnäuzelchen. Du weißt, wie ich es meine.« Sie streichelte ihm sanft über die Wange. »Du musst los.«

»Ja.«

Gemeinsam gingen sie nach draußen. Obwohl sie mitten in Kommern wohnten, lag der Duft nach Wald und Wiesen in der Morgenluft. Fischbach konnte den Frühling riechen.

Schnüffel, ihr Hausschwein, schlich heran und grunzte. Er bückte sich und klopfte dem Tier die Schwarte. »Na, du altes Stinktier. Willst du mir auch Glück wünschen?«

Sigrid lachte. »Ein Schwein ist dafür ja geradezu prädestiniert.«
Fischbach fiel in ihr Lachen ein. Er holte einen Apfel aus der bereitstehenden Obstkiste und legte ihn vor Schnüffel ab.

Das Schwein schnupperte mit der Steckdosennase daran, schubste den Apfel aber zur Seite und trottete mit hängendem Kopf ins Haus.

Fischbachs gute Laune verfinsterte sich ein wenig. »Darum muss ich mich dringend kümmern. Das Tier leidet. Früher hätte es niemals einen Apfel verschmäht.«

»Aber nicht heute«, sagte Sigrid und hakte sich bei ihm unter. »Heute ist immerhin dein erster –«

»So, jetzt muss ich aber wirklich los.« Fischbach konnte das mit dem »ersten Tag« nicht mehr hören.

»Ich mache dir das Tor auf.«

Er schritt zur zweiflügeligen Werkstatttür und öffnete sie. Sein Blick fiel auf die Neuanschaffung, und Vorfreude ließ sein Herz pochen. Da stand sie, die neue Maschine. Glitzerte und funkelte wie im Prospekt. Wieder eine Harley, eine Spezialanfertigung von Sohn Motorcycles in Speyer, schwarz lackiert. Gleich würde er einen der derzeit stärksten Milwaukee-Eight-V-Motoren mit hundertfünfundsechzig Pferdestärken und zweihundertzweiundvierzig Newton Drehmoment zum Leben erwecken und den unter Last ballernden, im Standgas blubbernden Sound genießen.

Fischbach schnappte sich den Stahlhelm, streifte die Handschuhe über, setzte sich auf den Sattel und hob das Motorrad vom Ständer. Schlüssel ins Schloss, Daumen auf den Knopf für den Anlasser, zwei, drei Kolbenhübe, dann zündete das Benzin-Luft-Gemisch, und der hubraumgroße Motor erwachte zum Leben. Die Vibrationen schüttelten Fischbachs Körper und vertrieben jegliche Restmüdigkeit aus seinen Muskeln.

Er kuppelte ein und rollte los. Zum Abschied winkte er Sigrid, dann war er auf der Straße und beschleunigte. Wie von einer Feder gezogen schoss die Harley voran.

Fischbach stieß einen Freudenschrei aus. Derart lebendig und energiegeladen hatte er sich seit Jahren nicht gefühlt. »Atemlos durch die Nacht …«, sang er laut, bis: »Nein, wir wollen hier nicht weg.« Dann drehte er am Gashebel, reckte die Faust in die Höhe und rief: »*Hotte is back!*«

3

Fischbach betrat die Euskirchener Polizeibehörde durch den Hintereingang und zögerte. Der Flur war verwaist. Schade. Ein zwangloser Plausch direkt am Anfang seiner Dienstaufnahme hätte ihm gefallen.

Bei der Fahrt über den Parkplatz hatte er den orangen Porsche 911 seines Kollegen Jan Welscher gesehen. Dieser hatte sich in den Sportwagen während ihres letzten gemeinsamen Falls verliebt. Der Mord an einem Oldtimerhändler hatte sie in ein Autohaus geführt. Da Welscher genau an dem Tag seinen alten Wagen verschrottet hatte, lieh ihm der Werkstattmeister den Siebziger-Jahre-Porsche. Seither war es um Welscher geschehen gewesen, und bereits kurz darauf hatte er den Wagen gekauft.

Dass die Karre auf dem Hof stand, bedeutete, dass Welscher im Dienst war.

Fischbach stürmte die Treppe ins erste Obergeschoss hinauf, nahm dabei gleich zwei Stufen auf einmal. Oben angekommen, schnaufte er zwar, aber trotzdem freute er sich über seine zurückgewonnene Fitness.

Sein Büro, das er sich mit Welscher teilte, war das erste auf der linken Seite. Die Tür stand offen, und Fischbach trat schwungvoll ein. Zu seiner Enttäuschung war der Kollege nicht anwesend.

Fischbach zog seinen Drehstuhl unter seinem Schreibtisch hervor und setzte sich. Die Teleskopfeder protestierte mit einem Quietschen. »Auch für dich ist heute Dienstantritt«, erklärte Fischbach und drehte sich übermütig im Kreis, stoppte die Karussellfahrt dann, indem er mit den Händen auf der Arbeitsplatte abbremste.

Er seufzte.

Jemand hatte den Schreibtisch geschrubbt und damit alle seine Notizen, die er gewöhnlich mit Bleistift direkt auf die Oberfläche kritzelte, ausradiert. Es würde eine Weile dauern, die wichtigsten Telefonnummern und Informationen wieder zusammenzubekommen. Er fuhr den Computer hoch, und auf dem Bildschirm erschien die Passwortabfrage.

Fischbach zog die Stirn kraus. Verflixt und zugenäht! Auch das Kennwort hatte er auf dem Schreibtisch notiert gehabt, sicherheitshalber, da er die Zeichenfolge selten länger als drei Tage im Kopf behielt. Auf Welschers Anraten hin hatte er sich einen kryptischen Zugangscode mit großen und kleinen Buchstaben, Zahlen und Sonderzeichen ausgedacht. Unmöglich, das nach Monaten aus dem Gedächtnis zu rekonstruieren. Früher hatte er auf Kombinationen wie »aabbccdd«, »eifelliebe« oder »sigrid« gesetzt. Da hätte er noch eine winzige Chance gehabt, sich zu erinnern. Doch so? Niemand konnte sich über Monate hinweg so was wie »Gt4$i@LvR« merken.

Ärgerlich schob Fischbach die Tastatur von sich weg. Das hatte er nun davon. Nachher musste er in der IT anrufen und das Passwort zurücksetzen lassen. Er zog nacheinander die Schubladen auf und fragte sich, ob die Süßigkeiten unten rechts noch genießbar waren. Egal. Er würde nachher eine Schüssel aus der Küche holen, sie dort hineinfüllen und auf den Tisch stellen. Käme jemand vorbei, um ihn zu begrüßen, könnte er zumindest etwas anbieten.

Mit spitzen Fingern nahm Fischbach die Tafel Schokolade heraus, die auf der Gummibärchentüte lag. Das Verfallsdatum war lange überschritten, aber ansonsten sah sie fabrikneu aus. »Wird schon nicht giftig sein«, murmelte er, legte sie zurück und schloss die Schublade.

Er verschränkte trotzig die Arme vor der Brust. Die Kolleginnen und Kollegen waren selbst schuld, wenn sie hier bei ihm alte Schokolade vorgesetzt bekamen. Sie hätten ihn ja auch mit einer kleinen Willkommensfeier überraschen können. Über eine leckere Eifeler Mokkacremetorte hätte er sich riesig gefreut. Gut, ja, okay, eine Torte wäre vielleicht zu viel des Guten gewesen. Dann halt eine Appeltaat vom Blech. So etwas zu backen, stellte keine hohe Kunst dar. Und überhaupt: Wo steckten die denn alle? Warum kam niemand vorbei? Ein Betriebsausflug, von dem er nichts wusste? Oder gar eine Personalversammlung?

Fischbach stand auf. Diesen Fragen würde er jetzt gleich mal auf den Grund gehen. Er musste sich ohnehin bei Bönickhausen, seinem Vorgesetzten und alten Freund, zurückmelden. Auf dem Weg dorthin würde er schon irgendjemandem begegnen. Und falls nicht, würde Bönickhausen wissen, was hier los war.

Er wollte gerade in den Flur treten, da bog Welscher um die Ecke und stieß mit ihm zusammen.

»Was …«, entfuhr es dem jüngeren Kollegen in einem ärgerlichen Ton. Dann hellte sich seine Miene auf, und er rief: »Hotte! Mensch, dich hatte ich ganz vergessen. Dabei hab ich dir extra einen Kuchen gebacken. Wollte dich damit überraschen.« Welscher deutete auf eine große Sporttasche, die in der Ecke hinter seinem Schreibtisch stand.

»Mokkacremetorte?«, rutschte es Fischbach heraus. Im selben Moment spürte er, wie ihm die Röte ins Gesicht stieg.

Welscher stutzte. »Eine Torte?« Amüsiert schüttelte er den Kopf. »Ansprüche hast du ja nicht gerade, oder? Aber ich verstehe schon. Hat dir garantiert dein Seelenklempner in der Reha eingeflüstert. So nach dem Motto: Äußere, was du denkst, wie du dich fühlst, was du dir wünschst, nicht wahr?«

»Blödsinn. Kam mir … äh … nur zufällig in den Sinn« beeilte sich Fischbach zu sagen. Gerührt ergänzte er: »Das wäre aber doch nicht nötig gewesen.«

Welscher zwängte sich an ihm vorbei und nahm seine Jacke vom Haken. »Ach was, gern geschehen. Ist nur eine Apfeltaat, also kein großes Ding.« Er checkte sein Handy. »Ich muss los, wir reden später …« Er brach ab und sah ihn an. »Weißt du was?«

»Äh … nein.« Fischbach war in Gedanken schon bei dem Kuchen gewesen, doch Welscher schien anderes im Sinn zu haben.

»Du kommst mit«, bestimmte er.

»Wohin?«

Welscher kritzelte etwas auf einen Notizzettel und reichte ihn Fischbach. »Weißt du, wo das ist?«

»Klar«, entgegnete der, nachdem er die Adresse gelesen hatte. »Was ist denn da?«

»Einsatz, mein Lieber.« Welscher schob ihn zur Tür. »Eine Leiche, vermutlich ein Verbrechen. Die Spurensicherung ist bereits unterwegs. Die konnten gerade noch drei Leute zusammenkratzen.«

Nebeneinander hasteten sie die Treppe hinunter.

»Was meinst du mit ›zusammenkratzen‹?«, fragte Fischbach.

»Hast du nicht bemerkt, wie leer es hier ist?«

»Schon.«

»Alle krank.«

Fischbach riss entsetzt die Augen auf. »Doch nicht wieder dieses Virus!«

»Nein, keine Sorge. Die meisten von uns sind dagegen geimpft«, sagte Welscher. »Hier in der Dienststelle grassiert die Grippe. Auch nicht schön, aber bisher ist Gott sei Dank niemand daran gestorben. Hoffen wir, dass es so bleibt. Bönickhausen hat es ebenfalls erwischt. Brauchst somit keine Sorge zu haben, dass der Chef dich vermisst.«

Bevor sie sich auf dem Parkplatz trennten, rief Welscher noch: »Kuchen gibt es später. Die Zeit nehmen wir uns, versprochen.« Dann sprang er in den Porsche und schoss davon.

Fischbach setzte den Helm auf. Bevor er den Motor startete, schnaufte er durch. Wird wohl nichts mit einem ruhigen Wiedereinstieg, dachte er. Keine Stunde zurück im Dienst, und alles ist wieder so stressig wie früher.

Dann betätigte er die Zündung, gespannt darauf, was ihn vor Ort erwartete.

4

Auf der Fahrt ärgerte sich Fischbach. Welscher hätte ihn auf Stand bringen sollen. Das hätte ihm die Gelegenheit verschafft, sich erste Gedanken über den Fall zu machen. Was das gemeinsame Ermitteln anging, waren sie offensichtlich aus der Übung.

Kurz vor Dreiborn bog er nach links auf die Kreisstraße 66 ab, einige hundert Meter weiter folgte er einem asphaltierten Wirtschaftsweg, der ihn ins Scheckenbachtal führte. Vor einer Weile hatte er in der Zeitung über die Renaturierung gelesen, die hier angegangen wurde. Der Kreis und die Stadt Schleiden hatten Rohre entfernt, die für im Wasser wandernde Arten wie zum Beispiel Flusskrebse unpassierbar waren. So war dem Bach wieder großzügig Raum gegeben worden. Und tatsächlich kamen die Tiere nach und nach zurück.

Der Weg führte mit einem sanften Rechtsschwenk hangabwärts. Die kahlen Bäume zeugten davon, dass hier der Frühling noch nicht eingezogen war. Am Ende der Kurve erspähte Fischbach einen Streifenwagen, der neben einem grauen VW-Bulli stand und den Weg abriegelte. Dahinter parkte Welschers Porsche.

Fischbach stellte seine Maschine ab und grüßte mit erhobener Hand die beiden »Grünen«, die im Streifenwagen Wache hielten. Er kannte sie flüchtig von früheren Einsätzen. Sie erwiderten den Gruß. Da sie nicht ausstiegen, schienen sie ihn erkannt zu haben. Seelenruhig aßen sie weiter ihre Brötchen und schlürften Kaffee aus Bechern.

Fischbach hängte den Helm über den Lenker und orientierte sich. In der Talmulde plätscherte der Bach und teilte eine Wiese, auf der einige Pferde grasten. Ein Bretterverschlag am oberen Ende des eingezäunten Areals diente den Tieren als Unterstand. Irgendwo trommelte ein Specht, Insekten summten.

Dort, wo der Bach im Unterholz des Waldes verschwand, arbeitete die Spurensicherung. Fischbach zählte vier Personen, Welscher mit eingerechnet. Sein Kollege sprach mit einer Frau, die Fischbach nicht kannte. Sie steckte in einem weißen Papieroverall.

Er hob das im Wind flatternde Absperrband an, bückte sich darunter hindurch und stapfte auf die beiden zu. Er war froh, die Motorradstiefel zu tragen, denn seine Sohlen versanken beinahe komplett in dem aufgeweichten Boden. Jeder Schritt wurde von einem Schmatzen begleitet.

»Wo ist denn Feuersänger?«, fragte Fischbach, als er bei den Kollegen ankam. Der Leiter der Spurensicherung war sonst immer der Erste und der Letzte an einem Fundort. »Auch krank?«

»Nee«, antwortete Welscher. »Hast du's noch nicht gehört? Feuersänger hat im Lotto gewonnen.«

»Und das soll ihn von einem Fall abhalten?«, entgegnete Fischbach zweifelnd. »Der ist doch mit seiner Arbeit verheiratet.«

»Ah, gutes Stichwort.« Welscher grinste. »Seine Frau hat ihm die Pistole auf die Brust gesetzt: Entweder Urlaub, Reisen und jede Menge Luxus, oder sie ist weg. Sie meinte wohl, sie hätte lange genug die zweite Geige gespielt. Vor diese Entscheidung gestellt, hat Feuersänger klein beigegeben.« Er wandte sich an die Frau. »Das ist mein Kollege Horst Fischbach«, sagte er. »Aber alle nennen ihn nur Hotte. Und Hotte, das ist die Kollegin Aalto, vom Polizeipräsidium Bonn abgeordnet. Sie vertritt bis auf Weiteres unseren allseits beliebten und überaus knuffigen Feuersänger.«

Welschers sarkastischem Unterton entnahm Fischbach, dass zwischen den beiden immer noch eine Abneigung bestand. Manche Dinge änderten sich nie.

Die Kollegin nickte. »So ist es. Und bevor du fragst, Hotte: Aalto ist mein Nachname. Ich habe finnische Wurzeln.« Sie deutete mit einer flüchtigen Bewegung ihrer Hand auf ihre blauen Augen und ihre blonde Pagenfrisur. »Ich bin das lebende Klischee einer Skandinavierin, sieht man davon ab, dass ich etwas zu klein geraten bin. Du kannst mich Maila nennen.«

Fischbach nickte und hielt ihr die Hand hin.

Sie grinste, hob fragend die Augenbrauen und unterließ es, zuzugreifen. »Nichts gelernt aus der Coronakrise?«

Fischbach zog seine Hand so rasch zurück, als hätte er sich an einer heißen Herdplatte verbrannt. »Ach so, klar. Ist nur … äh … weil früher haben wir immer … äh … es gemacht.«

Jetzt lachte Aalto. »So, so, *gemacht* habt ihr es also. Das müssen ja wilde Zeiten gewesen sein.«

Fischbach spürte, wie er rot anlief, verzichtete allerdings auf eine Erklärung. Das hätte alles nur noch verschlimmert.

Welscher fiel in das Lachen ein und klopfte Fischbach auf die Schulter. »Ich sollte dich warnen. Maila eilt ein Ruf voraus.«

»Ach ja? Welcher denn?«, fragte sie überrascht.

»Du sollst fluchen wie ein Bierkutscher, ein freches Mundwerk haben und auch vor Zweideutigkeiten nicht zurückschrecken.«

Sie stemmte die Hände in die Seite, spielte die Entrüstete. »Fehlt nur noch, dass ich Wodka flaschenweise saufe wie angeblich alle Finnen.«

»Hatte ich vergessen«, sagte Welscher. »Ja, auch das.«

Fischbach drückte den Rücken durch, fest entschlossen, der Kollegin kein weiteres Mal die Möglichkeit zu bieten, ihn hochzunehmen. »Dann weiß ich ja jetzt Bescheid.« Er sah sich suchend um. Ein ebenfalls in einen Schutzoverall gehüllter Spurensicherer fotografierte am Rand der Weide einen Haufen Reisig. Zwischen dem toten Gehölz lugte eine bleiche Hand hervor. »Wer hat die Leiche gefunden?«

»Ein ehemaliger Landwirt aus der Gegend«, antwortete Welscher. »Er hat mit seinem Hund bei den Pferden nach dem Rechten gesehen.«

»Wo ist er jetzt?«

»Die Streifenhörnchen haben ihn zur Schafbachmühle gefahren. Er wartet dort.«

»Gut. Um den kümmern wir uns dann später«, sagte Fischbach. Er wies mit dem Kinn in Richtung der Leiche. »Können wir uns das anschauen?«

»Klar«, sagte Maila Aalto. »Bleibt aber in meinem Fahrwasser. Wegen der Spuren, ihr wisst schon.«

Sie ging voraus. Bei der Leiche angekommen, sagte sie: »Das Opfer ist weiblich, Anfang, Mitte zwanzig und liegt schon etwas länger hier. Aber dazu wird die Gerichtsmedizin fundierter Auskunft geben können.«

Fischbach hockte sich hin, hob vorsichtig die oberen Äste an und schob sie zur Seite. Ein bleiches Gesicht kam zum Vorschein, aus dem braune Augen leblos zum Himmel starrten. Die

Tote war unbekleidet. Dunkle, schulterlange Haare, ein zierlicher Körperbau, die Haut grün angelaufen, auf dem linken Oberarm die Tätowierung eines Drachenkopfes in der Größe eines Bierdeckels. Fischbach zückte das Handy und fotografierte die Zeichnung.

»Du wirst richtig modern auf deine alten Tage«, meinte Welscher anerkennend. »Früher warst du ja nicht dafür bekannt, moderne Technik einzusetzen.«

»Hatte in der Therapie genug Zeit, mich damit auseinanderzusetzen«, brummte Fischbach. Dann inspizierte er wieder die Leiche. Maden krochen aus den Körperöffnungen, es roch süßlich nach Verwesung.

Hinter sich hörte er Welscher würgen. »Daran werde ich mich nie gewöhnen«, keuchte der Kollege.

»Was ist mit ihrer Kleidung?« fragte Fischbach. »Habt ihr sie gefunden?«

»Bisher nicht«, antwortete Maila Aalto. »Auch keine Handtasche oder Ähnliches.«

»Okay. Sonst etwas, das uns helfen könnte?«

Sie deutete den Bach entlang in Richtung der Straße. »Auf der Wiese haben wir nur Spuren von Hufen und die Stiefelabdrücke des alten Landwirtes gefunden. Zuerst sah es so aus, als wäre das Opfer bis hierhin geflogen. Doch im Bachbett gibt es tiefe Kuhlen im Schlamm. Ich bin mir sicher, dass die von den Schuhen des Täters stammen. Leider ist kein Profil mehr zu erkennen, alles schon ausgewaschen. Trotzdem lege ich mich fest: Der Täter ist mit der Leiche von der Straße kommend durch den Bach gewatet und hat sie dann ins Unterholz geworfen.«

Welscher hockte sich neben Fischbach. »Todesursache? Was meinst du?«

»Hm. Äußerlich erscheint sie unversehrt.«

»Und der Unterarm?«

Fischbach schaute genauer hin. »Die Einstichstelle?«

»Ja.«

»Junkie? Überdosis?«

»Hm, weiß nicht. Dann wäre ihr Körper von dem Konsum

gezeichnet. Ich dachte eher daran, dass sie vergiftet worden sein könnte.«

»Intravenös?«

»Warum nicht?«

»Okay. Sollten wir im Hinterkopf behalten.« Fischbach sah zu Maila Aalto auf. »Können wir sie umdrehen?«

Sie rief ihre Kollegen herbei und bedeutete ihnen mit einem Kreisen ihres Zeigefingers, was zu tun war. »Aber schön vorsichtig.«

Welscher und Fischbach erhoben sich und traten zur Seite. Kurz darauf lag die Leiche auf dem Bauch. Gas entwich dem toten Körper und verschlimmerte den Gestank.

»Puh, was für eine Scheiße«, fluchte Maila Aalto.

»Kein Einschussloch, keine Hieb- oder Schnittwunde«, stellte Fischbach fest. »Spricht für deine Vergiftungstheorie.«

Welscher hatte sich Latexhandschuhe übergezogen und tastete dort, wo die Leiche eben noch rücklings gelegen hatte, den Waldboden ab. Dann betrachtete er seine Handflächen. »Kein Blut, keine Exkremente.«

»Schauen wir uns gleich auch noch näher an und nehmen Proben«, erklärte Maila Aalto.

Welscher zog die Handschuhe aus und drückte sie ihr zwecks Entsorgung in die Finger. »Macht das. Ich tippe darauf, dass wenig zu finden sein wird. Wie es scheint, wurde sie bereits tot hier abgelegt.«

Fischbach brummte eine Zustimmung. »Selbst wenn sie nur bewusstlos war: Das hier ist nicht der Tatort. Sieht mir sehr nach einer Beseitigung des Corpus Delicti aus.«

Welscher nickte. »Bin auf den Bericht der Rechtsmedizin gespannt. Schlage vor, wir hören uns jetzt mal an, was der Zeuge zu sagen hat.«

Sie verabschiedeten sich von Maila Aalto und gingen zurück zu ihren Fahrzeugen, wo sie von den Streifenpolizisten empfangen wurden, die ihr Frühstück inzwischen beendet hatten.

Der größere der beiden wandte sich an Welscher. »Leitest du hier die Ermittlung?«

Fast hätte Fischbach aus alter Gewohnheit heraus widersprochen. Im letzten Moment schluckte er sein »Nein, ich!« herunter.

»Ja. Warum?«, fragte Welscher.

»Die Staatsanwältin hat eben durchgeben lassen, dass sie sich ein Bild vor Ort machen möchte. Du sollst sie einweisen.«

Welscher seufzte und wandte sich an Fischbach. »Da muss ich wohl durch, oder?«

»Gehört dazu.«

»Kannst du das Gespräch mit dem Bauern allein übernehmen?« Fischbach blickte ihn irritiert an. »Selbstverständlich. Was soll die Frage?«

»Nun, erster Tag und so. Ich will dich nicht zu sehr einspannen und womöglich überfordern.«

Fischbach ballte die Hände zu Fäusten. Wenn noch einmal irgendjemand den »ersten Tag« erwähnte, dann würde er aufschreien. »Ich komme schon klar, keine Sorge«, sagte er, nahm den Stahlhelm vom Lenker und setzte ihn auf. »Die Personenbeschreibung des Opfers werde ich ebenfalls allein an die Dienststelle durchgeben. Das überfordert mich auch nicht.«

Er startete die Harley, rollte los und hoffte, Welscher würde es mit seiner überzogenen Fürsorge nicht zu weit treiben. Ansonsten musste er Klartext reden.

5

Unglaublich!

Jetzt erinnerte sich Fischbach wieder. Vor Jahren war er hier mit Sigrid bei einer Wanderung vorbeigekommen, und schon damals hatte er kaum einen Blick von der Schafbachmühle abwenden können.

Unfassbar!

Diese Bauform raubte einem den Atem. Dass so etwas in der traditionsbehafteten Eifel überhaupt erlaubt war.

Er ging über die Brücke, unter der der Bach gurgelte, auf das Gebäude zu. Am liebsten hätte er den Architekten zur Rede gestellt. Der *musste* bei der Konstruktion irgendetwas geraucht haben. Hörte man in der Eifel von einer Mühle, dann hatte man sofort ein Haus im Fachwerkstil vor Augen. Das Erdgeschoss mit Bruchsteinen gemauert, seitlich ein Mühlrad, eckige kleine Fenster zwischen den Balken, die Licht einließen, im Idealfall ein mit Schiefer gedecktes Dach.

So hatte hier in der Gegend eine Mühle auszusehen – und nicht derart entsetzlich unpassend wie das, was sich hier vor Fischbach erhob: ein unverputzter grauer Betonklotz, der einem Hochbunker glich. Das Einzige, was ansatzweise an eine Mühle erinnerte, war ein frei stehendes Mühlrad.

Nach Fischbachs Geschmack war das eine groteske Bausünde.

Er zog an der Tür zur Gaststätte. Abgeschlossen. Die Augen mit der flachen Hand abgeschirmt, drückte er die Nase ans Glas. Er sah einen Mann, der vom Erscheinungsbild her ausgezeichnet zu den Wildecker Herzbuben passen würde. Er trug sogar genau wie die beiden Volksmusikanten eine rote Weste über einem weißen Hemd, dazu eine schwarze Bundfaltenhose.

Der Mann hatte ihn bemerkt, er kam den Gang zwischen den Tischen entlang, stoppte vor der Eingangstür, tippte demonstrativ auf seine Uhr am Handgelenk und schüttelte den Kopf.

»Polizei!«, rief Fischbach und zog die Kriminaldienstmarke, die er am Schlüsselring mit dem Zündschlüssel der Harley mit sich führte, aus der Hosentasche. Er drückte die ovale Messingscheibe gegen das Glas.

Der Herzbube kam näher, warf einen prüfenden Blick darauf und schloss auf. »Kommen Sie wegen dem Kurt?«

Seine Stimme hörte sich kratzig und belegt an. Zeitlebens Zigaretten und zu viel Schabau, vermutete Fischbach.

»Der Kurt ist wer?«

»Na, der Kurt halt. Der hat vorhin doch die Leiche gefunden.«

»Dann will ich tatsächlich zu Kurt.«

Der Mann trat zur Seite. »Ich bin der Wirt hier. Mir gehört auch der Campingplatz.« Er hielt Fischbach die Hand hin.

Fischbach grinste. »Nichts aus der Krise gelernt?«

Der Wirt streckte energisch den Arm vor. »Alles nur Fake, glauben Sie mir das. Die da oben wollen uns doch nur kleinhalten, sag ich. Und dieser Will Bates oder wie der noch mal heißt … Der ist der Allerschlimmste. Ist so, weiß ich!«

Fischbach war entschieden nicht dieser Ansicht. Warum sollten »die da oben« das wollen? Um diktatorische Macht auszuüben, gäbe es bessere Methoden, als eine Volkswirtschaft mit Lügen gegen die Wand zu fahren. Man musste sich nur die Machenschaften der ungarischen Regierung anschauen. Dazu benötigte man kein Virus. Allerdings wollte er darüber nicht mit dem Herzbuben diskutieren. »Kann ja trotzdem nicht schaden, ein wenig vorsichtig zu sein«, sagte er daher. »Bei uns in der Dienststelle geht die Grippe um.«

Sofort zog der Wirt den Arm zurück. »Grippe kann ich nicht gebrauchen.« Er ließ bellend seinen Raucherhusten hören, dann sagte er: »Der Hammes-Kurt sitzt vorn.«

In einer Nische neben der Theke saß ein Mann, dem man das hohe Alter ansah. Aus einem wettergegerbten Gesicht mit tiefen Falten schauten Fischbach quicklebendige Augen entgegen. Auf dem Kopf trug Hammes eine Brakelmann-Mütze, graues, lockiges Haar lugte unter dem Stoffrand hervor. Am Kinn des Alten klebte ein Pflaster, vermutlich aufgrund eines Schnittes bei der letzten Rasur. Ein Schäferhund lag an seiner Seite. Das Tier schaute kurz auf, legte den Kopf dann wieder auf die Vorderpfoten.

Fischbach begrüßte den Mann und zog einen Stuhl unter dem Tisch hervor. Der Wirt brachte ihm ein Wasser und verzog sich dann für die Vorbereitungen des Mittagsgeschäfts in die Küche.

»Sie haben also die Leiche gefunden«, eröffnete Fischbach das Gespräch.

Der Alte wiegte den Kopf. »Genau genommen war es der Kommissar.«

Fischbach, der bereits weiterreden wollte, stutzte. Hatte der Alte einen Ratsch im Kappes?

Die Mundwinkel des Alten zuckten amüsiert. Er beugte sich

hinab und tätschelte dem Schäferhund die Flanke. »Das ist der Rex. In der Familie nennen wir ihn wegen der Fernsehserie auch gern den ›Kommissar‹.«

Fischbach verstand. Er lächelte, zog sein Notizbuch aus der Innentasche seiner Lederjacke und schlug eine leere Seite auf. »Sie heißen Kurt Hammes?«

»Richtig. Ich wohne in Berescheid, nur ein paar Meter von hier den Hang hoch. Bin sogar dort geboren, eine Hausgeburt. Früher war das nicht ungewöhnlich.«

Fischbach ließ ihn reden, froh darüber, dass Kurt Hammes nicht zu den verschlossenen Eifelern gehörte, denen man alles aus der Nase ziehen musste.

»Ich werde dieses Jahr vierundneunzig Jahre alt, gehe aber trotzdem jeden Tag meine Runde, um nach den Pferden zu sehen. Wer rastet, der rostet, nicht wahr? Ich möchte mich aber nicht mit fremden Federn schmücken. Am Ende ist es doch ein Geschenk Gottes, dass ich noch so gut beieinander bin.« Er faltete die Hände und schien ein stummes Stoßgebet zur Decke zu senden. »Die Pferde hat mein Sohn wegen der Mädchen angeschafft. Meine beiden Enkelinnen sind Wildfänge, kann ich Ihnen sagen.« Die Augen des alten Mannes schienen auf einmal zu leuchten. »Ich musste lange warten. Mein Sohn hat erst spät jemanden gefunden, als Landwirt ist das ja nicht einfach. Welche Frau will denn heutzutage noch auf einen Hof ziehen? Die schmutzige, schwere Arbeit mit den Tieren, der Gestank, die Existenzängste, kaum Urlaub, das alles schreckt ab. Aber meine Schwiegertochter hat sich daran nicht gestört. Gutes Mädel, die kann anpacken.«

Fischbach merkte, dass er den Alten nun doch einfangen musste, ansonsten würde er noch bis zum Nachmittag hier sitzen. »Sie sind also zu den Pferden. Wann war das?«

»So gegen sechs. Bei Einsetzen der Morgendämmerung.«

»Frühaufsteher?«

Der Alte lachte. »Wie man es sieht. Ein Indianer würde mich wohl ›Der mit wenig Schlaf auskommt‹ nennen. Trotzdem war ich heute etwas früher unterwegs als sonst. Der Rex konnte es nicht erwarten. Er war die letzten Tage krank. Durchfall. War nicht schön, das ganze Haus riecht noch danach.« Der Alte rümpfte die Nase, tätschelte dabei dem Schäferhund kurz den Kopf. »Gut für uns alle, dass das vorbei ist. Heute erschien mir der haarige Kommissar wieder fit genug für unseren Inspektionsgang.«

Das erklärt, warum der Hund die Leiche nicht schon vor Tagen gefunden hat, dachte Fischbach.

»Im Tal lass ich ihn von der Leine«, sagte der Alte. »Damit er sich austoben kann.«

»Und während Sie mit den Pferden beschäftigt waren, hat Rex die Leiche aufgespürt?«

»Ja. Er bellte plötzlich wie wild. Erst habe ich gedacht, er hätte einen Dachsbau gefunden. Die Viecher kann Rex gar nicht leiden, da dreht er durch und legt sich sofort mit ihnen an. Doch so ein Dachs ist frech, der lässt sich nichts gefallen. Ist mehr als einmal vorgekommen, dass Rex mit einer blutigen Schnauze zurückkam, weil er den Kampf als Verlierer beenden musste. Daher bin ich zu ihm und wollte ihn fortziehen. Tja, und da lag das Mädel dann.« Er zog ein antiquiertes Nokia-Handy aus der Innentasche seiner Hose und zeigte es wie ein Beweisstück vor. »Habe sofort die Polizei verständigt.«

»Ist Ihnen sonst noch etwas aufgefallen?«

Hammes schüttelte entschieden den Kopf. »Nichts. Die Vögel haben gesungen, der Bach hat geplätschert, alles war wie immer.« Er nahm einen Bierdeckel und zupfte an der Pappe. »Ich war schon erschrocken, hatte lange keine Leiche mehr gesehen. Im Krieg war das ja fast normal, aber seitdem? Vor Jahren meine Frau, Gott hab sie selig. Das war es aber auch schon.« Er machte eine kurze Pause. »Darf ich Sie auch was fragen?«

»Selbstverständlich. Das ist hier ja kein Verhör. Was wollen Sie wissen?«

»Sie gehen von einem Mord aus, richtig?«

»Wie kommen Sie darauf?«

»Ist doch naheliegend. Eine nackte Tote, unter Reisig verborgen …« Hammes lächelte traurig. »Wer eins und eins zusammenzählt, der kann sich das ausrechnen.«

Fischbach nickte. »Das behalten Sie aber bitte für sich. Denn es kann, obwohl im Moment einiges darauf hindeutet, auch alles ganz anders gewesen sein. Ich habe in meiner Laufbahn schon einige Fälle bearbeitet, bei denen sich ein vermeintliches Verbrechen als eine Verkettung von unglücklichen Umständen herausstellte. Und wenn der Schein trügt, will ich niemanden in Angst und Schrecken versetzt haben.«

»Ich kann schweigen wie ein Grab.«

»Das höre ich gern.« Fischbach notierte sich Hammes' Telefonnummer und Adresse, klappte dann das Notizbuch zu. Er bedankte sich und verließ das Restaurant.

Draußen vor der Tür rief er die Dienststelle an. Zu seiner Freude meldete sich Andrea Lindenlaub. Die alleinerziehende Mutter eines Sohnes war seine Lieblingskollegin. Sie besaß einen wachen Verstand und ein hilfsbereites Wesen. Ihre Stimme zu hören, wärmte ihm das Herz, auch wenn sie sich erkältet anhörte.

»Ich bin wieder da«, sagte er. Mann, wie gut es sich anfühlte, das zu sagen! Als hätte er mit letzter Kraft eine Oase erreicht, nachdem er tagelang durch eine Wüste geirrt war.

»Hotte!«, rief Andrea Lindenlaub freudig aus. »Wie geht es dir? Du warst vorhin schon unterwegs, als ich zum Dienst kam.« Sie hustete krächzend.

»Du hörst dich nicht gut an.«

»Bin auch gleich wieder weg. Gestern dachte ich noch, es wäre nichts, aber jetzt hat es mich leider ebenfalls erwischt.«

»Dann sieh zu, dass du nach Hause kommst.«

»Was wolltest du denn?«

»Damit will ich dich nicht belasten. Verschwinde und leg dich ins Bett.«

Sie lachte heiser. »Ja, Papa. Jetzt sag schon. Geht es um die Tote im Tal?«

»Ja, jemand soll die Vermisstenanzeigen durchgehen. Wir müssen wissen, wer sie ist.«

»In Ordnung, gib mir die Beschreibung …«

»Das kommt gar nicht in Frage!«

»… dann werde ich unsere Anwärterin darauf ansetzen. Ist ein pfiffiges Mädchen.«

»Ach so, gut.« Fischbach beschrieb das Aussehen der Toten. »Ich schicke dir ein Foto von dem Tattoo.«

»Wo hast du das denn her?«

»Das habe ich mit dem Handy gemacht.«

»*Du?*«

»Jetzt fang du nicht auch noch an.«

Sie lachte. »Verstehe. Jan hat dich deswegen schon aufgezogen, richtig?«

Fischbach brummte eine Zustimmung.

»Dann will ich mal nicht in die gleiche Kerbe hauen. Ich setze die Anwärterin in dein Büro, so musst du sie später nicht suchen.«

»Bestens, danke.«

»Eins noch, Hotte.«

»Ja?«

»Ich muss dich vorwarnen, hier ist Land unter. Ich habe den Boten gebeten, die offenen Fälle zu euch zu bringen. In eurem Büro stapeln sich jetzt die Akten. Ich hätte mir einen anderen Einstand für dich gewünscht.«

»Du kannst ja nichts dafür. Und jetzt ab nach Hause.«

6

Sigrid begrüßte Welscher mit einer herzlichen Umarmung. »Du hast dich in letzter Zeit ganz schön rargemacht«, tadelte sie ihn mit einem Lächeln im Gesicht.

Fischbach schob sich an den beiden vorbei und setzte sich in der Wohnküche auf seinen angestammten Platz auf der schmalen Seite der Eckbank. »In meinem Magen scheint sich ein schwarzes Loch gebildet zu haben«, sagte er. »Was gibt es denn?«

Da sein Zuhause auf dem Rückweg von der Dreiborner Hochebene zur Dienststelle lag, hatte er Sigrid vorhin angerufen und sie gebeten, etwas zu essen für ihn und Welscher zu zaubern. Daheim schmeckte es immer noch am besten.

Welscher rutschte auf die Längsseite. Sigrid verteilte Geschirr und Besteck, dann nahm sie den Topf vom Herd und stellte ihn mittig auf den Tisch. »Eifeler Knudeln, meine Herren. Greift zu.« Aus dem Kühlschrank holte sie noch eine Schüssel Apfelmus und setzte sich zu ihnen.

Fischbach ließ Welscher den Vortritt, anschließend lud er sich ordentlich den Teller voll.

»Wie war dein Einstand, Schnäuzelchen?«, fragte Sigrid.

Fischbach hörte abrupt auf zu kauen. »Du sollst mich nicht Schn–«

Sigrid tätschelte seine Hand. »Ich weiß.«

»Und es war kein Ein–«

»Weiß ich doch auch. Also, Schnäuzelchen, wie war dein Einstand?«

Welscher lachte, Fischbach verdrehte genervt die Augen, lächelte aber.

»Es gibt einen neuen Fall«, begann Welscher zu erzählen, da Fischbach die Knudeln so gierig in sich reinschaufelte, dass er nicht zum Sprechen kam. Er berichtete, was sie bisher wussten.

»Die Arme«, sagte Sigrid mitfühlend, als er geendet hatte. »Wer sie wohl ist?«

Fischbach nahm sich nach. »Kriegen wir raus. Haben wir bisher immer.« An Welscher gewandt fragte er: »Werden wir Euskirchener die Mordkommission bilden? Oder machen das inzwischen wieder die Bonner?«

»Wenn dem so wäre, hätten wir schon heute Morgen eine Abordnung von denen empfangen dürfen. Es ist kaum zu glauben, aber das Projekt ›Dezentralisierung der Mordkommissionen in Nordrhein-Westfalen‹ läuft immer noch. Wir ermitteln also weiterhin in eigener Zuständigkeit. Und wenn du mich fragst, wird es auch noch lange so bleiben. Niemand in Düsseldorf scheint den Arsch in der Hose zu haben, eine endgültige Entscheidung zu treffen und das Projekt zu beenden.«

Eine Weile aßen sie schweigend. Als Welscher fertig war, lehnte er den angebotenen Nachschlag ab. »Das war ausgezeichnet, Sigrid. Aber ich kann nicht mehr.«

»Dann nehme ich den Rest«, sagte Fischbach.

Sigrid schüttelte den Kopf. »Du frisst wieder wie ein Scheunendrescher. Wenn du so weitermachst, hast du bald deine alte Figur zurück.«

»Macht doch nichts, Sigrid.« Welscher lachte, streckte sich und klopfte Fischbach auf den Bauch. »Hotte denkt sich halt: Warum sich mit einem Sixpack zufriedengeben, wenn man auch ein Fass haben kann?«

»Blödmann«, brummte Fischbach. »Aber ihr habt recht. Ich lasse das Apfelmus weg.«

Zurück im Büro, erwartete sie die Anwärterin, eine sportliche junge Frau, die Fischbach auf Mitte zwanzig schätzte. Ihre braunen Haare hatte sie zu einem Pferdeschwanz gebunden, vor ihren Füßen lief ein Heizlüfter. Sie trug eine Uniform und saß zwischen Aktenbergen an Fischbachs Schreibtisch. Zur Begrüßung winkte sie ihnen lässig zu. »Ich bin die Lea.« Sie tippte auf ihr Namensschild. »Kruse«, ergänzte sie.

»Ich hab es nicht so mit dem Förmlichen«, sagte Welscher und setzte sich auf den Stuhl an seinem Schreibtisch. »Duzen ist schon in Ordnung.«

»Gern«, trällerte Lea Kruse und blickte erwartungsvoll auf Fischbach.

»Bin der Hotte.« Er schaute sich um. »Hatten wir nicht mal Besucherstühle?«

Lea Kruse sprang auf. »Sorry, wie unhöflich von mir. Ist ja dein Platz. Ich besorge mir rasch was anderes zum Sitzen.«

Bevor Fischbach sie stoppen konnte, war sie zur Tür hinaus. Mit einem Stöhnen setzte er sich.

»So anstrengend?«, fragte Welscher. »Oder quält dich der Knudelberg in deiner Wampe?«

Fischbach ignorierte den Kommentar und nahm die oberste Akte vom Stapel. »Es wird uns Tage kosten, das abzuarbeiten. Und es ist viel zu warm hier.« Er beugte sich runter und schaltete den Heizlüfter aus. »Da läuft einem direkt die Brühe in die Arschritze.«

Beim Hochkommen stieß er sich den Hinterkopf an der Tischplatte. »Mist, verdammter!«

Lea Kruse war wieder da und wurde Zeugin des Malheurs. »Ach, stimmt ja, der Heizlüfter, 'tschuldige. Den habe ich mir von Andrea geliehen, weil ich immer kalte Füße habe.«

»Draußen sind zwanzig Grad«, wandte Fischbach ein.

»Trotzdem«, erwiderte Lea Kruse. »Ich könnte mit meinen Zehen einen See einfrieren.« Sie nahm den mitgebrachten Stuhl und platzierte ihn so neben den Aktenbergen, dass sie Welscher und Fischbach ansehen konnte. »Wollt ihr auf Stand gebracht werden?« Erwartungsvoll sah sie von einem zum anderen, als würde sie einem Tennisspiel zuschauen.

»Leg los«, forderte Welscher.

Sie fischte ihr Tablet von Fischbachs Schreibtisch und tippte darauf herum. »Der erste Anrufer war der Herr Gilles«, sagte sie. »Er bittet dich um Rückruf, Hotte. Du hättest seine Nummer.«

»Hat er gesagt, worum es geht?«, fragte Fischbach. Gilles war ein Kollege von den Streifenhörnchen und hatte streckenweise ein geradezu überbordendes Selbstbewusstsein.

»Nein. Nur dass du ihn *jederzeit* anrufen kannst.«

Fischbach rieb sich die Stirn. »Hört sich ja geheimnisvoll an.«

»Vielleicht will er dir nur Hallo sagen«, mutmaßte Welscher. »Von wegen ›zurück im Dienst‹ und so.«

»Glaube ich nicht. Dafür bittet doch niemand um Rückruf. Wenn man niemanden erreicht, versucht man es später einfach erneut.«

»Wie du weißt, ist Gilles meiner Einschätzung nach nicht der hellste Stern im Universum. Dem traue ich alles zu.« Welscher machte eine auffordernde Geste in Richtung der Anwärterin. »Weiter im Text.«

Lea Kruse nickte beflissen. »Vor einer halben Stunde hat die Rechtsmedizin angerufen und durchgegeben, dass die Leiche eingetroffen ist. Obduktionsbeginn ist morgen um zehn Uhr. Sie lassen fragen, wer von euch dabei sein will.«

Welscher nickte. »Ich werde das übernehmen. Bitte teile denen das mit.«

»Okay.« Lea Kruse löste den Stift von der magnetischen Halterung des Tablets und machte sich eine Notiz. »Dann hat vor einer Stunde eine Frau ... Moment, wie war das noch gleich? Der Name war ungewöhnlich ...«

»Aalto?«, half Fischbach aus.

»Ja!« Sie kniff die Augen zusammen und richtete den Stift auf Fischbach. »Genau die.«

»Sie leitet im Moment die Spurensicherung«, sagte Welscher, »und war vorhin ebenfalls vor Ort.«

»Ich soll euch ausrichten, dass sie und ihr Team bereits die Spuren auswerten«, berichtete Lea Kruse. »Mit Dampf im Kessel, wie sie mehrfach betont hat. Und wenn sie fertig ist, will sie einen Wodka mit euch ... äh ... genießen.«

Welscher grinste. »Hat sie wirklich ›genießen‹ gesagt?«

»Nee«, gab Lea Kruse zu. »Mehr so etwas wie ... Warte, ich habe es mitgeschrieben.« Sie wischte über das Tablet. »Also, ich zitiere: ›Sag den beiden Säcken, dass nach der Arbeit das Vergnügen kommt. Ich gebe die Tage einen Kennenlernwodka aus. Können wir dann zusammen saufen.‹«

»Dat es me e Leefje«, murmelte Fischbach.

Lea Kruse sah ihn etwas ratlos an. »Muss ich das verstehen?«

»Inhaltlich vollkommen richtig, was der Kollege da gesagt hat, aber nicht so wichtig«, sagte Welscher. »Da du das nicht verstanden hast, nehme ich an, dass du nicht von hier bist.«

»Das stimmt. Geboren bin ich in Saarbrücken. Aber wir sind nach Wolfsburg gezogen, als ich fünf Jahre alt war. Mein Vater ist Werkzeugmacher und bekam damals bei Volkswagen eine Stelle.«

»Und wieso jetzt ausgerechnet die Eifel?« Welscher schüttelte sich mit angewidertem Gesichtsausdruck, so als hätte er etwas Ekliges gegessen. »Hier will man doch nicht freiwillig tot überm Zaun hängen.«

Sie formte ein Herz aus Daumen und Zeigefingern. »Ich bin zu meinem Freund gezogen.« Sie seufzte glücklich. »Wir haben uns bei einem Mallorca-Urlaub kennengelernt. Und so hat es mich am Ende zu ihm nach Marmagen verschlagen.«

»Ihr hättet auch nach Wolfsburg ziehen können«, wandte Welscher ein. »Immer noch besser als die Eifel.«

»Nick ist hier geboren und wollte nicht fort. Du magst die Gegend wohl nicht?«

Welscher wiegte den Kopf. »Nicht wirklich, aber ich habe mich arrangiert.«

»Mir gefällt es hier. Die Landschaft ist schön, viel Natur und so. Nur mein Pferd fehlt mir.« Sie wirkte auf einmal gar nicht mehr so glücklich. »Fidda, ein Schimmel.«

»Ist er gestorben?«, fragte Fischbach.

»Nein. Er ist betagt, aber rüstig.«

»Warum dann die Traurigkeit?«

»Eigentlich will ich Fidda in die Eifel holen. Nur weiß ich nicht, wie ich weiterhin einen Stall finanzieren kann. Die Anwärterbezüge … nun ja. Reicht fürs Leben, aber nicht auch noch für ein Pferd. Bisher haben mich meine Eltern unterstützt. Aber mein Vater ist jetzt Rentner, und der Unterhalt für ein Pferd ist nicht billig.«

»Dein Freund könnte dir doch helfen«, schlug Welscher vor.

»Darüber haben wir geredet. Aber weißt du, er arbeitet bei einem Unternehmen in Stadtkyll. Die setzen dort eine Wahnsinnsidee um, richtig spannend. Es geht dabei …« Sie stoppte ihren Redefluss und winkte ab. »Ein andermal, im Moment gibt es wichtigere Dinge. Nur so viel: Mein Freund brennt für seinen Job, aber der Verdienst ist eher besch… äh … bescheiden.« Wieder schaute sie für einige Sekunden verliebt drein, dann räusperte sie sich und fragte: »Sollen wir weitermachen?«

»Nur zu«, sagte Fischbach. Er hatte fürs Erste genug über ihr Privatleben gehört und hätte es seltsam gefunden, wenn sie noch mehr erzählen würde. Sie kannten sich ja gerade erst ein paar Minuten.

Lea Kruse wurde wieder sachlich. »Ich habe während eurer Abwesenheit die Vermisstenanzeigen gecheckt und denke, ich bin fündig geworden.« Sie streckte sich über die Rückenlehne zum Drucker und zog ein Blatt Papier aus dem Auswurf. »Melina Wegener, dreiundzwanzig Jahre alt, Studentin der Umweltingenieurwissenschaften an der RWTH Aachen, wohnhaft bei ihren Eltern in Stolberg. Letztgenannte waren vor zwei Wochen auf der Wache und haben die Tochter als vermisst gemeldet. Da war sie bereits zwei Nächte nicht nach Hause gekommen. Laut Aussage der Mutter hat sie alle ihr bekannten Kontakte der Tochter abtelefoniert, jedoch erfolglos. Nirgends hat sie geschlafen, niemand hat sie seit dem 20. März gesehen, auf Anrufe reagiert sie nicht. Noch nicht einmal die Mailbox springt mehr an. Sie sei, so der Vater, wie vom Erdboden verschwunden. Als Erkennungsmerkmal wurde von den Eltern ein Tattoo zu Protokoll gegeben, ein Drachenkopf am linken Oberarm.« Sie reichte Fischbach den Ausdruck und deutete auf eine Zeile. »Adresse und Telefonnummer der Eltern.«

Welscher holte tief Luft und blies die Wangen auf. »Scheint ein Treffer zu sein. Was meinst du, Hotte?«

»Ja, bingo.« Fischbach stemmte sich aus dem Stuhl. »Ich denke, wir schieben das nicht auf die lange Bank und klären das direkt.«

»Und was mache ich?«, fragte Lea Kruse.

»Du kündigst uns an«, sagte Welscher. »Aber bitte bleib unverbindlich. Soll heißen, lass dich am Telefon zu keiner Aussage hinreißen oder nötigen. *Wir* klären das auf, verstanden?«

»Ich könnte auch von unterwegs anrufen«, bot sie an.

Fischbach schüttelte den Kopf. »Ein andermal.« Er konnte ihr nachfühlen, dass sie einbezogen werden wollte. Doch sie würde in ihrer Karriere leider noch oft eine schlechte Nachricht überbringen müssen, das wusste er. Und der Ansicht einiger Außenstehender, daran gewöhne man sich mit der Zeit, widersprach er stets vehement. Es war eine seelische Pein, den Hinterbliebenen zu erklären, dass sie den Sohn, die Tochter oder den geliebten Partner nie wieder in die Arme schließen würden. Er konnte zwar nicht verhindern, dass Lea Kruse diese grausame Aufgabe irgendwann einmal bewältigen musste. Doch es stand in seiner Macht, sie zumindest hier und jetzt davor zu bewahren. Und vielleicht würde sie es ihm sogar danken, wenn sie heute Abend selig in den Armen ihres Freundes lag und sie gemeinsam fernsahen.

Beim Hinausgehen fiel sein Blick auf Welschers Kuchen. Obwohl er ansonsten zu einer süßen Verführung selten Nein sagen konnte, verspürte er keinen Appetit. Das, was ihnen bevorstand, füllte seinen Magen aus wie ein Wackerstein.

7

Sah man von drei Ordnern ab, die Studienmaterial enthielten, standen im Bücherregal ausschließlich Fantasyromane. Die fand man auch zu einem Turm gestapelt auf dem Nachttischschränkchen. Selbst auf dem Ohrensessel neben dem Fenster lag ein Roman, dessen rankenverziertes Cover mit dem silbernen Schwert in der Mitte eindeutig auf das Genre Fantasy einstimmte.

An eine Korkwand über dem Schreibtisch hatte Melina Wegener mit einer schwungvollen Handschrift beschriebene Kärtchen geheftet. Fischbach ging über den hochflorigen Teppich darauf zu und überflog die Notizen. Es waren Szenenabhandlungen und Figurenbeschreibungen. Zauberer, Zwerge, Elfen und Trolle bahnten sich den Weg durch die Handlungsstränge.

Auf dem Schreibtisch lagen Ratgeber. Er nahm zwei davon zur Hand. »Helden, Helfer und Halunken – Perfekte Figuren für Ihren Roman« stand in großen weißen Lettern auf dem einen Cover, der Titel des anderen lautete »Das Zauberer-Handbuch«. Er legte sie zurück, neben die Box in Drachenform, aus deren offenem Rücken bunte Stifte ragten. »Mehr ein Igel«, murmelte Fischbach.

Eine Wasserflasche stand am Bett, ein angebrochener, runder Blister lag neben den Romanen auf dem Nachttisch. Fischbach drehte ihn um. Auf der Rückseite waren Wochentagskürzel aufgedruckt, die meisten Tabletten waren bereits entnommen worden. Er zählte fünf, die noch unangetastet waren, die erste davon war mit einem »So« gekennzeichnet.

Von unten hörte er Welscher, der mit den Eltern sprach.

Vor einer halben Stunde waren sie bei den Wegeners in Stolberg eingetroffen. Als Welscher den beiden die Fotos des Opfers vorlegte, war rasch klar geworden, dass es sich bei der Leiche im Wald tatsächlich um Melina Wegener handelte. Die Mutter hatte bei dem Anblick einen Schwächeanfall bekommen, gerade noch rechtzeitig konnte ihr Mann sie auffangen und auf das Sofa legen.

Während Welscher jetzt versuchte, mehr über das Verschwinden der Tochter in Erfahrung zu bringen, hatte Fischbach darum gebeten, Melinas Zimmer inspizieren zu dürfen.

»Hatte Ihre Tochter mit jemandem Streit?«, fragte Welscher gerade.

Dem Zimmer der jungen Frau nach zu urteilen, konnte die Antwort nur Nein lauten. Alles wirkte so friedlich und ausgeglichen. Melina Wegener las gern, ließ sich dabei in andere, fremde Welten führen. Zudem schrieb sie neben dem Studium selbst an einem Roman. Da blieb wenig Raum für Streitigkeiten, die in einem Mord gipfelten, sollte man meinen.

»Nein«, hörte Fischbach den Vater sagen. »Melina ist ... war ... ein durch und durch friedvolles ... Mädchen.« Die Stimme brach ihm beim letzten Wort weg, und ein Schluchzer erklang.

Fischbach wurde es schwer ums Herz. Er fühlte mit dem Vater. Er kannte den Schmerz eines solchen Verlustes, der sich tief in die Seele brannte und dort alles an Lebensfreude auffraß, aus eigener leidvoller Erfahrung. Hätte seine Tochter auch studiert oder sich an einem Roman versucht? Wie hätte sie ihr Zimmer eingerichtet? Eher schlicht? Eher bunt? Oder wäre sie früh flügge geworden und ausgezogen? Wer wusste schon, welche Interessen die Kinder entwickeln, wenn sie erwachsen wurden? Fischbach hatte all das bei seiner Tochter nicht miterleben dürfen. Er hatte sie auf dem Gewissen, sein Fehler hatte sie getötet. Und ebenso ihre Mutter, seine erste Frau. Ein Verkehrsunfall unter Alkoholeinfluss ...

Fischbach wischte sich fahrig über die feuchten Augen. Scheiße! Die Schuldgefühle und der Selbsthass hatten ihn damals bis an den Rand des Selbstmords getrieben. Sigrid konnte ihm am Ende darüber hinweghelfen. Aber Verdrängen war nicht gleich

Vergessen. Immer mal wieder brodelte es in ihm auf, drohte, ihn erneut zu verschlingen. So wie jetzt gerade.

Er straffte sich. Immerhin hatte er es endlich geschafft, den alten Ford Capri, in dem sie verunglückt waren und den er über Jahrzehnte, abgedeckt unter einer Plane, in der Werkstatt unangetastet ließ, entsorgen zu lassen. Zumindest von dieser Altlast hatte er sich trennen können. Den frei gewordenen Platz hatte Fischbach genutzt, um dem Hausschwein Schnüffel ein Refugium aus Stroh einzurichten, in das es sich zurückziehen konnte. Dazu hatte er ein Loch ins Mauerwerk der Garage gestemmt und eine Klapptür eingebaut, damit das Schwein jederzeit rein und raus konnte.

»Gab es neue Freundschaften? Hatte sich der Freundeskreis verändert?«, fragte Welscher.

»Nein, nicht dass wir wüssten.« Wieder der Vater, raue Stimme, schwach und nur mit angestrengtem Horchen zu hören.

»Wir benötigen die Daten aller Personen, mit denen Melina Umgang hatte. Können Sie für uns eine Liste zusammenstellen?«

Diesmal ein dünnes »Ja« von der Mutter.

Welscher stellte weitere Fragen. Ob den Eltern an ihrer Tochter etwas Ungewöhnliches aufgefallen sei, was sie am Tag ihres Verschwindens getragen habe und so fort. Routine für einen Kriminalbeamten, ein Gräuel für die Hinterbliebenen.

Fischbach hörte nicht weiter zu.

In einem prall gefüllten Leitzordner, der unter dem Schreibtisch stand, fand er fein säuberlich abgeheftet die persönlichen Unterlagen von Melina Wegener. Oberflächlich blätterte er sie durch. Briefe von der Sparkasse, Absagen von Verlagen, Studienbescheinigungen, Informationen zu einem Fonds, der nur Umwelttechnologieaktien im Portfolio führte. Er legte den Ordner auf das Bett und öffnete das auf dem Schreibtisch liegende MacBook. Der Rechner fuhr automatisch hoch. Ein Passwort schien es nicht zu geben, denn es erschienen sofort Programmsymbole. Gut, dachte er, das erleichtert die Sache ungemein. Er klappte das Notebook zu und legte es zum Leitzordner. Danach suchte er nach einem Versteck, in dem Melina Wegener ein Tagebuch aufbewahrt haben könnte. Er tastete im Kleiderschrank zwischen der zusammengelegten und gestapelten Wäsche nach einem Einband, klopfte den Korpus nach einem doppelten Boden ab, sah unter das Bett, fand dort aber nur Staubflusen. Den Sessel kippte er vornüber, kontrollierte, ob das Futter gelöst worden war, befühlte den Stoff. Er nahm die Bücher zur Hand, schlug sie auf, um sich zu vergewissern, dass es sich tatsächlich um die Romane handelte, die die Klappentexte anpriesen.

Nach einigen Minuten gab er die Suche auf. Kein Versteck, keine Geheimnisse.

Fischbach nahm den Leitzordner und das Notebook und ging nach unten.

Dort schien Welscher fürs Erste ebenfalls zum Ende gekommen zu sein, denn er steckte gerade sein Smartphone, auf dem er sich alles notierte, in die Jackentasche. »Soll ich jemanden für Sie anrufen?«, fragte er die Wegeners.

Sie reagierten nicht, schienen in ihrem Kummer gefangen.

»Herr Wegener?«, insistierte Welscher sanft.

Melinas Vater sah auf, rot geränderte Augen in einem fahlen Gesicht. »Bitte?«

»Sollen wir jemanden benachrichtigen? Einen Verwandten oder einen Seelsorger vielleicht?«

Der Mann schüttelte den Kopf. »Schon gut. Wir kommen klar.«

Fischbach zeigte den beiden das Notebook und den Ordner. »Haben Sie etwas dagegen, wenn wir das mitnehmen?«

Die Mutter richtete sich ein klein wenig auf. Obwohl die Antwort auf der Hand lag, fragte sie: »Warum?«

»Vielleicht finden wir etwas, das uns zum Verantwortlichen führt«, erläuterte Fischbach.

Herr und Frau Wegener sahen sich kurz an, dann nickten sie im Gleichklang.

Welscher und Fischbach verabschiedeten sich mit dem Versprechen, sie in Bezug auf die Ermittlungen auf dem Laufenden zu halten.

An ihren Fahrzeugen angekommen, atmete Fischbach tief

durch. Um das Bild der trauernden Eltern zu verdrängen, sah er sich um. Die Burg, das weithin sichtbare Wahrzeichen der Stadt, überragte den historischen Altstadtkern. Die Gemäuer der Wohngebäude, der Türme und Wehrgänge reflektierten hell das Licht der Nachmittagssonne. Die Vicht, eher ein breiter Bach als ein kleiner Fluss, gurgelte munter plätschernd direkt an den Fachwerkhäusern entlang durch das kleine Städtchen. Fischbach ließ die Schönheit des Ortes einen Moment lang auf sich wirken. Es half, er fühlte sich gleich besser.

Er legte das Notebook und den Ordner in den Porsche. Welscher öffnete auf der anderen Seite die Tür, setzte sich aber noch nicht auf den Fahrersitz, sondern fragte: »Kuchen?«

Fischbach horchte in sich hinein. Der Wackerstein von vorhin hatte sich aufgelöst. Er nickte. »Jetzt ist wieder Platz für ein kleines Stückchen.«

8

Jan Welscher lenkte den Porsche entspannt über die B 51 in Richtung Kronenburg.

Was für ein Tag.

Ein neuer Mordfall, und Hotte war zurück am Arbeitsplatz. Er kam genau richtig, bei den ganzen Erkrankungen in der Dienststelle konnten sie jeden gut gebrauchen. Außerdem mochte er es, mit ihm Ideen und Ansätze durchzugehen. Es war von Vorteil, Fälle mit Kollegen zu besprechen, die gegebenenfalls weitere Schlussfolgerungen zogen. Dafür mussten sie natürlich die Traute haben, dem leitenden Ermittlungsbeamten, also ihm, zu widersprechen. Und Fischbach war genau aus diesem Holz geschnitzt.

Auf ihren Schreibtischen stapelten sich die Fälle beinahe sämtlicher Kollegen. Gestohlene Betriebsstoffe von einer Baustelle, eine Einbruchsserie in Mechernich, Körperverletzung im Music Club in Schleiden, Brandstiftung im Freilichtmuseum … eine schier unendliche Liste mehr oder weniger brisanter Straftaten. Sie hatten sich, um sich einen Überblick hinsichtlich der Dringlichkeiten zu verschaffen, so sehr in die Akten eingewühlt, dass sie noch nicht einmal einen Blick in Melina Wegeners Notebook und den Leitzordner geworfen hatten. Das mussten sie unbedingt morgen als Erstes angehen. Die Anwärterin, die fleißig mithalf, hatten sie um sechs nach Hause geschickt. Und gegen halb acht war dann auch bei ihnen die Luft raus gewesen. »*Rien ne va parapluie* oder so ähnlich«, hatte Fischbach gescherzt und seine Lederjacke übergestreift.

Stumm lächelte Welscher. Er hatte den Kollegen vermisst, zeitweise sogar gefürchtet, Fischbach würde nicht mehr in den Dienst zurückkehren. Die Psyche war mitunter wie ein Mahlstrom, der einen unkontrolliert herumwirbelte und in dem man zu ertrinken drohte. Gott sei Dank sah es so aus, als hätte Fischbach trotz aller Rückschläge und Widrigkeiten am Ende doch das rettende Ufer erreicht. Und sein Appetit schien angesichts des riesigen Stücks Kuchen, das er am Nachmittag nach ihrer Rückkehr aus Stolberg heißhungrig verdrückt hatte, auch wieder zurückgekehrt zu sein.

Das Smartphone, das, von einem Schwanenhals gehalten, an der Windschutzscheibe hing, begann zu klingeln. Auf dem Display erkannte Welscher die Festnetznummer seiner Mutter. Sie hatte bereits mehrfach versucht, ihn zu erreichen. Während der Arbeit hatte er ihre Anrufe ignoriert. Jetzt meldete sich das schlechte Gewissen. Er nahm das Gespräch an und hoffte, seine Mutter würde ihm keine Vorwürfe machen. »Ja?«

Einen kurzen Moment lang hörte er nur ein Rauschen, dann sagte seine Mutter: »Vater ... Also, dein Vater ... Er hat es geschafft.«

Welscher seufzte. Was war jetzt schon wieder los?

Sein schwer an Demenz erkrankter Vater erkannte inzwischen nicht mehr die eigene Frau. Außerdem litt er an einer Weglauftendenz. Eine unverschlossene Haustür sorgte ziemlich sicher für einen Spaziergang über alle Eifeler Berge, und dann musste man die gesamte Umgebung nach ihm absuchen.

Das ständige Aufpassen auf ihren Mann hatte Welschers Mutter erschöpft. Doch obwohl sie nur noch aus Haut und Knochen zu bestehen schien, weigerte sie sich, ihren Mann in ein Heim zu geben.

Welscher rieb sich genervt über die Nasenwurzel und reduzierte die Geschwindigkeit. Überholen konnte er gerade nicht, also blieb ihm nichts anderes übrig, als hinter einem Lastwagen herzuschleichen. »Was hat er angestellt?«

Sofort ärgerte er sich über seinen misslaunigen Tonfall. Doch was auch geschehen war, am Ende lief es vermutlich wieder darauf hinaus, dass er sich bei den Kollegen von der Streife entschuldigen musste, weil die seinen Vater ohne Schuhe und völlig derangiert irgendwo aufgegriffen hatten. Darauf hatte er schlicht keine Lust.

»Angestellt?« Seine Mutter klang verwirrt, zugleich hörte sich ihre Stimme dünn und zerbrechlich an. Anders als sonst.

»Mama? Alles in Ordnung?«, fragte Welscher mit einem unguten Gefühl in der Magengrube.

Wieder rauschte es in der Leitung, dann sagte seine Mutter: »Das Herz, sagt der Doktor.«

»Okay, verstehe. Hat der Arzt etwas verschrieben?«

»Wieso … nein. Das bringt doch nichts.«

»Bitte? Hat das etwa der Doktor behauptet?«, rief Welscher empört. »Na, das ist ja wohl die Höhe. Ich kenne einen guten Kardiologen in Köln. Der soll Vater mal richtig durchchecken. Ich versuche gleich morgen früh, einen Termin zu bekommen.« Er stieß einen etwas verächtlich klingenden Laut aus. »Nichts gegen euren Hausarzt, aber seine Ausbildung ist ja schon eine Weile her.« Er kannte den Arzt seiner Eltern, ein Landarzt der alten Schule, immer im Einsatz, ob zu den Sprechzeiten in der Praxis oder auf Hausbesuch bei Patienten, die nicht mehr in die Praxis kommen konnten. Kaum eine Minute der Ruhe, obwohl er bereits über siebzig war. »Wer weiß, ob er die neuesten medizinischen Methoden und Forschungsergebnisse überhaupt kennt.«

Seine Mutter räusperte sich. Mit belegter Stimme sagte sie: »Jan, dein Vater ist tot.«

Im ersten Augenblick glaubte Welscher, sich verhört zu haben. Trotz der Demenz war sein Vater ein rüstiger Geselle. So jemand starb doch nicht einfach von heute auf morgen.

»Was ... Bist du dir sicher?«, platzte er heraus, bemerkte aber sogleich, wie unsinnig die Frage war. Dass seine Mutter einem Missverständnis aufgesessen sein könnte oder gar einen makabren Scherz mit ihm trieb, war nicht anzunehmen. »Was ist geschehen?«, korrigierte er sich daher.

»Er ist heute Mittag hoch unters Dach. Hat etwas von ›Sterne schauen‹ gemurmelt.«

»Auf dem Dachboden steht immer noch das Teleskop.«

»Ja. Er ist also los, ganz so wie früher ... Vermutlich eine alte Routine, an die er sich kurzzeitig erinnern konnte. Ich ließ ihn gewähren. Ist doch schön, dachte ich. Und dann bin ich auf dem Wohnzimmersofa eingenickt. Bitte mach mir deswegen keine Vorwürfe ... Ich weiß, das war dumm, aber ich ... Nachts kann ich kaum schlafen, ich muss ja aufpassen ...«

»Schon gut«, stoppte Welscher ihre Selbstvorwürfe. »Erzähl mir einfach, was vorgefallen ist.«

»Nur eine halbe Stunde, mehr war es nicht. Dann bin ich hochgeschreckt und habe nach ihm gesehen.« Sie schwieg für einige Sekunden. »Er saß in seinem alten Sessel. Erst habe ich gedacht, er schläft ... Aber dann ...« Sie schluchzte. »Ach je, wäre ich doch nur bei ihm geblieben.«

»Das hätte nichts geändert.« Welscher war sich nicht sicher, ob das stimmte. Ein rasch herbeigerufener Notarzt hätte mit einer Reanimation vielleicht Erfolg gehabt. Doch was half es jetzt noch, darüber nachzudenken?

Er hörte, wie seine Mutter in ein Taschentuch schnaubte. Dann sagte sie: »Herzstillstand ... einfach ... weggestorben. Sie haben ihn vorhin abgeholt. Jan ... Es ist so still im Haus. So unglaublich still ... Was soll jetzt werden?«

Der Lastwagen vor Welscher bog nach links in Richtung Dahlem ab. Trotz freier Fahrt hielt Welscher das Tempo. Sicher war sicher. Er war zu aufgewühlt, um dem Porsche die Sporen zu geben. »Soll ich vorbeikommen?« Er spürte einen Kloß im Hals.

»Das wäre schön. Aber Larissa wartet bestimmt auf dich.«

Larissa war Lars, sein Freund, ein ehemaliger Bankangestellter, der Luxemburg und seinem alten Job den Rücken gekehrt hatte, um sich der Kunst zu widmen. Dabei lebte er gleichzeitig seinen Hang zum Transvestitismus aus und trat in der Kunstwelt als Malerin namens Larissa auf. Ziemlich erfolgreich sogar. Einige ihrer Bilder hingen inzwischen in angesehenen Galerien verschiedener europäischer Großstädte. Und neben Artikeln in regionalen und überregionalen Zeitungen wie der Frankfurter Allgemeinen, der Zeit und der Süddeutschen war auch ein ausführliches Interview mit ihr in der Zeitschrift »Art« erschienen. Welscher wurde manchmal fast schwindelig beim Gedanken daran, wie rasch sich dieser Erfolg eingestellt hatte.

»Mach dir um Larissa keine Sorgen«, sagte er. »Ich packe zu Hause nur rasch eine Tasche für die Nacht, dann mache ich mich auf den Weg zu dir.« Er sah auf die Armbanduhr. »Spätestens in einer Stunde bin ich da.«

»Du bist ein guter Junge.«

Er hörte die Erleichterung in ihrer Stimme und verabschiedete sich.

Bis Kronenburg waren es nur noch wenige Kilometer. Bereits fünf Minuten später eilte er den gepflasterten Burgbering im historischen Ortskern entlang, schloss die Haustür auf und stürmte hinein.

Larissa stand in einem kunterbunten Kleid an einer Staffelei und malte. Im Erdgeschoss des alten Fachwerkhauses war ihre Künstlerwerkstatt untergebracht, oben befanden sich die Wohnräume. »Ah«, rief sie bei Welschers Eintreten, »wie dynamisch! Du hast sicher Hunger. Dann werde ich mich jetzt um das Essen kümmern. Ich habe Eifeler ... Ach, äh, Gottchen, ich hoffe, ich spreche das richtig aus ... Boorjschlaat?«

»Mehr mit ›u‹«, korrigierte Welscher abwesend. »Und mit einem ›e‹ statt des belgischen ›j‹. Buureschlaat.«

»Bei dir hört sich das so maskulin an, echt sexy. Das Rezept dafür habe ich in einem Krimi gefunden, klang richtig lecker. Dazu gibt es die Würstchen von Beyond Meat, die du so gern isst.« Sie legte den Pinsel zur Seite. »Ich habe übrigens unglaubliche Neuigkeiten. Aber du willst sicherlich erst duschen.«

Normalerweise war Larissa sehr einfühlsam. Sie schien Welschers betrübten Gemütszustand aber nicht wahrzunehmen, ein Hinweis darauf, dass ihr tatsächlich etwas Ungewöhnliches passiert sein musste.

Schon wollte sie die Treppe hinaufgehen.

»Warte!«

Sie drehte sich um und lächelte. »Na, doch zu neugierig?«

»Nein.«

Larissa verschränkte die Arme vor der Brust und zog eine Schnute.

Normalerweise hätte Welscher über das Schauspiel gelacht. Heute jedoch hob er entschuldigend eine Hand. »So war es nicht gemeint, ehrlich nicht. Ich bin schon neugierig … aber …«

»Aber?«

Welscher schluckte schwer. »Mein Vater …«

»Ja?«

»Er ist heute gestorben.«

Larissa riss die Augen auf. »Ach Gott!« Sie kam auf Welscher zu, schloss ihn in die Arme. »Das tut mir leid.«

Welscher kämpfte gegen die Tränen an. »Das Herz«, flüsterte er.

»Verstehe.«

Eine Weile verweilten sie so, dann löste sich Welscher aus ihrer Umarmung. »Ich werde heute bei meiner Mutter schlafen.«

»Selbstverständlich. Soll ich mitkommen?«

Welscher dachte kurz über das Angebot nach, schüttelte dann den Kopf. »Es wird ein Abend voller Erinnerungen. Das würde dich bestimmt langweilen.«

»*Mich* würde es nicht stören. Aber ich denke, *ich* würde dabei stören.«

»Du bist so verständnisvoll.« Welscher drückte ihr einen Kuss auf die Wange, machte sich dann auf den Weg ins Schlafzimmer. Auf der Treppe zum Obergeschoss stoppte er. »Was für Neuigkeiten gibt es denn bei dir?«

»Es ist …« Larissa winkte ab. »Ach, das kann warten.«

»Jetzt rück schon raus. Auf die paar Minuten kommt es nicht an.«

»Meinst du? Ich meine, das mit deinem Vater …«

»Ist kein Grund, das Leben muss ja weitergehen. Während ich packe, verrätst du mir alles. Okay?«

Larissa atmete auf. »Da fällt mir ein Stein vom Herzen. Könnte ich dir das heute nicht erzählen, bekäme ich vor Aufregung einen Herzinf–« Sie presste erschrocken die Hand auf die Lippen. »Ich bin so ein empathieloses Trampeltier. Entschuldige bitte.«

»Ist schon gut.«

Larissa lächelte erleichtert. »Danke. Es ist zwar ein äußerst ungünstiger Zeitpunkt, aber die Nachricht wird dich aus den Socken hauen.«

»Na, dann los, ab nach oben«, forderte Welscher. »Jetzt bin ich wirklich neugierig geworden.«

9

Sie erwachte mit einem Druck auf der Brust, als stünde ein Elefant darauf. Atmete sie überhaupt noch? Ihr Puls fing an zu rasen.

Nicht schon wieder!

Sie kannte das, sie litt unter Schlafparalyse. Ihr Arzt hatte es ihr erläutert: Im Schlaf wurde die Muskulatur vom Gehirn in einen Zustand der Lähmung versetzt, damit während eines Traumes nicht Bewegungen in die Tat umgesetzt wurden. Bei manchen Menschen hielt das noch einige Zeit nach dem Aufwachen an. Doch obwohl sie das wusste, war es jedes Mal angsteinflößend.

Sie konzentrierte sich auf ihre Finger. Würde es ihr gelingen, sie zu bewegen, reichte das aus, um den Körper aus dieser verflixten Situation herauszuholen.

Daumen abwinkeln, Zeigefinger heben, Mittelfinger strecken …

Sie stutzte. Ihre Finger bewegten sich ohne Probleme. Sie versuchte, mit den Zehen zu wackeln, was auf Anhieb gelang.

Seltsam.

Die Panik klang ein wenig ab, und ihre Erinnerungen kehrten zurück.

Der Wald. Sie war joggen gewesen und hatte das Video aufgenommen ... der Schlag!

Etwas hatte sie getroffen. Oder ... hatte jemand sie niedergeschlagen? Der Fremde im Wald? Hatte er damit zu tun? Ihr Puls beschleunigte sich wieder, sie versuchte, sich aufzurichten. Doch der Druck auf der Brust erhöhte sich, und es gelang ihr nicht.

Scheiße! Was war hier los?

Warum konnte sie nicht einmal die Arme anheben? Und die Beine auch nicht. Etwas hielt sie zurück, zerrte sie fest auf ... Worauf lag sie eigentlich? Einem Bett? Wo war sie? Sie hob den Kopf, doch ein Schmerz, als würde ihr jemand mit einem Messer ins Gehirn stechen, zwang sie zur Aufgabe. Stöhnend ließ sie sich wieder ins Kissen zurückfallen. Sie wartete, bis der Schmerz abebbte, versuchte es dann erneut. Diesmal vorsichtiger, langsamer. Jetzt war es auszuhalten, nur noch ein Pochen blieb.

Von rechts drang etwas Licht herein, ein Fenster, davor halb herabgelassene Rollläden. Die Sonne schien gerade aufzugehen. Oder unter? Sie wusste es nicht, hatte jegliches Zeitgefühl verloren. Ein Stuhl in der Ecke, ihr gegenüber an der Wand ein Fernseher. Ein rhythmisches Summen links neben ihrem Ohr. Sie drehte den Kopf. Dort stand eine Maschine in der Größe eines Kühlschranks. Der Bildschirm leuchtete, tauchte alles in ein diffuses blaues Licht. Zahlen und Kurven änderten stetig ihre Werte. Was war das für ein Gerät? Kabel und Schläuche führten von der Maschine weg zur Wand und verschwanden darin. Ein weiterer Schlauch führte ... zu ihrem Körper! Etwas Rotes pulsierte darin ... etwa Blut? *Ihr* Blut?

In ihrem linken Arm, der mit einem Lederriemen am Bett festgeschnallt war, steckte eine Nadel. Jetzt spürte sie an der Stelle auch ein Stechen, so als würde eine fette Mücke ihren dicken Rüssel durch ihre Haut bohren.

O Gott! Ein Krankenhaus. Was war geschehen? Hatte sie einen Unfall gehabt? Sie blinzelte den Schweiß aus ihren Augen, bekam kaum noch Luft.

Die Maschine fing an zu piepsen.

»Ganz ruhig. Sie sind in Sicherheit«, sagte eine mechanisch klingende Stimme.

Sie versteifte sich, horchte. Woher kam das? Sie sah nach rechts. Auf dem Nachttisch stand ein röhrenförmiger Lautsprecher in der Größe einer Bierdose.

»Es ist wichtig, dass Sie ruhig liegen bleiben«, sagte die Stimme.

War das ein Mann oder eine Frau? Sie konnte es nicht eindeutig zuordnen, beides war möglich.

»Wo bin ich?«, fragte sie krächzend.

»Ich will ehrlich sein und Sie nicht auf die Folter spannen. Sie haben leider einen Schlaganfall erlitten. Ein Spaziergänger hat Sie gefunden. Ihm ist es zu verdanken, dass wir rasch Hilfe leisten konnten. Wir gehen davon aus, dass Sie wieder vollständig gesund werden. Sie hatten Glück im Unglück.«

Ein Schlaganfall? In ihrem jungen Alter? Konnte das wirklich wahr sein? Aber ja doch, solche Fälle gab es, sie hatte davon gehört. Nur hätte sie nie erwartet, dass es sie einmal selbst treffen könnte.

Ein Schlaganfall!

Das erklärte auch den vermeintlichen Hieb im Wald. Der Fremde, vor dem sie davongerannt war, musste der Spaziergänger gewesen sein, der den Notarzt alarmiert hatte.

»Atmen Sie bitte einige Male tief durch«, bat die Stimme und gab zugleich einen Takt vor. »Aus … ein … aus … ein …«

Fast automatisch tat sie, wie ihr geheißen. »Ich werde wieder vollkommen gesund?«

»Davon gehen wir aus.«

Es tröstete sie, es ein zweites Mal zu hören. »Aber warum bin ich angeschnallt?«, fragte sie. »Und warum kommen Sie nicht zu mir ins Zimmer und reden mit mir? Sind Sie ein Arzt, oder überwachen Sie …«

»Wow, halt, stopp«, warf die Stimme ein. »Ich beantworte all Ihre Fragen. Doch der Reihe nach bitte. Was möchten Sie zuerst wissen?«

Sie schloss kurz die Augen und überlegte. »Warum kommen Sie nicht zu mir ans Bett?«

»Leider wurden Sie mit dem Methicillin-resistenten Bakterium Staphylococcus aureus angesteckt, besser bekannt als MRSA, ein multiresistenter Krankenhauskeim. Sie liegen auf der Quarantänestation. Wir sind angehalten, die Zimmer dieser Patienten nur im äußersten Bedarfsfall zu betreten. Deswegen haben wir Sie auch an die Maschine angeschlossen, damit wir von außen Medikamente zuführen können.«

»Schlaganfall und Keim?«, hauchte sie entsetzt.

»Leider ja.« Die Person, die mit ihr sprach, räusperte sich. »Und um Ihre nächste Frage vorwegzunehmen: Beim Sturz im Wald sind Sie rücklings auf einen Stein gefallen und haben sich einen Brustwirbel angebrochen. Deswegen mussten wir Sie leider fixieren.«

Am liebsten hätte sie geschrien. Das konnte doch alles nicht wahr sein! »Was noch?«, presste sie heraus und wappnete sich innerlich gegen weitere schreckliche Botschaften.

»Wie bitte? Was meinen Sie?«

»Ich will wissen, ob das jetzt alles ist. Oder habe ich noch eine Blasenentzündung, Darmkrebs oder ein Bein in Gips?«

»Sie sind den Umständen entsprechend in guter Verfassung.«

Sollte sie sich darüber freuen? Sie wusste es nicht. Noch vor Kurzem hatte sie davon geträumt, als *carofatal2000* eine YouTube-Schallmauer zu durchbrechen. Jetzt lag sie hier so unbeweglich wie ein Hering in der Dose und konnte vermutlich froh sein, dass sie überhaupt noch am Leben war. »Wie lange war ich bewusstlos?«, fragte sie in die Leere des Zimmers hinein, in der Hoffnung, dass weiterhin jemand zuhörte.

»Keine vierundzwanzig Stunden. Es ist jetzt kurz vor sechs am Morgen.« An der Wand gegenüber flimmerte der Fernseher auf. Eine Nachrichtensprecherin erschien und verlas die aktuellsten Meldungen. »Ein wenig Normalität wird Ihnen guttun«, meinte die Stimme aus dem Off. »Oder möchten Sie etwas anderes schauen? Eine Serie vielleicht?«

»Ist schon in Ordnung. Wie lange werde ich hierbleiben müssen?«

»Das hängt davon ab, wann das Notfallantibiotikum anschlägt. Aber selbst wenn das rasch geschehen sollte, müssen Sie einige Tage in Quarantäne verbringen. Und dann ist da ja noch der Bruch des Wirbels ... So etwas dauert. Sie sollten versuchen, so viel wie möglich zu schlafen. Ruhen Sie sich aus. Das ist das Beste, was Sie tun können, um wieder auf die Beine zu kommen.«

Bei der Aussicht, tagelang, womöglich über Wochen steif im Bett liegen zu müssen, wurde ihr übel.

»Wir haben Ihre Eltern informiert. Sie waren gestern Abend hier, und ich soll Ihnen liebe Grüße ausrichten.«

Sie murmelte ein halbherziges »Danke«.

»Ich werde Ihnen ein leichtes Narkotikum verabreichen. Damit sollten Sie sich besser entspannen können.«

Die Maschine neben ihr gab ein zischendes Geräusch von sich. Sie spürte etwas Kaltes in ihren Arm einströmen. Augenblicklich wurde sie müde.

Kurz bevor sie einschlief, brodelte ein Impuls in ihr auf. Etwas, was die Stimme gesagt hatte ... passte nicht ... konnte nicht ... war ... falsch. Es ... war ... Was war es gewesen?

Dann fiel sie in einen traumlosen Schlaf.

10

Die ungewöhnliche Stille in der Dienststelle irritierte Fischbach. Normalerweise ging es hier zu wie in einem Bienenstock, brummende Automotoren vor den Fenstern, Türen schlugen in den Gängen, lautstarke Telefonate drangen aus den Büros, plärrende Radios, röchelnde Kaffeemaschinen, summende Drucker, das Quietschen von Sohlen auf Linoleum.

Doch heute Morgen war das Gebäude wie ausgestorben, so als würden sich alle im kollektiven Urlaub befinden. Selbst an hohen Feiertagen hatte er das so noch nicht erlebt.

Er ging die Treppe hoch. Jetzt hörte er doch eine Stimme. Wenn ihn nicht alles täuschte, war das Lea Kruse, die Anwärterin. Er betrat das Büro, und tatsächlich saß sie an Welschers Platz und telefonierte. Ihr Eingabestift schwebte einsatzbereit über dem Tablet. Von Jan fehlte jede Spur.

Fischbach blickte auf die Uhr an der Wand und warf seine Lederjacke über die Stuhllehne. Schon kurz nach neun. Wo steckte Welscher nur? Der Termin in der Rechtsmedizin stand doch erst um zehn an, normalerweise müsste er vorher noch mal kurz hier aufschlagen. Hoffentlich hatte er sich nicht auch die Grippe eingefangen.

Lea Kruse schnipste beim Telefonieren wie eine aufgeregte Schülerin mit Daumen und Zeigefinger in seine Richtung und versuchte so, Fischbachs Aufmerksamkeit zu erregen. Als sie sie hatte, deutete sie auf das Telefon und fragte ihren Gesprächspartner: »Darf ich Sie unterbrechen? Ein Hauptkommissar steht jetzt zur Verfügung.«

Er runzelte die Stirn. Warum so förmlich? Was war da los?

»Danke«, sagte die Anwärterin, »dann verbinde ich Sie jetzt.« Sie drückte Tasten auf dem Telefon, und das Gerät auf Fischbachs Schreibtisch begann zu klingeln. »Eine … nun, etwas aufgeregte Anruferin, möchte ich sagen. Ist von der Leitzentrale zu uns durchgestellt worden.«

»Na dann«, sagte er, nahm ab und meldete sich.

»Ist dort Kommissar? *Policja?*« Eine aufgebrachte Frauenstimme. Sie sprach mit polnischem Akzent.

»Ja. Hauptkommissar Fischbach. Was kann ich für Sie tun?«

»Ich pflege Chef. Chef jetzt tot!«

»Bedauerlich. Aber bitte der Reihe nach. Wie heißt denn Ihr Arbeitgeber?«

Er hörte ein widerwilliges Schnauben, dann sagte sie: »Ist der Viktor.«

»Herr Viktor also. Und der Vorname?«

»Wie ... nein ... Viktor ist Vorname.«

Anscheinend pflegte die Anruferin ein so inniges Verhältnis zu ihrem Chef, dass sie sich duzten. Oder vielleicht gab es im Polnischen andere Regeln, die förmliche Anrede betreffend. »Dann bitte noch den Nachnamen.«

»Brandt.«

»Viktor Brandt also?«

»Sag ich doch. Du kommen. *Od razu!*«

»*Od* ... was bitte?«

»Äh ... Wie heißt es? Ach ja: Sofort!«

»Hören Sie, Frau ...«

»Kaczmarczyk. Katarzyna Kaczmarczyk.«

Was für ein Name, dachte Fischbach. Ausgesprochen glich er dem Rattern eines Maschinengewehrs. »Gut, Frau Kaczmarczyk. Die allererste Formalie nach einem Todesfall ist die Benachrichtigung eines Arztes. Der muss Ihren Chef, den Verstorbenen, untersuchen, Todeszeitpunkt und Todesursache feststellen und einige Dokumente ausstellen. Wir hier sind die Polizei. Wir kommen nur, wenn eine unnatürliche Todesursache vorliegt.«

»Was bedeuten genau?«

Fischbach lehnte sich zurück und schaute aus dem Fenster. Auf der Kölner Straße rauschte der Verkehr, ein Flugzeug zog Kondensstreifen über den Himmel. »Zum Beispiel, wenn Ihr Chef Selbstmord begangen hätte oder von jemandem erstochen worden wäre. Oder erschossen. Wenn er also nicht an einer Krankheit oder an einem Gebrechen verstorben wäre. Irgendetwas Ungewöhnliches müsste vorgefallen sein.«

Einen kurzen Moment lang herrschte Stille in der Leitung, dann sagte die Anruferin: »Ach so.«

»Genau«, bestätigte Fischbach. »Und jetzt rufen Sie bitte einen Arzt an und –«

»Du kommen!«

»Bitte?«

»Chef hat Loch im Hals.«

Eine unerwartete Wendung des Gesprächs, mit der Fischbach nicht gerechnet hatte. »Ein Loch?«

»Ja. Gehört da nicht hin. Verletzung.«

»Okay, gut«, entgegnete Fischbach irritiert. »Warum sagen Sie das nicht gleich?«

»Hab gesagt, Chef tot. Du aber quasselst von *lekarz* ... äh ... Arzt und so.«

»Ist ja jetzt auch egal«, wehrte Fischbach ungeduldig ab, obgleich er sich eingestand, wohl ein wenig eingerostet zu sein. Bereits gestern bei Feuersängers Vertretung hatte er sich dialogtechnisch nicht gerade wortgewandt gezeigt. Er schien im Gesagten mitschwingende Zweideutigkeiten und stimmliche Nuancierungen nicht mehr zu erkennen oder falsch zu bewerten. Die lange Abwesenheit hatte wohl ihren Tribut gefordert. »Die Adresse bitte.«

Fischbach sprach die Anschrift, die Katarzyna Kaczmarczyk ihm nannte, laut nach, damit Lea Kruse sie notieren konnte. Bevor er auflegte, bat Fischbach die Anruferin noch, vor Ort auf ihn zu warten. Dann rief er in der Einsatzzentrale an und beorderte einen Einsatzwagen zu der Adresse. Außerdem bat er darum, schon mal die Spurensicherung zu informieren. »Die sollen sich bereithalten. Ich schaue mir das an und melde mich dann wieder.«

Er legte auf und zog die Lederjacke an. »Wo steckt denn nur Welscher?«

»Ach so, ja. Der hat vorhin angerufen. Er muss zum Bestattungsinstitut.«

Fischbach hielt inne. »Was ist denn passiert?«

»Sein Vater ist gestern verstorben.«

»Ach, verdammt«, murmelte Fischbach. Er überlegte, ob er seinen Kollegen trotzdem informieren sollte, entschied sich aber dagegen. Dazu gäbe es später noch Gelegenheit. Welscher sollte zunächst alles in Ruhe erledigen.

Er zog die unterste Schreibtischschublade auf. Der Ersatzhelm lag immer noch an Ort und Stelle. Er nahm ihn heraus und warf ihn Lea Kruse zu.

Gekonnt fing sie den Helm auf.

»Schon mal auf einer Harley gefahren?«, fragte Fischbach.

Sie schüttelte den Kopf, ihre zu einem Pferdeschwanz zusammengebundenen Haare flogen dabei hin und her.

Er grinste. »Na, dann los.«

11

Die Fahrt nach Wachendorf dauerte länger als gewöhnlich. Nach dem schweren Autounfall, bei dem er Frau und Tochter verloren hatte, benötigte Fischbach Jahre, bis er wieder bereit gewesen war, die Verantwortung für einen Beifahrer zu tragen. Doch auch wenn er inzwischen wieder Personen auf dem Rücksitz seiner Maschine mitnahm, so tat er es nur unter Einhaltung einer selbst auferlegten strengen Fürsorgepflicht, gewürzt mit einer Prise Unwohlsein.

So war es nicht verwunderlich, dass der von ihm angeforderte Streifenwagen bei ihrer Ankunft bereits in der Zufahrt zur Villa parkte. Auf dem Fahrersitz saß ein uniformierter Kollege. Fischbach stoppte daneben und ließ Lea Kruse absteigen, ehe er die Maschine auf den Seitenständer stellte.

»Cool!«, rief Lea Kruse begeistert. Sie nahm den Helm ab und hängte ihn über das Lenkrad. »So etwas könnte mir auch gefallen.«

»Wäre die nicht ein wenig zu schwer für dich?«, fragte der Kollege, der das Fenster herabgelassen hatte.

»Alles nur eine Frage der Technik«, antwortete Fischbach an ihrer Stelle. Lea Kruses Begeisterung gefiel ihm. »Bist du allein hier?«, wollte er von dem Kollegen wissen.

»Nee.« Er wies mit dem Kinn zur Villa. »Der Gilles, Thomas ist drinnen und kümmert sich um alles.«

»Ah, alles klar«, sagte Fischbach und wandte sich zum Haus. Erst nach einigen Metern bemerkte er, dass die Anwärterin nicht folgte. Er drehte sich um. »Was ist?«

»Wenn es okay ist, bleibe ich hier.« Sie wirkte angespannt. Ein Schatten schien auf ihrem Gesicht zu liegen.

»Du sollst bei uns doch was lernen«, wandte Fischbach ein.

Sie rang mit sich. Mehrmals setzte sie zu einer Erwiderung an, schüttelte am Ende aber nur den Kopf.

»Kein Problem«, sagte Fischbach. Vermutlich war sie einfach noch nicht so weit, sich einem Tatort zu stellen. Obwohl ihn das nach ihrem gestrigen Vorpreschen hinsichtlich des Besuchs bei den Eltern von Melina Wegener etwas verwunderte. »Hör mal, wie weit Jan ist. Vielleicht erwischst du ihn vor seinem Termin in der Rechtsmedizin. Dann informiere ihn bitte. Und anschließend kannst du schon mal ein paar Daten über Viktor Brandt zusammentragen. Notier alles, was du über ihn findest.«

Lea Kruse nickte beflissen. »Kein Problem, mach ich.« Schon zückte sie ihr Handy.

Fischbach wandte sich wieder der Villa zu und stapfte die Zufahrt entlang. Der Kies knirschte unter seinen Stiefeln. Er dachte an den Mord, den er vor einigen Jahren hier in Wachendorf aufgeklärt hatte. Welscher war gerade neu zur Dienststelle Euskirchen gestoßen, es war sein erster Fall in der Eifel gewesen. Das Opfer war in der futuristisch anmutenden Bruder-Klaus-Kapelle erschossen worden, die der berühmte Architekt Peter Zumthor entworfen hatte. Wie lange das schon wieder her war. Niemals hätte er damals gedacht, dass Welscher es länger als ein paar Wochen bei ihnen aushalten würde. Der junge Kollege hatte nicht damit hinterm Berg gehalten, was er von der Eifel hielt, nämlich rein gar nichts. Nur gut, dass es anders gekommen war. Fischbach mochte Jan Welscher sehr, und sollte er doch noch mal versetzt werden, so würde er das tief bedauern.

In einigen Stufen der Außentreppe zeigten sich Risse. Efeu rankte sich über das Mauerwerk bis hoch unter den Dachfirst. Hölzerne Läden, von denen die Farbe abblätterte, flankierten riesige Fenster. Insgesamt wirkte das Anwesen ein wenig in die Jahre gekommen. Was von Weitem noch glanzvoll aussah, entpuppte sich aus der Nähe als renovierungsbedürftig. Die offen stehende Haustür quietschte in den Angeln, als er sie ein wenig weiter aufschob.

»Hallo?«, rief Fischbach und blieb im Eingangsbereich stehen. Eine feudale Treppe schwang sich ins Obergeschoss, an den Wänden eine Art Ahnengalerie. Den Dielenboden bedeckte ein abgetretener Perserläufer. Vom Kollegen Gilles fehlte jede Spur. Fischbach hörte eilige Schritte. Links von ihm schwang eine Tür auf, und eine Frau erschien. Ihre hochgesteckten, nachtschwarz gefärbten Haare glichen in der Form einem Bienenstock. Einige lose Strähnen kringelten sich über den Ohren. Ein Träger ihrer Jeanslatzhose hatte sich vorn gelöst und hing hinten wie ein blauer Schwanz hinunter. Schwarze Doc Martens und ein an den Armen hochgekrempeltes Holzfällerhemd komplettierten das Outfit. Nach Fischbachs Geschmack trug die Frau zu viel Make-up. Sie trocknete sich die Hände an einem Geschirrtuch und sah ihn fragend an, ohne etwas zu sagen.

»Frau Kaczmarczyk?«, versuchte Fischbach sein Glück.

Ihr Gesicht hellte sich auf. »Ah! Ich erkenne Stimme. Der Telefonkommissar.«

Fischbach nickte, nannte ihr erneut seinen Namen und zeigte seine Messingmarke vor.

»Dort lang.« Sie schritt auf den Flur zu, der vom Eingangsbereich fortführte. »Chef sitzt im Wohnzimmer. Der Kollege ist schon dort.«

Fischbach folgte ihr.

»Tut mir leid wegen eben«, sagte Frau Kaczmarczyk.

»Für was genau?«

»Der Anruf, mein Deutsch.« Sie verzog das Gesicht. »Wenn ich aufgeregt bin, klappt das nicht so gut.«

»Verständlich.«

»Jetzt ist besser, oder?«

»Eindeutig«, lobte Fischbach. Er hatte noch nie verstanden, warum sich Ausländer für ihr Deutsch entschuldigten. Jede Kommunikation in einer fremden Sprache war doch respektabel, auch wenn es an der Grammatik oder der Aussprache haperte. Er selbst hätte gern Niederländisch gesprochen. Seit einigen Jahren traf man die Menschen aus dem Nachbarland häufiger hier an. Viele hatten ihr Herz an die hügelige Landschaft der Eifel verloren. Sich mit ihnen in ihrer Sprache unterhalten zu können, stellte sich Fischbach reizvoll vor. Doch zum Erlernen einer Fremdsprache fehlte ihm schlicht die Begabung.

Katarzyna Kaczmarczyk blieb stehen, hielt ihn am Arm zurück und sah ihn traurig an. »Nicht dass du bekommst falschen Eindruck ... Das mit dem Chef finde ich schlimm. Er hat so etwas nicht verdient, war ein guter Mensch. Und ich ...« Sie zuckte hilflos mit den Schultern. »Ich möchte nicht denken darüber, was passiert ist. Also lache ich oder rede viel oder mache Dinge, die ich kann. Verstehst du?« Sie zeigte wie zur Entschuldigung das Geschirrtuch vor.

Fischbach winkte ab. »Sich abzulenken, ist nicht die schlechteste Medizin.«

Sie gingen weiter, der Dielenboden knarrte. Am Ende des Flurs schob Katarzyna Kaczmarczyk eine zweiflügelige Tür auf. »Das Wohnzimmer«, verkündete sie. »Ich bin dann wieder in Küche. Wenn du mich willst, zieh hier an der Kordel.« Sie zeigte auf eine Schnur, die rechts an der Wand von der Decke herabhing. Dann war sie auch schon fort.

Wie hätte wohl Maila Aalto auf den letzten Satz der Pflegerin reagiert, fragte sich Fischbach und trat ein.

Ein Kamin von der Größe eines Scheunentors dominierte eine der Längsseiten. Die antiken Eichenmöbel passten zum Gesamteindruck des Hauses – nicht nur was den Stil betraf, sondern auch bezüglich ihres Zustands. Der Samtbezug der Sitzgruppe war abgewetzt, das Holz der Schränke und des Wohnzimmertisches wies Kratzer auf, die sich hell von der ansonsten dunklen Farbe abhoben. Das durch zwei hohe Fenster und die Terrassentür einfallende Sonnenlicht ließ derzeit nicht den Wunsch aufkommen, den Kronleuchter einzuschalten. Es gab noch zwei weitere Türen außer denen zum Flur und zur Terrasse, beide waren geschlossen.

Vom Kollegen Gilles war nichts zu sehen. Wo steckte der Kerl nur?

Der Tote saß mit nach hinten überstrecktem Hals und über die Lehnen hängenden Armen in einem elektrisch betriebenen Rollstuhl. Mit glanzlosen Augen blickte Viktor Brandt zur Stuckdecke hinauf, als gäbe es dort etwas Interessantes zu erspähen. Er wirkte klein und verloren in dem großen Wohnzimmer. Fischbach musterte den Mann. Ein ausgemergelter Körper, vom Alter gezeichnet. Die Haut wächsern und bleich. Sie wirkte ungesund, wie bei jemandem, der kaum an die frische Luft kam. Spärliche graue Haare; darunter, auf der Kopfhaut, zahlreiche Altersflecke. Es roch unangenehm nach Fäkalien. Die Kleidung des Toten stammte wohl aus fülligeren Zeiten, denn der Schlafanzug unter dem offen stehenden Morgenmantel warf Falten. Auf dem Boden hinter dem Stuhl lag eine zerbrochene Vase. Ob Viktor Brandt versucht hatte, sich damit gegen einen Angreifer zu wehren?

Fischbach beugte sich vor, um sich den Hals näher anzuschauen. Von einem winzigen Einstich knapp unter dem Unterkiefer verlief ein dunkelrotes Rinnsal bis zum Kragen. Ein einzelner Blutstropfen. Die Einstichstelle war rund, kaum größer als ein Stecknadelkopf. Ein Messer war hier eher nicht im Spiel gewesen. Eher ein dünner, spitzer Gegenstand. Eine Stopfnadel möglicherweise. Oder eine Spritze. Er dachte an das gestrige Opfer. Doch die Einstichstelle dort war größer gewesen. So ganz stimmte das nicht überein.

Fischbach richtete sich wieder auf, sah sich um, konnte aber keine passende Tatwaffe in der Nähe entdecken. Er spitzte die Ohren und horchte. War da nicht gerade ein Geräusch gewesen? Da war doch was, ein leises Schleifen, dann ein Klacken und Rattern. Eine Maschine? Wenn er sich nicht täuschte, kam das Geräusch aus dem Nebenzimmer. Was war das?

Auf einmal hörte er eine Stimme, die laut verkündete: »Nächster Halt: Oberstdorf!« Der Anfangsvokal lang gezogen, die anderen Buchstaben schnell ausgesprochen.

Fischbach zog die Augenbrauen zusammen. Was war denn da los? Er fasste den Griff der Tür zu seiner Rechten und zog sie schwungvoll auf.

Was er zu sehen bekam, verschlug ihm die Sprache.

12

»Die Anamnese ist unauffällig.«

Welscher schreckte aus seinen Gedanken. Der Tod seines Vaters, die anstehende Bestattung, Larissas gestrige Nachricht und die Sorge um seine Mutter machten ihm zu schaffen und lenkten ihn ab. Auf der Fahrt nach Bonn hätte er deswegen sogar fast einen Radfahrer überfahren.

Die Rechtsmedizinerin, die sich bei der Ankunft dynamisch als Dr. Jacobs vorgestellt hatte, zeigte ihm ein Fax. Sie trug eine Schürze und Latexhandschuhe, die Haare hielt eine medizinische Haube zusammen, das Mikrofon des Headsets berührte fast ihre Lippen. Fehlt nur noch ein Fleischermesser, dachte Welscher, dann könnte sie glatt in einem Schlachtbetrieb anfangen.

Er nahm das Fax und überflog die Zeilen. Der Bericht des Hausarztes. Melina Wegener hatte eine Stauballergie gehabt, ansonsten bescheinigte der Arzt beste Gesundheit. Er legte das Fax hinter sich auf den hüfthohen Schrank, an dem er lehnte. »Dann bin ich mal gespannt, was Sie finden werden.«

Dr. Jacobs ließ sich nicht zweimal bitten und legte los. Ein Weiterbildungsassistent hatte die Vorbereitungen abgeschlossen und stand bereit.

Melina Wegener lag nackt auf dem Untersuchungstisch. Das kaltweiße Licht der Neonröhren akzentuierte jedes Detail an ihr. Welscher war froh, dass er heute noch keinen Bissen herunterbekommen hatte. Leichen schlugen ihm auf den Magen, erst recht, wenn sie vor seinen Augen obduziert wurden. Zwar hätte er gehen können, denn seine Anwesenheit diente nur dem Zweck zu bestätigen, dass auf dem Tisch tatsächlich das gestern gefundene Opfer lag. Doch es kam ihm gelegen, in der Rechtsmedizin verweilen zu können. Er würde nach Abschluss umgehend das Ergebnis erfahren, und in der Zwischenzeit konnte er seine Gedanken sortieren.

Sein Handy summte. Das Display zeigte wieder die unbekannte Nummer an. Ein hartnäckiger Anrufer, er hatte es heute bereits einige Male probiert. Vorhin hatte er oder sie sogar eine Nachricht auf dem Anrufbeantworter hinterlassen. Normalerweise hörte Welscher die Box bei nächster Gelegenheit ab. Aber heute war nichts normal.

Das hohe Summen einer Knochenfräse erklang.

Die Details mitzubekommen, musste nun wirklich nicht sein. Welscher drehte sich weg und schaute aus dem Fenster. Dunkle Wolken am Horizont kündigten ein Gewitter an. Bei der Beerdigung seines Vaters musste er daran denken, einen Schirm mitzunehmen. Um diese Jahreszeit steckte das Wetter voller Kapriolen.

Welscher rümpfte die Nase. Nicht nur das Wetter spielte mitunter verrückt, sondern auch das Leben. Larissa war gestern so rücksichtsvoll gewesen und hatte ihn nicht zu einer Entscheidung gedrängt. Doch aufgrund der enthusiastischen Erzählstimme, mit der sie die Zukunft rosa gemalt hatte, wusste er, was sie sich von ihm erhoffte. Einerseits freute er sich darüber, denn es bewies, dass er in Larissas Lebensplanung einen festen Platz einnahm. Gleichzeitig ängstigte er sich, zu sehr fremdbestimmt zu werden. Er versuchte, erst einmal nicht daran zu denken, was ihm vielleicht bevorstand.

Stattdessen ging er stumm das durch, was er vorhin mit dem Bestatter besprochen hatte. Viel war es nicht gewesen. Seine Mutter und er waren sich darin einig gewesen, die Beerdigung in einem kleinen, kostengünstigen Rahmen abhalten zu wollen. Während seine Gründe dafür praktischer Natur waren, hatte er bei seiner Mutter in diesem Zusammenhang eine Art trotzige Verbitterung bemerkt. Wieso, hatte er sich zunächst nicht erklären können. Nachdem sie jedoch bei Melissentee und Fanta bis in die Nacht hinein geredet hatten, war ihm einiges klar geworden.

Während die Krankheit seines Vaters in den letzten Jahren weiter vorangeschritten war, hatten sich die Bekannten und Freunde seiner Eltern immer mehr zurückgezogen. Sie konnten mit der Demenz nicht umgehen, reagierten ängstlich und verstört. Dass sie damit aber auch seine Mutter isolierten und somit ausgrenzten, nahmen sie billigend in Kauf.

»Sie haben mich alle im Stich gelassen«, hatte seine Mutter es auf den Punkt gebracht. »Keinesfalls will ich die Bagage auf der Beerdigung wiedersehen, um ihr Beileid zu empfangen. Die sollen alle bleiben, wo der Pfeffer wächst. Am liebsten würde ich von heute auf morgen einfach verschwinden. Hier hält mich nichts mehr.«

Dachte er an das Gespräch, verspürte Welscher Gewissensbisse. Er selbst hatte zuweilen ähnlich gehandelt und die Arbeit vorgeschoben, um seine Eltern nicht besuchen zu müssen. Der Umgang mit seinem Vater war wirklich anstrengend gewesen. Trotzdem hätte ihn das nicht davon abhalten dürfen, seine Mutter mehr zu unterstützen. Dafür hatte er sich in der Nacht bei ihr entschuldigt.

»Das ist seltsam.«

Welscher wandte sich wieder dem Obduktionstisch zu. Sein Blick streifte dabei die Uhr an der Wand. Überrascht stellte er fest, dass bereits eine Dreiviertelstunde vergangen war.

Dr. Jacobs kratzte sich die Stirn, zurück blieb ein hellroter, feucht glänzender Streifen.

»Sehr seltsam«, bestätigte der Weiterbildungsassistent. Er hielt eine Nierenschale in der Hand und nickte beflissen wie ein Wackeldackel auf der Hutablage.

Welscher wartete darauf, dass sie ausführten, was denn so ungewöhnlich war. Doch die beiden schienen nonverbal zu kommunizieren, daher fragte er: »Kann mich bitte jemand aufklären?«

Dr. Jacobs fuhr herum. »Ach, stimmt, Sie sind ja auch noch da.« Sie winkte Welscher näher heran, während sie in ihr Mikrofon diktierte: »Geschätzte Todeszeit: 27. bis 29. März.«

Welscher stellte sich ihr gegenüber an den Tisch, auf dem Melina Wegener lag. Angestrengt versuchte er, nicht hinzuschauen, doch Dr. Jacobs deutete auf den Körper der Toten. »Sehen Sie das?«

Welscher riss sich zusammen, senkte den Blick. »Was genau?«

»Wenig Blut«, sagte sie in einem Ton, als wäre damit alles erklärt.

Mit dieser Information konnte Welscher nichts anfangen. Er wusste nicht, wie viel Blut Dr. Jacobs' Meinung nach in dem toten Körper vorhanden respektive ausgetreten sein sollte. »Und was bedeutet das?«, fragte er daher.

»Ich werde zwar gleich noch eine toxikologische Untersuchung durchführen, aber ich bin mir ziemlich sicher, dass das Opfer aufgrund einer Blutung verstarb. Dadurch kam es zu einem absoluten Volumenmangel, also einer Verminderung der im Blutkreislauf befindlichen Flüssigkeit, auch Hypovolämie genannt. Sie führt dazu, dass die Herz-Kreislauf-Funktionen nicht wie bisher aufrechterhalten werden können. Ab einem Verlust von etwa zwanzig Prozent des Blutvolumens führt eine Hypovolämie zu einem Schock, der Körper ist dann nicht mehr in der Lage, das zu kompensieren. Es kommt zu einer altersunüblich hohen Atem- und Pulsfrequenz, einem rapiden Absinken des Blutdrucks und Bewusstseinstrübungen. Das wird die arme junge Frau hier alles durchlebt haben. Am Ende ist sie dann ins Koma gefallen.« Während Dr. Jacobs den Sachverhalt erläuterte, nahm der Weiterbildungsassistent eines der Organe der Toten und ging damit zur Waage.

»Man sieht aber keine Wunde«, wandte Welscher ein. »War es eine innere Blutung?«

»Nein. So wie es aussieht, ist ihr das Blut entzogen worden.«

»Entzogen? Wie das?«

»Ist Ihnen die Einstichstelle unterhalb der Armbeuge aufgefallen?«

Welscher nickte.

»Gut. Wenn mich nicht alles täuscht, wurde ihr dort über einen Zugang das Blut abgenommen.«

»Wie bei einer Blutspende?«

»Im Prinzip ja.«

Welscher rieb sich das Kinn. Die Bartstoppeln raspelten über die Haut seiner Hand. »Wer macht denn so etwas? Und warum? Was für ein Motiv steckt dahinter?«

Der Weiterbildungsassistent lachte, Dr. Jacobs fiel mit ein und sagte: »Das dürfen Sie uns nicht fragen. Die Antworten darauf zu finden, ist eindeutig Ihr Metier.«

13

Wie in einem schlechten Film!, war das Erste, was Fischbach zu dem Bild einfiel, das sich ihm bot.

Thomas Gilles trug eine Uniformmütze auf dem Kopf. An sich nicht ungewöhnlich für einen Streifenbeamten. Nur lag seine Polizeimütze neben ihm auf dem Schaltpult. Zwischen den Lippen steckte eine Pfeife, in die er jetzt wie ein Berserker hineinblies. Der Pfiff war ohrenbetäubend, noch ein, zwei Dezibel mehr, und Gilles wäre es vermutlich gelungen, den toten Hausherrn auferstehen zu lassen.

Gilles, der Fischbachs Eintreten nicht bemerkt hatte, nahm die Pfeife aus dem Mund und rief: »Vorsicht an der Bahnsteigkante! Der Zug fährt ein!«

Fischbach platzte der Kragen. »Was ist das denn hier für eine Charade?«, donnerte er. »Bist du von allen guten Geistern verlassen?«

Gilles zuckte zusammen, sah ihn und nahm hastig die Schaffnermütze ab. »Ah, Hotte, du bist es. Äh ... Schön, dass es dir wieder besser geht. Gut siehst du aus.« Er breitete in einer allumfassenden Geste die Arme aus. »Ist das nicht der reinste Wahnsinn hier? Mann, das sind bestimmt mehrere Gleiskilometer. Hast du so etwas schon mal gesehen?«

»Ja, habe ich«, entgegnete Fischbach, der immer noch entsetzt war über Gilles' Taktlosigkeit. »In einer Fernsehdoku über das Miniaturwunderland in Hamburg.«

»Ach so, ja. Aber live, meine ich, so in echt. Eine Eisenbahnanlage in dieser Größe.«

Fischbach sah sich um. Der Raum maß sicherlich zehn, wenn nicht sogar elf oder zwölf Meter im Quadrat und war mit einer Modellbahnanlage der Größe H0 vollständig ausgefüllt. Gipsberge erhoben sich aus der Ebene, durch Täler flossen Flüsse und Bäche aus Gießharz, zahllose Miniaturbäume waren zu kleinen Wäldern und Baumreihen verklebt worden. Auf der Anlage wimmelte es von winzigen Menschen und Tieren; perfekt zusammengefügte Gebäude und ein weitläufiges Schienennetz rundeten die kleine Eisenbahnwelt ab. Viktor Brandt musste Unsummen in sein Hobby investiert haben.

»Allerdings«, antwortete Fischbach. »Ist dir die ArsTECNICA ein Begriff? Eine Modellbahnanlage, die sich über zweitausend Quadratmeter erstreckt. Da bin ich letztens erst gewesen.«

»Stimmt, oben in Losheim. Die hatte ich gerade nicht auf dem Schirm. Muss ich auch mal hin.«

Eine Lok mit grünen Passagierwaggons schoss aus einem Tunnel, fuhr über eine Brücke und verschwand auf der anderen Seite im Tunnel durch den nächsten Berg.

»Das war der D-Zug nach Mailand«, verkündete Gilles freudestrahlend.

In Fischbach brodelte erneut der Ärger auf. »Sag mal, geht's noch?« Er deutete mit dem Daumen über die Schulter. »Nebenan sitzt ein Toter, und du hast nichts Besseres zu tun, als hier glückselig wie ein Erstklässler, der zu Weihnachten einen Schienenkreis von Märklin geschenkt bekommen hat, Eisenbahn zu spielen?«

»Ich wollte mir doch nur ein wenig die Zeit vertreiben, bis ihr auftaucht«, verteidigte sich Gilles. Er setzte seine Mütze auf und brummte beleidigt: »Nie darf man ein wenig Spaß haben. Was ist denn daran so schlimm? Der Tote wird ja wohl kaum was dagegen haben. Und einem Erstklässler schenkt man heutzutage garantiert keine Modelleisenbahn mehr. Der Vergleich hinkt, aber so was von.«

»Jetzt motz nicht noch rum! Das hier ist ein Tatort. Du könntest wichtige Spuren vernichtet haben. Hast du daran schon mal gedacht?«

»Du denkst doch nicht wirklich, dass der Mörder sich die Zeit genommen hat, noch kurz ein Schweizer Krokodil auf die Schienen zu setzen und eine Runde zu fahren?« Gilles tippte sich an die Stirn.

Fischbach atmete tief durch und nahm sich einige Sekunden, um sich abzuregen. Es würde nichts bringen, dem Kollegen zu erklären, warum man während eines Polizeieinsatzes im Haus eines Opfers nicht den Alpenfahrplan einer Miniatureisenbahn einhielt. Gilles war einfach unverbesserlich. Als sich sein Puls etwas normalisiert hatte, fragte er: »Warum wolltest du mich gestern eigentlich so dringend sprechen? Ich hab versucht, dich zurückzurufen, aber du warst nicht mehr im Dienst.«

»Ach ja, die Sache.« Sichtlich verlegen kratzte Gilles sich am Hinterkopf. Eine leichte Röte zeichnete sich auf seinen Wangen ab. »Dumme Geschichte, ein wenig peinlich. Meinst du, wir könnten gleich hier darüber reden?« Er lächelte schief. »Wäre *das* für dich angesichts eines Mordopfers in Ordnung?«

»Das ist doch ganz etwas …« Fischbach brach ab. Was nutzte es, dem Holzkopf den Unterschied zwischen Spielen und Reden an einem Tatort zu erklären? Gilles war unbelehrbar. Wenn er nicht so ein ausgezeichneter Streifenbeamter wäre, der zudem im Kollegenkreis als Teamplayer hoch angesehen war, wäre er seine silbernen Schultersterne vermutlich schon lange los. »Na gut, wenn es unbedingt sein muss. Ich telefoniere aber vorher noch schnell mit der Dienststelle und fordere die Spurensicherung an.«

Irgendetwas lag Gilles auf der Seele, und Fischbach wollte zu gern wissen, was den ungehobelten Klotz so sehr in Aufregung versetzte.

Fischbach erledigte rasch den Anruf, dann ging er raus auf die Terrasse, wo Gilles auf ihn wartete. Eine verwilderte Gartenanlage erstreckte sich bis zu einer Steinmauer, die einen Anstrich nötig hatte. Obwohl Fischbach keine hohen Erwartungen an einen Garten stellte und Bauerngärten liebte, gehörte in seinen Augen zu einer Villa ein gepflegter Park. Viktor Brandt hätte besser in einen Gärtner investiert als in die Modellbahnanlage. Der moosige Rasen wartete auf einen Vertikutierer, die Büsche auf einen Rückschnitt. An den wild wuchernden Ästen der Kastanienbäume zeigten sich die ersten Blütenknospen, viel zu früh in dieser Jahreszeit. Offensichtlich machte der Klimawandel auch vor der Eifel nicht halt.

»Dauert etwa eine halbe Stunde«, resümierte Fischbach das Telefonat.

»Gut. Dann bleiben uns ja ein paar Minuten«, sagte Gilles

und beförderte umständlich eine Packung Zigaretten aus seiner Uniformjacke ans Tageslicht.

»Du rauchst?«, fragte Fischbach erstaunt.

Gilles klemmte sich den Filter einer Zigarette zwischen die Lippen und zündete sie an. »Nischt schtändich«, nuschelte er und nahm einen tiefen Zug. Nachdem er eine Rauchwolke ausgestoßen hatte, die dem Vulkan-Express der Brohltalbahn alle Ehre gemacht hätte, ergänzte er: »Eigentlich nur, wenn mir etwas auf der Seele liegt.«

»Und schon sind wir im Thema.«

»Ist wohl so.«

»Was ist passiert?«

Gilles zog den Kopf zwischen die Schultern, so als wäre er bei irgendwas ertappt worden. Er setzte an, brach aber ab. Dann endlich überwand er seine Hemmungen. »Hotte, du kennst mich. Ich rede schon mal Blech.«

»Den Ausdruck habe ich lange nicht mehr gehört, aber trotzdem kann ich dem nicht widersprechen. Bin gespannt, worauf das hinauslaufen wird.«

»Nun ja … also … Wie erkläre ich es?« Er sah nachdenklich auf die Glut seiner Zigarette. »Ich bin ein gestandener Eifeler, hier auf dem Land aufgewachsen und traditionell erzogen worden. Verstehst du, was ich meine?«

Fischbach hätte am liebsten gelacht. Er verstand überhaupt nichts. Warum war Gilles' Lebenslauf wichtig? Doch er hielt sich zurück. Die Sorgenfalten auf Gilles' Stirn bewiesen, dass der Kollege ein echtes Problem hatte.

Gilles schien auch keine Antwort zu erwarten, denn er redete einfach weiter. »In meiner Kindheit waren alle katholisch, das ganze Dorf, einfach alle. Bei der Sonntagsmesse saßen Männer und Frauen noch getrennt, kannst du dir das vorstellen, Hotte?« Gilles nahm einen weiteren Zug, der Tabak knisterte vernehmlich. »Bei uns zu Hause, tja, mein Vater verdiente das Geld, meine Mutter stand am Herd und kümmerte sich um den Haushalt. Meine Schwester spielte mit Puppen, ich mit Matchboxautos, sie besaß einen Kaufladen, ich ein Kettcar. Wie das früher halt so war. Und das alles hat mich geprägt, es steckt tief in mir drin. Klar, ich weiß, die Erde hat sich weitergedreht, wir haben jetzt andere Zeiten.«

»Gott sei Dank«, warf Fischbach ein, obwohl er sich eingestehen musste, dass Sigrid und er selbst auch dem Familienbild aus den Fünfzigern entsprachen. Der Mann geht arbeiten, die Frau steht am Herd. Doch das war nur auf den ersten Blick so. Denn Sigrid konnte tun und lassen, was sie wollte. Niemals zum Beispiel hätte er ihr von einem Job mit den Worten abgeraten: »Ich bringe genug Geld nach Hause. Meine Frau muss nicht arbeiten!« Sie beide waren gleichberechtigt, darauf legte er Wert.

Gilles nickte heftig, warf die Kippe auf den Boden und trat sie aus. »Stimmt schon, ja, ist mir klar. Aber leider nur, wenn mich jemand darauf hinweist. Oder wenn es mir gelingt, mein loses Plappermaul für einige Sekunden im Zaum zu halten, und ich nachdenke, bevor ich was sage.« Er steckte sich direkt noch eine Zigarette an. »Früher war das noch kein Problem, doch mit den Jahren …« Jetzt sah er Fischbach direkt an. »Hotte, die Gesellschaft ist aufmerksamer geworden. Oder empfindlicher? Ich weiß es nicht. Fest steht, was früher hingenommen wurde, was oft sogar selbstverständlich war, dafür kassierst du heute sofort einen Shitstorm.« Er lachte unlustig. »Was glaubst du, Hotte, wie lange es gedauert hat, bis ich zum Beispiel das Wort ›Neger‹ aus meinem Sprachschatz verbannen konnte? Für mich war das kein Schimpfwort, sondern nur eine Bezeichnung für dunkel pigmentierte Menschen.« Er warf die Arme nach oben, die Asche seiner Zigarette rieselte in kleinen Flocken herab. »Verdammt, sofort bin ich unsicher, ob ich es jetzt richtig ausgedrückt habe. Man blickt doch da nicht mehr durch, oder?«

Wenn man sich Mühe gibt, schon, dachte Fischbach. Allerdings war er selbst kein Paradebeispiel dafür. Wie oft hatte er in der Vergangenheit von Welscher einen Rüffel erhalten, weil er mit seiner Ausdrucksweise danebenlag? Daher konnte er Gilles verstehen.

»Als ich klein war, haben alle um mich herum ›Neger‹ gesagt, meine Eltern, die Dorfbewohner, die anderen Kinder. Es war normal, man dachte sich nichts dabei. Ist es da ein Wunder, dass mir anstößige … äh … Dinge … hin und wieder einfach so herausflutschen?« Er schwieg einen Moment und schien wütend zu sein. Seine Kiefer mahlten, die Muskeln zeichneten sich straff unter der Haut ab.

Fischbach fragte sich, ob Gilles auf seine eigene Unzulänglichkeit wütend war. Das wäre ein ganz neuer Wesenszug an ihm.

»Weißt du noch, früher?«, wollte Gilles wissen. Er versuchte zu lächeln, doch es sah aus, als würde er Zahnschmerzen verspüren. »Mann, wir waren die Größten. Oder glaubten es zumindest. Wenn wir in unseren grün-weißen Streifenwagen irgendwo auftauchten, dann zollte man uns Respekt. Und untereinander … Ja, ein rauer Ton, keine Frage, da wurde kein Blatt vor den Mund genommen. Aber wir hielten trotzdem zusammen. Wenn mal wer Mist baute, klärte man das untereinander, damit rannte niemand zum Chef.«

»Oder zur Chefin.«

»Ja, ja, klar! Aber siehst du, was ich meine? Wie rasch das passiert? Zack, hat man sich wieder nicht genderkonform ausgedrückt.«

Fischbach hörte das näher kommende Brummen von Automotoren. Ob das schon die Spurensicherung war? »Jetzt aber mal Butter bei die Fische, Thomas. Was ist passiert?«

Gilles flippte seine abgebrannte Kippe in hohem Bogen fort. Sie landete auf dem vom Tau noch feuchten Rasen und erlosch mit einem leisen Zischen. »Angeblich … ähm … Ich soll …« Er ballte die Hände zu Fäusten. »Verdammt! Ist das schwer, es auszusprechen.«

»Bin ganz Ohr.«

»Ach, Scheiße!« Gilles hieb so heftig die Fäuste gegeneinander, dass es Fischbach nicht gewundert hätte, wenn er sich dabei die Finger gebrochen hätte. »Ich soll jemanden sexuell belästigt haben.«

Fischbach hob beide Augenbrauen. »Jemanden?«

»Eine Frau. Um genau zu sein: eine Kollegin.«

Fischbach blies die Wangen auf und ließ die Luft langsam wieder entweichen. »Und?«

»Was meinst du mit ›und‹?«

»Hast du?«

»Verflucht, natürlich nicht! Das habe ich dir doch die ganze Zeit zu erklären versucht.«

»Hä?«, flutschte es Fischbach heraus. Er verstand nur noch Bahnhof. Was hatte Gilles' Erziehung damit zu tun?

»Mensch, Hotte. Ich hatte gedacht, das wäre klar geworden. Du kennst mich doch. Ich rede schon mal …«

»Blech?«

»Ja. Ich habe ein paar Sprüche abgelassen, einfach so dahergeredet, ohne drüber nachzudenken. Und das kam nicht gut an.«

»Was für Sprüche?«

Hilflos zuckte Gilles mit den Schultern. »Halt … wohl … sexueller Natur. Dabei wollte ich ihr doch nur Komplimente machen. Schönes Haar, sportliche Figur, makellose Zähne und so weiter.«

»Aber angerührt hast du die Kollegin nicht?«

»Äh … nein, ich doch nicht.« Gilles lief rot an und sah in die Ferne.

»Thomas«, insistierte Fischbach. »Raus damit. Dass du lügst, steht dir ins Gesicht geschrieben.«

»Schulterklopfen … und so«, presste Gilles heraus.

»Für was steht das ›und so‹?«

»Ich habe ihr in die Uniformjacke geholfen und dabei die Ärmel glatt gestrichen«, gestand Gilles. Als wäre dadurch ein Damm gebrochen, sprudelte auf einmal alles aus ihm heraus. »Ein anderes Mal habe ich sie auf dem Bürgersteig am Oberarm von der Straße weggezogen. Aber da kam doch ein Lastwagen! Ich wollte nicht, dass ihr der Außenspiegel das Genick bricht. Da hab ich sie aber wohl zu lange festgehalten. Dann, bei einem Kaffee, habe ich ihr etwas erklärt und dabei ihren Unterarm angefasst. Ich wollte nur ihre Aufmerksamkeit auf das Thema lenken! Sie hatte das Smartphone in der Hand, und ich dachte, sie hört mir nicht zu.« Gilles schnaufte, als hätte er einen Hundertmeterlauf hinter sich. »Hotte, glaub mir bitte«, flehte er, »ich hatte nie, nie, nie im Sinn, sie anzugrabschen! Es war einfach … Ich war einfach …«

»Wie immer?«, fasste Fischbach es zusammen.

»Genau! Danke! Und ja: Ich schäme mich dafür.«

»Hast du es schon mit einer Entschuldigung versucht?«

Gilles nickte. »Vergebens. Sie ist total dickköpfig. Sie meint, so etwas darf im Polizeidienst nicht geduldet werden. Stell dir vor, nach über dreißig Dienstjahren muss ich mir solche Vorwürfe anhören! Ich habe schon die Welt gerettet, da lag sie noch in den Windeln.«

Seine Gefühle fahren mit ihm Achterbahn, dachte Fischbach. Eben noch am Boden zerstört, jetzt wütend wie ein Stier, der vom Torero geärgert wird.

»Was soll ich denn jetzt machen?«, rief Gilles aus. »Es steht Aussage gegen Aussage.«

Fischbach dachte, dass das womöglich kein Nachteil sein musste. Etwaige Zeugen könnten Gilles' Gedankenlosigkeit schließlich ähnlich beurteilen wie die betroffene Polizistin.

In der Villa erklangen Stimmen. Gleich würde der Tote wieder seine ganze Aufmerksamkeit in Anspruch nehmen, und Fischbach wusste immer noch nicht, warum Gilles ihm das alles erzählt hatte. »Und was erhoffst du dir von mir?«

Gilles' Wut war verraucht, seine Schultern sackten nach vorn. Jetzt wirkte er wieder wie ein Häufchen Elend. »Du bist doch gut Freund mit deinem Chef.«

»Bönickhausen meinst du?«

»Richtig.«

»Und?«

»Kannst du nicht mal mit ihm sprechen?«

Daher weht also der Wind, dachte Fischbach. Er wünscht sich einen Leumund in gehobener Position. »Wie stellst du dir das vor? Was soll ich ihm denn sagen? Und warum überhaupt? Mein Chef hat doch bei euch Streifenhörnchen gar keine Handhabe.«

»Leg einfach ein gutes Wort für mich ein, Hotte. Er kann ja vielleicht mit meinem Chef reden. *Bevor* das Ganze offiziell wird. Kann doch nicht schaden. Ich mache auch alles, was verlangt wird. Extraschichten, Psychiater, Kaffee kochen, ach, alles halt. Hauptsache, mir bleibt ein Verfahren erspart.«

»Was befürchtest du denn? Eben noch sah es so aus, als könntest du alles erklären. Ein Verfahren würde dich demnach entlasten.«

»Du weißt doch, wie das ist. Irgendwas bleibt immer hängen.« Fischbach blies die Wangen auf. Die ganze Situation gefiel ihm überhaupt nicht.

»Und eine Hand wäscht die andere«, gab Gilles zu bedenken.

»Wie jetzt? Was meinst du denn damit?«

»Na, komm.« Gilles wackelte bedeutsam mit dem Kopf. »Seit Jahren drücken die Kollegen und ich beide Augen zu, wenn du mit deinem Stahlhelm auf der Harley um die Ecke schießt.«

Fassungslos schaute Fischbach Gilles an. Es stimmte zwar, dass er sich mit dem Stahlhelm eine Freiheit herausnahm, die nach der Straßenverkehrsordnung durchaus zu einer Ahndung führen könnte. Zudem sagte ihm sein Verstand schon lange, dass er sich besser einen modernen Integralhelm kaufen sollte. Der wäre im Falle eines Unfalls sicherer. Aber irgendwie hing er an dem alten Stück, das schon seinem Großvater bei unzähligen Brandeinsätzen gute Dienste geleistet hatte. Als Fischbachs Mutter ins Heim gezogen war, hatte er den Helm bei der Entrümpelungsaktion wiedergefunden. Aus Sentimentalität nutzte er ihn seitdem beim Motorradfahren. »*Das* setzt du mit einem Vorwurf wegen sexueller Belästigung gleich? Eine Ordnungswidrigkeit stellst du einer Straftat gegenüber?«

»Nein, nein«, wiegelte Gilles rasch ab. »Es ging mir nur … äh … um das Prinzip.«

Fischbach unterdrückte den Drang, Gilles gehörig die Meinung zu geigen. Er ärgerte sich, dass der ihn in die Sache hineinzog. Andererseits wollte er einem langjährigen Dienstgefährten, der ihn um Hilfe bat, nicht auf den Kopf zusagen, dass er sich zum Teufel scheren sollte. Er musste erst darüber nachdenken und Sigrid um Rat bitten.

Wundervoll! Keine zwei Tage im Dienst, und der Schreibtisch bog sich unter der Last der Akten. Zudem hatten sie zwei Mordfälle zu bearbeiten, und Welscher musste den Tod seines Vaters verkraften. Jetzt auch noch Gilles! Wenn er das seinem

Arzt erzählte, würde der sofort die Reißleine ziehen. Desolater konnte eine schonende Rückkehr in den Dienst kaum in die Binsen gehen.

»Ich überlege es mir«, grummelte er ausweichend. Ohne Gilles die Möglichkeit zu einer Erwiderung zu geben, machte er auf dem Absatz kehrt und stapfte in die Villa.

14

Am frühen Nachmittag saß Fischbach in der Küche der Villa. Welscher war inzwischen ebenfalls eingetroffen. Zum zweiten Mal, denn zuvor hatte er Lea Kruse zur Dienststelle zurückgefahren. Die Anwärterin weigerte sich weiterhin strikt, die Villa zu betreten. Stattdessen hatte sie vorgeschlagen, sich den Akten und weiteren Recherchen zu widmen. Jetzt saß Welscher Fischbach gegenüber und starrte nachdenklich auf den Küchentisch. Der Tod seines Vaters schien ihm nahezugehen.

Gilles und dessen Kollegen hatte Fischbach auf die Ochsentour durch die Nachbarschaft geschickt. Sie sollten sich umhören, ob jemandem etwas Ungewöhnliches aufgefallen war. Fischbach hoffte, dass Gilles sich zusammenriss und keinen weiteren Ärger heraufbeschwor.

Maila Aalto kam herein, zog sich einen Stuhl unter dem Tisch hervor und setzte sich. Sie streifte sich den weißen Overall von den Schultern und ließ die Ärmel an der Hüfte herabbaumeln. »Die Rechtsmedizinerin ist fertig. Der Tod trat irgendwann zwischen Mitternacht und drei Uhr morgens ein. Derzeit geht sie davon aus, dass das Opfer vergiftet wurde.«

Katarzyna Kaczmarczyk schlug erschrocken die Hand vor den Mund. »O Gott!«

»Gott hatte die Finger sicherlich nicht im Spiel«, sagte Maila Aalto. »Ich soll euch Jungs ausrichten, dass sie jetzt zurück nach Bonn fährt und alles für die Obduktion vorbereitet. Da sie das

Opfer selbst gesehen hat, muss von euch diesmal niemand dabei sein.«

»Tee gleich fertig«, verkündete Katarzyna Kaczmarczyk. »Ich habe russische Quarktörtchen gebacken.«

Fischbach schnupperte. »Riecht köstlich. Was ist das denn genau?«

Sie schmunzelte. »Verrate ich nicht, Geheimrezept meiner russischstämmigen Oma. Normalerweise backe ich die nur zu Ostern. Aber heute ... Da dachte ich ... Also ...«

»Ich verstehe schon. Sie wollten sich ablenken«, sagte Fischbach. Er nickte wissend.

»Ja, genau.« Sie schenkte ihm ein Lächeln und stellte den beladenen Teller auf den Tisch.

Ungeniert nahm Maila Aalto ein Quarktörtchen und stopfte es sich in den Mund. »Mhm! Scheiße, Mann, ist das köstlich!«, rief sie aus und griff direkt ein weiteres Mal zu.

Katarzyna Kaczmarczyk schenkte den Tee ein, dann setzte sie sich zu ihnen.

Fischbach probierte ebenfalls ein Törtchen. Es schmeckte göttlich. »Ausgezeichnet«, lobte er, was ihm erneut ein Lächeln einbrachte.

Maila Aalto nippte an ihrem Tee. »Hm, der könnte einen Schuss Rum vertragen.«

Sofort sprang Katarzyna Kaczmarczyk auf, doch Maila Aalto winkte sie zurück auf den Stuhl. »Ich bin ja leider im Dienst.« Sie gähnte übertrieben. »Übrigens jetzt schon seit zwei Tagen. Sieht man von der halben Stunde ab, die ich mit dem Kopf auf der Arbeitsoberfläche neben dem Mikroskop gepennt habe. Da hofft man, in der Eifel eine ruhige Kugel schieben zu können. Und was wird daraus? Überall Leichen! Die Wirklichkeit ist schlimmer als die Fiktion in die Eifel-Krimis.«

»Anstrengend, dein Job?«, fragte Katarzyna Kaczmarczyk.

Maila Alto lachte freundlich. »Also jetzt mal ehrlich: Du bist Pflegerin, nicht wahr?«

»Stimmt. Aber hier bei Viktor bin ich dazu auch Haushaltspflegerin.«

»*Das* nenne ich einen anstrengenden Job. Mit dir möchte ich nicht tauschen. Genauso wenig wie mit Erzieherinnen und Erziehern, Krankenschwestern und so weiter, die ganze Palette halt. Was ihr alle leistet, verdient verdammten Respekt.«

»Da kann ich nur zustimmen«, murmelte Fischbach und nahm sich ein weiteres Quarktörtchen. Die waren aber auch zu köstlich, da konnte er nicht widerstehen. »Wie weit seid ihr drüben?«

»Wir sind gleich mit dem Abkleben fertig.« Maila Aalto rieb sich die Augen. »Die Leiche ist zur Abholung freigegeben. Sobald der Bestatter da war, machen wir noch den Stuhl, und fertig. Was uns nach wie vor rätseln lässt, ist die Frage, wie der Mörder ins Haus gekommen ist. Es gibt keine Einbruchsspuren.«

»Dazu kann ich etwas sagen«, meldete sich Katarzyna Kaczmarczyk zu Wort. »Viktor schloss nie ab. Niemals. War ihm lästig, zur Tür zu gehen.«

Erstaunt hörte Fischbach auf zu kauen. »Wie ist das möglich?«

»Einfach Schlüssel nicht im Schloss drehen«, erklärte Katarzyna Kaczmarczyk. »Dann Tür ist nicht zu.«

Maila Aalto lachte. »Das hast du zu wörtlich genommen. Ich denke, Hotte meinte, dass ein reicher Mann, der keine Angst um sein Vermögen und um sein Leben hat, sehr selten ist. Die meisten verbarrikadieren sich.«

Katarzyna Kaczmarczyk zuckte mit den Schultern. »Viktor hatte doch recht. Er immer sagen: ›Wer reinkommen will, kommt auch rein, Katja. Da hilft die beste Alarmanlage nicht.‹«

»Er hat Sie Katja genannt?«, fragte Fischbach.

»Meistens. Auch Kätzchen, Katze oder Kat. Nur wenn er böse auf mich war, er sagte Katarzyna.«

»Kam das oft vor?«

»Immer wenn ich einen neuen Katheter legte.«

Bei der Vorstellung verzog Fischbach unwillig das Gesicht. Rasch verdrängte er den Gedanken daran und fragte: »Sie verstanden sich also gut mit Viktor?«

»Ja. Viktor war ein guter Chef. Er bezahlte ehrlich, war meistens sehr nett und fasste mich nicht an.« Katarzyna Kaczmarczyks Gesicht verdüsterte sich. »Das habe ich schon erlebt ganz anders.«

Fischbach musste an Gilles denken. War der auch so ein Föttchesföhler, ein Hinterngrabscher? »Wann haben Sie Viktor das letzte Mal lebend gesehen?«

»Gestern Abend gegen zehn. Da muss er Tabletten einnehmen, die habe ich ihm gebracht.«

»Wo war er da?«

Sie verdrehte die Augen. »Spielte Tschutschu mit Modell, wie fast immer. Ich habe oft gedacht, wenn er sich könnte klein machen, er würde glücklich auf seiner Spielplatte leben. Das Haus verkommt, Garten, Mauern, Elektrik, sogar die Abflüsse. Jedes Mal ich bin froh, wenn das Spülwasser beim Ablassen nicht wieder nach oben sprudelt. Aber Viktor nur denkt an den neusten Tschutschu von der Spielmesse. Hat mich oft genervt damit.«

»Kann ich verstehen«, pflichtete Fischbach ihr bei. »Und was haben Sie gemacht, nachdem Sie ihm die Medikamente brachten?«

»Bettzeit. Duschen, lesen, dabei sind mir die Augen zugefallen. Ich habe kleine Wohnung unter dem Dach. Ist schön. Immer sechs Wochen am Stück ich bin hier bei Viktor, dann kommt andere Pflegerin, und ich fahre zu meiner Familie nach Polen. Nach sechs Wochen wir wechseln wieder.«

»Und die Kollegin, die Sie ablöst, wie war deren Verhältnis zu Herrn Brandt?«, wollte Fischbach wissen.

Katarzyna Kaczmarczyk zog lächelnd eine Augenbraue hoch und schüttelte den Kopf. »Wir nicht Mörderinnen von Viktor.«

»Das nehme ich auch nicht an«, erklärte Fischbach. »Trotzdem muss ich fragen. Von Sympathien darf ich mich nicht beeinflussen lassen.« Wie beiläufig musterte er den Teller. Nur noch ein Quarktörtchen lag darauf, und Welscher hatte bisher keins probiert. Sollte er es aus Anstand dem Kollegen überlassen? Oder verspürte Welscher kein Verlangen danach? Dann könnte er zugreifen, bevor Maila Aalto es sich schnappte.

»Okay, du machst deinen Job, so wie ich eben Viktor pflege. Agneschka, meine Kollegin, kam mit Viktor genauso gut klar als ich. Ich habe sie heute angerufen und alles erzählt. Sie lebt in Warschau und hat … Dingsda … äh …« Sie schnippte mit den

Fingern. »Hab's jetzt: Alibi! Ihr Sohn hatte gestern Hochzeit. Ich gebe euch ihre Nummer und Adresse. Ist okay?«

Fischbach nickte.

Maila Aalto nahm das letzte Törtchen vom Teller und schob es sich in den Mund. »Köschtlisch«, schwärmte sie.

Fischbach lehnte sich ein wenig angefasst zurück und verschränkte die Arme vor der Brust. Nicht jeder war offenbar so rücksichtsvoll wie er. »Sie haben also nichts gehört? Eine Vase ist zu Bruch gegangen.«

»Dort oben? Keine Chance, Geräusch von hier unten zu hören«, wehrte Katarzyna Kaczmarczyk ab.

»Hatte Viktor Brandt Streit mit jemandem? Wissen Sie etwas über irgendwelche Auseinandersetzungen oder Konflikte?«

Sie überlegte. »Hm, davon weiß ich leider nichts. Ich habe nie so etwas erlebt, wenn ich war hier.«

»Hatte er Freunde, die ihn besuchten? Können Sie mir Namen nennen? Bekannte? Verwandte?«

»Nur einen Sohn. Der lebt in Hamburg, aber ist er jetzt in der Arktis.«

Maila Aalto beugte sich vor. »Ist ja interessant. Was macht er denn da?«

»So genau weiß ich nicht. Bohrt irgendwas.«

»Ins Eis?«, hakte Fischbach nach. »Er ist Forscher?«

»Nein, Journalist. Er stellt Leuten Fragen ... ›Nachbohren‹ hat Viktor es genannt.«

»Und mit seinem Sohn verstand Viktor sich gut?«, fragte Fischbach.

»Denke ja. Zumindest habe ich nie von Streit gehört«, antwortete Katarzyna Kaczmarczyk. »Und Viktor war immer sehr stolz, wenn er von ihm erzählte.«

In Welscher kam Leben. Er räusperte sich, nahm dann einen großen Schluck vom Tee. »Haben Sie den Namen Melina Wegener schon einmal gehört?«, fragte er.

Fischbach zog überrascht die Stirn kraus. Glaubte Welscher an einen Zusammenhang der Mordfälle? Gut, es gab aberwitzige Konstellationen, aber hier schien ihm das ziemlich ausgeschlossen zu sein. Zwar gab es hier wie dort Einstichstellen, doch ansonsten passte nichts zusammen. Daher wunderte es Fischbach nicht, dass Katarzyna Kaczmarczyk die Frage verneinte.

Welscher nippte wieder am Tee und schaute Fischbach an. »Kam mir nur so in den Sinn. Mach ruhig weiter.«

»Eigentlich bin ich fürs Erste durch.« Fischbach wandte sich an die Pflegerin. »Vielen Dank für Speis und Trank. Es wäre schön, wenn wir Sie weiterhin erreichen können, Frau Kaczmarczyk.«

Sie lächelte spitzbübisch. »Soll heißen, ich darf Stadt nicht verlassen?«, fragte sie.

Welscher stand auf, Fischbach tat es ihm gleich. »Sie können gehen, wohin Sie möchten. Allerdings wäre es gut, wenn Sie uns informieren, nur für den Fall, dass wir noch Fragen haben.«

»Nicht verdächtig?«

»Ich teile jetzt ein Ermittlungsgeheimnis mit Ihnen: immer noch nicht.« Fischbach zwinkerte ihr verschwörerisch zu.

»Das reicht mir.«

Maila Aalto meldete sich zu Wort. »Ich hätte nichts gegen eine weitere Tasse Tee einzuwenden.«

»Ich warte draußen«, verkündete Welscher knapp und war im nächsten Moment zur Tür hinaus.

Irritiert sah Fischbach ihm nach. Was war nur in seinen Kollegen gefahren? Noch nicht einmal verabschiedet hatte er sich. Er nahm sich vor, nachher unter vier Augen mit ihm zu reden, und wandte sich wieder Katarzyna Kaczmarczyk zu. »Dürfte ich vor meinem Aufbruch vielleicht noch die Toilette benutzen?«

Fischbach betrat den Vorraum des Gäste-WCs. Ein stumpfer, mit zahlreichen Sohlenabdrücken gemusterter Fliesenboden und fleckige Kacheln empfingen ihn. Es roch muffig nach Schimmel; Milchglas in beiden Fenstern verhinderte den Blick nach draußen. Der Wasserhahn tropfte, eine weitere Tür trennte das Klo vom Vorraum.

Vorsorglich kontrollierte er die Papierrolle, ehe er sich setzte. Alles bestens. Mit einem zufriedenen Ächzen erleichterte er sich. In Gedanken sortierte er, was sie die nächsten Tage angehen mussten. Weitere Zeugen waren zu befragen, Theorien zu entwickeln, Verhöre zu führen, sofern sich Verdächtige fanden, vielleicht stünde auch der eine oder andere Pressetermin an. Die Beerdigung von Welschers Vater nicht zu vergessen.

Fischbach überlegte, was er dazu anziehen sollte. Er seufzte, als ihm einfiel, dass er seine alten Anzüge vor Jahren alle in den Kleidersack gestopft hatte. Sigrid hatte gemeint, er würde niemals wieder hineinpassen. Ha! Von wegen, jetzt würden sie wie maßgeschneidert seinen Körper umschmeicheln. Aber stattdessen musste er wohl nach Euskirchen fahren und bei »Charme und Anmut« schauen, was die auf der Stange für ihn bereithielten.

Er reinigte sich, zog die Hose hoch und betätigte nach kurzem Zögern mit einem belustigten Grinsen den Druckspüler. So ein antiquiertes Gerät hatte er ewig nicht mehr gesehen. Das Wasser rauschte explosionsartig in das Porzellan, eine Sekunde, zwei Sekunden … fünf, sechs … zehn …

Mit Sorge beobachtete Fischbach, wie sich die Schüssel füllte. Er versuchte, das nachlaufende Wasser durch rhythmisches Betätigen des Druckspülers zu stoppen. Zwecklos, es rauschte gleich den Niagarafällen weiter hinab. Der Pegel erreichte bereits die Oberkante des Porzellans, flockig zerfetzt schwamm das benutzte Toilettenpapier obenauf.

Schweißperlen bildeten sich auf Fischbachs Stirn. »Nicht schon wieder«, stöhnte er auf. Hektisch zog er am Hebel des Druckspülers. Nur noch Millimeter, und alles würde überlaufen. »Scheiße, Scheiße, Scheiße«, fluchte er. Jetzt erinnerte er sich, dass Katarzyna Kaczmarczyk genau das vorhin angeprangert hatte. Dass Viktor Brandt das Haus verkommen ließ, was sich auch auf die Versorgungsleitungen auswirkte.

Das war der Moment, in dem das Abwasser über den Rand der Porzellanschüssel trat und den Boden flutete.

»Mist, verfluchter!«, rief Fischbach. Er riss das restliche Papier von der Rolle und warf es auf die Fliesen.

Da geschah ein Wunder!

Der Druckspüler glitt, begleitet von einem hohen Pfeifton,

zurück in die Ausgangsstellung, und das Wasser versiegte. Die anschließende Stille dröhnte laut in Fischbachs Ohren. Er konnte sein Glück kaum fassen! Doch sein erleichtertes Lachen währte nur kurz.

Er verstummte, als er ein Glucksen hörte. Luftblasen stiegen in dem Wasser auf, das immer noch in der Schüssel stand, und zerplatzten an der Oberfläche. Fischbach würgte. Es roch nach faulen Eiern, gepaart mit einem scharfen Ammoniakgeruch. Aber immerhin fiel der Wasserstand nun bis knapp unter den Rand. Dafür war er bereit, den Gestank zu ertragen. Als er eben das nasse Papier vom Boden aufklauben wollte, um es statt in der Toilette sicherheitshalber in einem Mülleimer zu entsorgen, stieg das Wasser schlagartig an. Es färbte sich dunkelgrün; undefinierbare braune Stückchen trieben auf.

Erschrocken trat Fischbach zurück. Gerade zur rechten Zeit, denn es gluckste erneut, diesmal tiefer, grollender, so als würde ein schlafender Drache an Flatulenz leiden. Die Oberfläche des Breis, der jetzt in der Toilette schwamm, wölbte sich nach oben. Dann schoss eine feuchte Fontäne Unrat gleich einer von einem Bohrer angestochenen Ölquelle kerzengerade bis zur Decke empor.

Mit einem beherzten Sprung in den Vorraum brachte Fischbach die Tür zwischen sich und diese sanitäre Apokalypse. Eilig drückte er das Türblatt in die Zarge und wandte sich ab. Damit wollte er nichts mehr zu tun haben. Leider aber quoll die Gülle unter die Tür hindurch und mäanderte über die Fliesen. Kurz überlegte er, ob er die Brühe mit einem Handtuch aufhalten sollte. Aber das war wenig erfolgversprechend, denn der Spalt war gut und gern eine Handbreit hoch. Um den abzudichten, hätte es schon eine Decke gebraucht. Und er hatte weder das eine noch das andere. Leider kam der an Darmproblemen leidende Drache von allein nicht zur Ruhe. Hinter der Tür gluckste und gluckerte es weiter.

Fischbach trat ans Becken. In alter Gewohnheit wollte er sich die Hände waschen; es war mehr ein Reflex als eine bewusste Entscheidung. Kaum hatte er den Wasserhahn betätigt, wusste er, dass er einen kapitalen Fehler begangen hatte. Aus dem Abflussrohr ertönte ein Grollen.

»Verdammt«, fluchte er erschrocken und floh auf den Flur, während das Becken hinter ihm ebenfalls zum Leben erwachte.

Fischbach rannte zum Ausgang, in der Nase immer noch den Güllegeruch. Ein Blick über die Schulter zeigte, dass der eklige Strom inzwischen den Flur erreicht hatte. Ihm kam es vor, als steckte intelligentes Leben darin. Der Bach an Unrat schien ihn zu verfolgen.

Endlich war er draußen, atmete erleichtert durch und stürzte zur Harley, neben der Welscher auf ihn wartete.

»Hotte, na endlich«, rief er. »Ich muss mit dir reden. Ich –«

»Jetzt nicht!«, unterbrach Fischbach ihn barsch. »Ins Büro, los!« Er stülpte den Stahlhelm über, saß auf und startete den Motor.

Welscher betrachtete ihn ungehalten, zuckte dann aber mit den Schultern und sprang in den Porsche. Sekunden später rollten sie über die Zufahrt der Villa in Richtung Straße.

Fischbach spähte in den Rückspiegel.

Braungrüne Brühe ergoss sich über die Außentreppe.

Der erwachte Drache kotzte sich jetzt so richtig aus.

15

Fischbach bog um die Ecke und wollte das Büro betreten. Doch im Türrahmen blieb er wie angewurzelt stehen. »Was zum Teufel?«

Welscher drängte sich an ihm vorbei. »Was ist … Oh!«

Fischbach lehnte sich zurück und warf einen Blick auf das Türschild. Tatsächlich! Dort standen immer noch ihre Namen, sie hatten sich nicht in der Tür geirrt.

»Das muss die Anwärterin verbrochen haben«, mutmaßte Welscher, ging weiter und setzte sich hinter seinen Schreibtisch.

Fischbach näherte sich neugierig dem linken Metaplan, eine von zwei mit Karteikarten bestückten Pinnwänden, die vor den Fenstern standen und so den Raum abdunkelten. In der Mitte stand auf drei Beinen ein Flipchart mit einem leeren Blatt. Die Karteikarten waren in einer steilen, schwungvollen Handschrift beschrieben worden, gemalte Pfeile auf dem Papier darunter verbanden einige miteinander. Auf der obersten Pappkarte standen der Name und das Geburtsdatum von Melina Wegener, daneben klebte ihr Porträtfoto. Weiter unten sah Fischbach Fotos vom Tatort. Er sah zum rechten Metaplan. Die Karte ganz oben war mit dem Namen des heutigen Opfers versehen worden, ebenfalls mit Geburtsdatum. Auch in dieser Anordnung gab es Fotos und Pfeile. Fischbach schürzte die Lippen und nickte anerkennend. »Nicht schlecht.«

»Da stimme ich zu«, sagte Welscher, »auch wenn ich mir wünschte, sie hätte sich oben im Konferenzraum ausgetobt. Ist hier jetzt schon ein wenig zugestellt.«

»Och, so ersparen wir uns zahlreiche Stufen und haben visuell immer alles vor Augen«, entgegnete Fischbach zufrieden. Er konnte dem Aktionismus der Anwärterin einiges abgewinnen. »Ich schlage vor, wir teilen uns auf: Ich kümmere mich in erster Linie weiter um den Fall Viktor Brandt, du um Melina Wegener.«

»Können wir so machen«, stimmte Welscher zu. »Dann fahre ich morgen zur Uni und höre mich bei ihren Kommilitonen um.« Er klickte mit der Computermaus etwas an. »Ah, hier. Eine Mail von der Rechtsmedizin. Viktor Brandt wird morgen um dreizehn Uhr obduziert. Die sind in letzter Zeit echt motiviert dort in Bonn, so ein Tempo haben die lange nicht mehr an den Tag gelegt. Fährst du hin?«

»Hast doch gehört, dass das nicht nötig ist. Warten wir einfach auf den Bericht«, sagte Fischbach. Er war froh, dass Welscher die Grübelei abgeschüttelt hatte. Er wirkte jetzt wie ausgewechselt, viel dynamischer und aufgeweckter.

Ein Keuchen erklang in Fischbachs Rücken. Neugierig drehte er sich um. Im Türrahmen stand der Kollege Hans-Dieter Päffgen und nieste in die Armbeuge. Nachdem das erledigt war, hob er müde die Hand zum Gruß. Aus fiebrigen, rot geränderten Augen sah er Fischbach an. »Hi, Hotte, schön, dass du wieder da bist.« Die Stimme kaum mehr als ein Flüstern, auf der Stirn glänzten Schweißtropfen.

»Danke. Kann ich dir ... äh ... etwas Schokolade anbieten?«

Päffgen schüttelte den Kopf. »Ein andermal.« Er streckte die Zunge heraus und deutete auf den weißlich-pelzigen Belag. »Es ist, als hätte ich Pappe im Mund«, klagte er. »Im Moment schmecke ich rein gar nichts. Aber egal, was mich nicht tötet, härtet mich ab.«

»Hm, ja, sieht nicht appetitlich aus. Was treibt dich denn zu uns?«

»Ich will euch helfen«, sagte Päffgen. »Ich habe von den beiden Toten gehört. Und da alle wegen der Grippe ausfallen ... Kurz gesagt: Hier bin ich.«

Er wollte das Zimmer betreten, doch Welscher hielt ihn mit einem energisch vorgebrachten »Stopp!« davon ab. »Untersteh dich!«

»Was denn?«, fragte Päffgen beleidigt. »Will doch nur helfen.«

»Du bleibst uns vom Leib«, erklärte Welscher. »Mensch, Hans-Dieter, du gehst jetzt schnurstracks nach Hause und kurierst dich aus! Ist das klar? Falscher Zeitpunkt, um den Helden zu spielen.«

»Nur eine kleine Erkältung, nichts von Bedeutung«, beharrte Päffgen. Er schwankte und hielt sich am Türrahmen fest.

Fischbach wusste genau, wie Hans-Dieter Päffgen tickte. Bei dem Spruch »Schnaps ist Schnaps, und Dienst ist Dienst« würde er über den Sinn der ersten drei Wörter rätseln. Was nichts anderes bedeutete, als dass es für ihn ausschließlich die Arbeit gab. Er lebte allein dafür, ein Privatleben gab es bei ihm nicht. Keine Familie, keine Beziehung, nicht einmal Freunde, nur Kolleginnen und Kollegen. Zu Hause stresste ihn die Einsamkeit. Fischbach bemitleidete Päffgen. Er selbst konnte sich solch ein Leben nicht vorstellen. Aber egal, der Kollege musste wissen, wie er seine Prioritäten setzte. Wenn er lieber annähernd vierundzwanzig

Stunden an sieben Tagen in der Woche auf der Dienststelle rumhing, dann war das eben so. Jeder nach seiner Fasson.

Trotzdem gab es Grenzen. Mit einer hoch ansteckenden Grippe blieb man zu Hause, um nicht die anderen zu gefährden. Punkt. Ende. Aus.

»Keine Widerrede, Hans-Dieter. Du horchst jetzt sofort an der Matratze!« Fischbach wusste, dass Päffgens Wohnung fußläufig erreichbar war, denn er wohnte auf der anderen Straßenseite. Ansonsten hätte er dafür gesorgt, dass ihn jemand begleitete. Unter diesen Umständen konnte man ihn aber wohl allein gehen lassen.

Päffgen wollte widersprechen, doch ein Hustenanfall unterband das Vorhaben. Als er wieder bei Atem war, gab er klein bei. »Ist gut, ich verschwinde. Morgen aber –«

»Wenn du morgen hier auftauchst«, unterbrach ihn Welscher, »schleife ich dich eigenhändig zum Arzt. Und der zieht dich mindestens eine Woche aus dem Verkehr. Das ist mein voller Ernst, lass es nicht darauf ankommen.«

Päffgens Schultern sackten nach vorn, sein Widerstand schien endgültig gebrochen. »Dann bin ich mal weg.« Er rieb sich die Schläfen. »Mit diesen schrecklichen Kopfschmerzen kann ich mich ohnehin kaum konzentrieren. Aber sobald es mir besser geht, steige ich mit ein.«

»Gern«, sagte Welscher, und Päffgen schlurfte davon.

Fischbach ließ sich auf den Stuhl fallen. »Puh, da sind wir gerade noch an Schmitz Backes vorbeigekommen. Der hätte uns in Nullkommanichts angesteckt.« Er nahm die Notiz zur Hand, die vor ihm lag, und las sie. »Die Anwärterin hat die kommenden Tage Fahrtraining«, verkündete er. »Wir sehen sie erst nächste Woche wieder.«

»Schade. Mit einer Sache hatte Hans-Dieter eben nämlich recht: Wir können jede Hilfe gebrauchen.« Welscher wandte sich wieder seinem Computer zu. »Aber wir sollten froh sein, dass sie uns überhaupt zur Seite steht.«

»Wie meinst du das? Lea ist uns doch offiziell von Andrea zugeteilt worden. Die, wenn ich mich recht entsinne, inzwischen die stellvertretende Chefin hier ist. Hat also alles seine Richtigkeit.« Fischbach kramte in einer Schublade auf der Suche nach einem Bleistift. Metaplan und Flipchart schön und gut, aber er wollte die Oberfläche seines Schreibtisches trotzdem weiterhin für wichtige Notizen nutzen. Manchmal kam es auf Sekunden an, wollte man eine Idee skizzieren, bevor sie verblasste oder von anderen Gedanken verdrängt wurde.

Er hatte vor einiger Zeit ein Interview mit einer Schriftstellerin gelesen, die Ähnliches berichtet hatte. Auch bei ihr zählte bei einem guten Einfall jede Sekunde. So führte die Dame von der schreibenden Zunft stets einen Stift und Papier mit sich. Selbst auf dem Nachttisch hatte sie ein Notizbuch liegen. Bewertete er diese Gemeinsamkeit, lag für Fischbach der Schluss nahe, dass sie als Kommissare wohl ebenfalls kreative Menschen waren.

»Na ja, ist aber schon ungewöhnlich, dass Lea nicht Streife fährt, oder?«, meinte Welscher.

Fischbach ließ das Herumkramen sein und blickte auf. »Die Grippe. Der Personalnotstand. Erklärt das nicht alles?«

Welscher wiegte den Kopf. »Ich weiß nicht. Die Ausbildung nach Lehrplan sollte doch trotzdem im Vordergrund stehen, auch in solchen Zeiten.«

Darüber hatte Fischbach sich noch keine Gedanken gemacht. Aber bei näherer Betrachtung könnte Welscher damit durchaus recht haben. Bevor Lea Kruse so weit war, bei der Kripo anzufangen, standen schließlich noch viele andere Stationen auf dem Plan. Zunächst benötigte sie eine fundierte Ausbildung. Nur … Wenn nicht die krankheitsbedingten Ausfälle der Grund waren, was war es dann …?

Fischbach zog scharf die Luft ein. Eine mögliche Antwort fiel ihm nämlich gerade ein. Wenn er mit seiner Vermutung richtiglag … Rasch nahm er das Smartphone zur Hand. Er wischte hin und her, suchte die Erinnerungsapp. Endlich fand er sie, gleich auf der Startseite in der Menüleiste am unteren Rand. Dort hatte er sie platziert, um sie nutzen zu können, ohne groß suchen zu müssen. »Kretin«, schimpfte er sich selbst. Rasch erstellte er eine Erinnerung, steckte dann das Gerät zurück in seine Lederjacke.

»Was war das denn?«, fragte Welscher.

»Nicht so wichtig«, wich Fischbach aus. »Du wolltest mir doch vor unserer Abfahrt –«

»Wohl eher eine Flucht«, warf Welscher ein und grinste.

Fischbach ging nicht darauf ein. »Du wolltet mir was erzählen. Betrifft es deinen Vater?«

Welschers Grinsen verschwand. »Nein.« Er setzte sich aufrecht hin. »Etwas ganz anderes.«

»Lass hören.«

»Den ganzen Tag hat es mich belastet, doch jetzt habe ich mich entschieden. Ich werde –«

Das Telefon läutete schrill. Fischbach hob einen Finger und gebot Welscher so, zu warten. Dann nahm er das Gespräch an und meldete sich.

»Maila hier.«

Fischbach aktivierte die Lautsprecherfunktion, damit Welscher mithören konnte. »Was gibt es? Habt ihr was gefunden? Die Spritze etwa?«

»Leider nein. Wir suchen gleich noch in der näheren Umgebung danach. Ich rufe wegen etwas anderem an.«

»Da bin ich ja mal gespannt.«

»Also es ist so … Warte … Ich stelle dich gerade auf laut … Also, meine Kollegen hören jetzt mit.«

Fischbach fragte sich, was das sollte. Maila Aaltos Team musste doch gar nicht wissen, worüber sie hier sprachen. Etwas zögerlich entgegnete er: »Ja?«

»Es geht um eine Wette«, verkündete Maila Aalto.

»Eine Wette?« Jetzt verstand Fischbach gar nichts mehr. »Und was habe ich damit zu tun?«

»Ganz einfach. Ich habe gewettet, dass du der Typ Mann bist, der das Weite sucht, sollte etwas Unangenehmes passieren. Die anderen sind der Meinung, dass du in so einem Fall Haltung bewahrst und dich der unerfreulichen Sache stellst.«

»Auf was spielst du an?«, fragte Fischbach, obgleich er schon einen Verdacht hatte.

Sie lachte. »Ich wate hier gerade durch Scheiße, und es riecht, als hätte die örtliche Kläranlage die dort ankommenden Abwässer allesamt in die Villa umgeleitet. Du hast nicht zufällig etwas damit zu schaffen?«

Fischbach wurde es heiß und kalt zugleich. »Was soll ich denn damit zu tun haben?«

»Meinte ja nur. Du hast doch in der Küche verkündet, dass du vor der Abfahrt –«

»Da war alles bestens! Sonst wäre ich ja nicht gefahren.« Ärgerlich knallte Fischbach den Hörer auf die Station.

»Ups«, kommentierte Welscher.

»Diese Aalto, also ehrlich! Was die sich herausnimmt! Absolut frech. Und ungehobelt ist sie obendrein. Dagegen verblasst selbst Oliver Pocher mit seiner vorlauten Klappe.« Fischbach ballte die Fäuste. Die Scham, wegen des Malheurs in der Villa in Verdacht geraten zu sein, befeuerte seine Wut. »Wenn die so weitermacht, dann …« Er wischte ungehalten einige Akten vom Tisch, krachend fielen sie zu Boden.

»Oha.« Welscher wies mit beiden Händen auf Fischbach. »Es gibt doch Vulkanausbrüche in der Eifel.«

»Ist doch wahr«, grollte Fischbach und fing an, die Akten aufzuheben.

Welscher stand auf und half ihm. »Beruhige dich. Ich werde mit ihr reden, okay? Ich werde ihr sagen, dass du vom alten Schlag bist und von jungen Kolleginnen Respekt erwartest. Den kleinen Generationenkonflikt werden wir schon in den Griff bekommen.«

»Untersteh dich! Das regele ich schon selbst.« Fischbach zischte einige Flüche, während er lose Blätter den richtigen Akten zuordnete. Es half, der Ärger verrauchte spürbar. »Jetzt aber zu dir. Wir wurden ja leider – ohne triftigen Grund, wie ich betonen möchte – unterbrochen.«

»Stimmt.« Welscher stand auf und lehnte sich an den Schreibtisch. Nach einer kurzen Pause sagte er: »Du sollst es als Erster erfahren, Hotte.«

Fischbach war jetzt ganz Ohr. Der gewichtige Tonfall, den Welscher anschlug, ließ ihn seinen Groll auf Maila Aalto endgültig vergessen.

Sein Kollege holte tief Luft. »Ich werde gehen, Hotte.«

»Äh … gut, von mir aus«, entgegnete Fischbach, der sich fragte, warum Welscher daraus so ein Bohei machte. »Es ist ja schon spät. Niemand wird dir einen Strick daraus drehen, wenn du jetzt Feierabend machst, gerade heute nicht. Ich meine, wegen deines Vaters und so.«

Welscher kniff die Augenbrauen zusammen. »Das meine ich nicht. Mensch, Hotte, daran musst du arbeiten. Du verstehst in letzter Zeit vieles falsch.«

Fischbach zuckte entschuldigend mit den Schultern. »Zugegeben, ist mir selbst schon aufgefallen. Was habe ich denn jetzt wieder nicht richtig gedeutet?«

»Ganz einfach: Ich meinte, endgültig.«

Fischbach war wie vor den Kopf gestoßen. »Und wann kommst du wieder?«, fragte er überflüssigerweise.

Welscher lächelte traurig. »Was ›endgültig‹ bedeutet, muss ich dir doch nicht erklären, oder?«

»Für immer?«

»Bingo! Und bitte versuche nicht, mich umzustimmen. Meine Entscheidung steht unwiderruflich fest.«

16

Die Glocke der Kronenburger Sankt-Johann-Baptist-Kirche schlug siebenmal, als Welscher die Haustür aufschloss und eintrat. Der Geruch nach Farbe und Verdünner empfing ihn, doch das Atelier war leer.

»Bist du es, Schatz?«, rief Larissa von oben.

Welscher ging die Treppe hoch, bog dann nach rechts in die Küche ab.

Larissa stand am Herd und lächelte selig. Sie drückte ihm einen Kuss auf die Lippen, hob dann den Deckel des Bräters hoch und sah hinein.

»Mhm, riecht ja köstlich. Was wird das?«, fragte Welscher.

»Ein maltesisches Gericht. Es nennt sich Fenek, Kaninchen in Rotweinsauce«, verkündete Larissa. »Das Rezept habe ich von einem Einheimischen. Du erinnerst dich an meine blau-orange Phase?«

Welscher nickte. Letztes Jahr hatte sich Larissa in den Kontrast der beiden Töne verliebt. Exzessiv hatte sie eine Leinwand nach der anderen gestaltet und dabei aus vielen Kunststilen einen eigenen geschaffen. Kubismus, Retro Art, Abstrakte Kunst und noch viele mehr, die er aber nicht alle behalten hatte, waren von Larissa in ihren Werken kombiniert worden. Die blau-orange Phase war es auch gewesen, die ihr schließlich die Aufmerksamkeit und Anerkennung der Kunstszene eingebracht hatte. Als *die* Newcomerin war sie fast über Nacht bekannt geworden.

»Gut, gut, schön«, sagte Larissa. »Also dieser Malteser, er besitzt eine Galerie in Valletta und hat drei Bilder von mir im Katalog. Eins davon hat er bereits verkaufen können. Wir haben einige Male miteinander telefoniert. Dabei erwischte ich ihn einmal in seiner Küche. Und weil er mir so von dem Kaninchen im Topf vorschwärmte, habe ich ihn um das Rezept gebeten. *Et voilà*«, sie wies auf den Bräter, »da liegt der Hase im Pfeffer!« Ihre Augen strahlten, und sie lächelte über das ganze Gesicht. Man musste nicht viel von Physiognomie verstehen, um zu erkennen, dass Larissa bestens gelaunt war.

»Voilà? Sprechen die Malteser neuerdings Französisch?«, scherzte Welscher.

Larissa versetzte ihm einen neckischen Schlag mit dem Küchenhandtuch. »Du Pedant! Jetzt aber rasch an den Tisch. Wein kommt sofort. Für mich ein Burgunder, für dich wie immer ein alkoholfreier.«

Welscher tat, wie ihm geheißen, und setzte sich auf seinen Platz am Küchentisch. Larissa öffnete die Flaschen und goss ein. Auf einmal hielt sie inne, ihr Lächeln wich einem erschrockenen Gesichtsausdruck. »Ach Gottchen! Ich habe gerade ein Déjà-vu. Da tänzele ich hier herum wie ein Funkenmariechen auf Ecstasy, anstatt mich nach deinem Befinden zu erkunden. Verzeih mir bitte. Wie fühlst du dich?« Liebevoll legte sie ihre Hand auf Welschers Arm.

Der nahm ihre Hand, zog Larissa auf seinen Schoß und lehnte den Kopf an ihre Brust. »Schon in Ordnung«, sagte er. »Am Freitag ist die Beerdigung. Meiner Mutter geht es den Umständen entsprechend gut. Ich bin sicher, dass sie bald darüber hinwegkommt. Sie ist eine starke Persönlichkeit.«

»Das ist sie«, flüsterte Larissa und streichelte ihm über den Kopf.

»Aber ob sie auch das andere wegsteckt?«

»Das andere?«

Welscher löste sich von ihr. »Na ja, meine Mutter und ich, wir haben uns gerade wieder angenähert. Es wird ihr das Herz brechen, zu hören, dass ich fortgehe.«

Larissa blinzelte irritiert, sprang dann auf die Beine. »Du meinst ...«

Welscher lächelte. »Ja. Ich habe mich entschieden. Ich komme mit. Auf in die USA!« Er begann, Neil Diamonds »America« zu singen. Bei der Zeile »*They're coming to America*« fiel Larissa lautstark mit ein, zog Welscher vom Stuhl und wirbelte singend mit ihm durch die Küche, wobei das Klackern ihrer Absätze den Takt vorgab.

Eine Stunde später saßen sie bei Kerzenschein am Tisch, den geleerten Bräter zwischen sich, die Teller bereits abgeräumt. Welscher hatte Larissa während des Essens von dem neuen Mordfall berichtet, dann waren sie die Eckpunkte der anstehenden Veränderung durchgegangen. Jetzt betrachtete er im Licht der Flamme träge den rötlich-goldenen Schimmer seines alkoholfreien Weins. »Hotte fiel aus allen Wolken, als ich ihm das mit den USA erzählte.«

Larissa befeuchtete ihren Zeigefinger mit einem Tropfen Wein und ließ ihn über den Rand des Glases kreisen. »Habe ich nicht anders erwartet. Immerhin hat er dich sehr ins Herz geschlossen.«

Welscher seufzte. »Der alte Rocker wird mir fehlen.«

Das Kreisen des Fingers entlockte dem Glas einen leisen, jaulenden Ton. »Er kann uns jederzeit besuchen kommen.«

»Hotte und fliegen? In eine Blechröhre gesperrt? Eher geht ein Kamel durch ein Nadelöhr.«

»Warte ab. Immerhin steigt er inzwischen auch in ein Auto.«

»Widerwillig, in absoluten Ausnahmefällen und nur für kurze Strecken.«

Larissa stoppte das Musizieren mit dem Weinglas und trank einen Schluck. »Dann besuchst du ihn hin und wieder. Wenn alles so läuft, wie ich mir das erhoffe, wird es am Geld nicht scheitern.«

Welscher kaute auf seiner Unterlippe. Nicht zum ersten Mal wurde ihm bewusst, dass er von Larissa abhängig sein würde, zumindest bis er einen Job gefunden hatte. Das war ein Punkt, der ihm Bauchschmerzen bereitete. Und er befürchtete, dass diese Situation länger andauern könnte als erwünscht. Bei dem angespannten Arbeitsmarkt in den USA konnte er froh sein, wenn er überhaupt irgendwo angestellt wurde. Das war aber notwendig, um auf Dauer im Land bleiben zu dürfen. Das Auswandern hielt einige Fallstricke bereit …

»Du grübelst schon wieder«, sagte Larissa.

»Wie willst du das wissen? Ich könnte doch auch an eine schöne Sommerwiese denken. Wir beide liegen auf einer Decke und beobachten die Schäfchenwolken bei ihrem Streifzug über den azurblauen Himmel.«

»Schönes Bild. Aber dann würdest du zufrieden die Mundwinkel anheben und entspannt die Schultern hängen lassen.«

»Und was habe ich stattdessen getan?«

»Du presst die Zähne aufeinander, und dein Gesicht sieht aus wie versteinert.«

Welscher hob die Augenbrauen. »Nicht schlecht. Du könntest als Fallanalytiker anfangen.«

Larissa zupfte an ihrer Bluse. »Wenn schon, dann als Fallanalytikerin.«

Sie lachten.

»Ich habe meiner Mutter übrigens von dem Angebot erzählt«, berichtete Welscher.

»Und? Was sagt sie dazu?«

»Sie hat sich für dich gefreut. Allerdings wusste sie da noch nicht, dass ich dich begleiten werde. Mich quält es schon ein wenig, sie zurückzulassen. Gibt ja sonst niemanden mehr aus der Familie. Sieht man von einer betagten Tante ab, die irgendwo im Osten wohnt und zu der sie keinen Kontakt pflegt.«

Larissa stellte ihr Glas ab und drehte es hin und her.

»Was ist?«, fragte Welscher.

»Willst du es dir noch einmal überlegen? Ich weiß, dass du viel für mich aufgibst.«

»Nein, nein«, wiegelte Welscher sofort ab. »Mein Entschluss steht fest. Allerdings, ich gebe es zu, auch wenn ich es ernst meine, erlebe ich immer wieder kurze Momente, in denen ich mich vor der eigenen Courage fürchte.« Dass er sich dann wünschte, Larissa hätte das Angebot nie erhalten, verschwieg er. Damit wollte er sie nicht belasten, ihre Freude dadurch nicht schmälern. Aber gerade jetzt fühlte Welscher sich zum ersten Mal seit seiner Kindheit hier in der Eifel zu Hause. Das aufgeben zu müssen, belastete ihn. Zwar tat er noch immer so, als würde er die Gegend hier am Arsch von Deutschland abgrundtief verabscheuen. Aber das war mehr ein Automatismus – weil andere es von ihm erwarteten und er ganz gern den zynischen Clown mimte. Er tröstete sich mit den Worten Dostojewskis, der gesagt hatte: »Veränderung ist das, was die Leute am meisten fürchten.« Somit befand er sich wohl in guter Gesellschaft.

Das Telefon läutete.

»Lassen wir es schellen«, schlug Larissa vor.

Welscher schob den Stuhl zurück und machte sich auf den Weg ins Wohnzimmer. »Würde ich gern, aber als Leiter der Mordkommission sollte ich erreichbar sein.«

»Gut, dass das bald ein Ende hat«, sagte Larissa.

Auch wenn das der Wahrheit entsprach, versetzte es Welscher einen Stich. Erneut verdeutlichte es ihm, wie sehr sich sein Leben in Kürze verändern würde.

Er nahm das Gespräch an. Doch nicht jemand von der Dienststelle meldete sich, sondern seine Mutter.

»Hi«, entgegnete er auf ihre Begrüßung. »Soll ich wieder vorbeikommen und bei dir übernachten?«

»Nicht nötig. Ich komme klar. Ich rufe wegen etwas anderem an.«

»Okay, gut. Lass hören.«

»Das mit Larissa. Hast du dich entschieden?«

»Ja.« Eigentlich hatte Welscher es ihr von Angesicht zu Angesicht erzählen wollen. Aber da sie nun danach fragte, sah er keinen Sinn darin, es ihr nicht mitzuteilen. »Ich werde mit ihr gehen.«

»Das freut mich. Wirklich. Und wann?«

»So schnell wie möglich. Wir werden in Kürze schon mal vorab über den großen Teich fliegen und uns um das Organisatorische kümmern.«

Einen Moment lang vernahm er nichts. Gleich würde er sie weinen hören.

Als sich seine Mutter dann aber wieder zu Wort meldete, fiel er aus allen Wolken.

17

Fischbach stellte die Harley auf dem Gelände der Alten Tuchfabrik in Euskirchen ab. Der Mond beschien das Areal. Ihm war nach einer Zigarre, und die besten, die man in der Eifel finden konnte, lagen im Humidor von Karlo Nettersheim, dem man nachsagte, seinen Reichtum mit Drogen erwirtschaftet zu haben. Allerdings war es bisher niemandem gelungen, Nettersheim zu überführen. So rühmte er sich bis heute, ein unbescholtener Bürger zu sein, und betrieb als ehrbarer Geschäftsmann mit weißer Weste die »Feuerhalle«, einen Veranstaltungsort. Mit Fischbach verband ihn eine langjährige Freundschaft, was sie aber beide nicht offen zugaben. Denn eine kameradschaftliche Beziehung zwischen einem vermeintlichen Drogenbaron und einem Kripobeamten würde unter Garantie Zweifler an Fischbachs Unbestechlichkeit aufs Parkett rufen.

Sigrid spielte heute Abend mit ihren Freundinnen von den Landfrauen Canasta, sie würde ihren Mann also nicht vermissen. Gewöhnlich dauerte das bis zum frühen Morgen. Ob die Damen tatsächlich intensiv die Karten mischten oder nicht eher die Gelegenheit nutzten, um über Hinz und Kunz herzuziehen, entzog sich Fischbachs Kenntnis. Jedoch rechnete er fest damit, dass Sigrid ihm beim Frühstück neben Brot, Wurst und einem gekochten Ei den neuesten Tratsch auftischen würde.

Die metallene Wendeltreppe knarzte in der Verankerung. Schon bevor Fischbach die oberste Stufe erreichte, flog die Tür auf, und Nettersheims massiger Körper erschien. »Was für ein seltener Gast!«, rief er, verbeugte sich leicht und zog einen imaginären Hut. »Der Papst schaut häufiger bei mir vorbei. Wie komme ich zu dieser Ehre?«

Sie klopften einander freundschaftlich auf die Schultern, wobei Fischbach darauf achtete, Nettersheims nach hinten gegelten Haaren nicht zu nahe zu kommen. Pomade verabscheute er zutiefst. Sein Großvater hatte sich das Zeug kiloweise in die Haare geschmiert. Bis heute erinnerte Fischbach sich an das glitschige Gefühl, wenn er sich, im Galopp über Stock und Stein auf dessen Schultern sitzend, mitunter in den Haaren festkrallen musste. Als würde man eine dicke, schleimige Schnecke anfassen. Hinterher rochen die Finger noch stundenlang nach Paraffin, da half selbst intensives Schrubben mit Kernseife nicht. Einfach nur eklig.

Nettersheim führte ihn ins Büro. Seit Fischbachs letztem Besuch hatte sich kaum etwas verändert. Eine riesige Fensterscheibe gewährte freie Sicht über die Dächer der ehemaligen Fabrik, eine andere den direkten Blick in die Veranstaltungshalle. Ein aufgeräumter Schreibtisch in der Größe einer Tischtennisplatte dominierte die Mitte des Raumes. Zwei braune Lederclubsessel, dazwischen ein runder Tisch, auf dem ein Aschenbecher und ein Feuerzeug standen, füllten eine Ecke aus, rechts befand sich die Bar. Zu Fischbachs Freude thronte auf der Theke wie erwartet der Humidor.

»Zigarre?«, fragte Nettersheim.

»Gern.« Fischbach ließ sich in den Sessel fallen.

»Ein Drink?«

»Muss noch fahren.«

»Ganz der Alte. Aber pass auf, ich hab da was für dich.« Nettersheim kramte hinter der Bar herum, schüttete Flüssigkeiten aus unterschiedlichen Flaschen in einen Shaker und mixte ein Getränk. Damit füllte er ein Glas und brachte es Fischbach. »Probier mal.«

Fischbach nippte vorsichtig. Es schmeckte köstlich, doch leider nach Gin. »Netter Versuch.« Er hielt Nettersheim das Glas hin. »Aber wie gesagt, ich möchte nichts Alkoholisches.«

»Reingefallen!« Nettersheim lachte dröhnend. »Das ist ein Null-Komma-null-Gesöff. Die Basis ist Gin, allerdings alkoholfrei. Nennt sich ›Sigfried Wonderleaf‹, erfunden von zwei Burschen, die in Bonn eine Destillerie betreiben. Sehr pfiffig, würde ich meinen. Bei dir habe ich noch Jasmintee dazugegeben.«

»Na, wenn das so ist.« Fischbach probierte erneut. »Wirklich gelungen. Meine Hochachtung!«

»Siehst du.« Nettersheim goss sich selbst einen Whiskey ein, öffnete dann den Humidor und ließ die Finger über der Auswahl kreisen. »Was schmauchen wir denn heute?«, murmelte er. »Ah, diese sind angemessen.« Er nahm zwei Zigarren heraus und setzte sich zu Fischbach.

Gemeinsam pafften sie an.

»Die beiden braunen Torpedos hier sind aus der Padrón-Serie 1926 und nennen sich ›80th Anniversary Perfecto Maduro‹«, erläuterte Nettersheim. »Limitierte Auflage anlässlich des achtzigsten Geburtstages des Firmenpatriarchen José Padrón. Schau auf den Bauchring, da steht die laufende Nummer.«

Nach einigen Zügen lehnte sich Fischbach genüsslich zurück. Er schmeckte die Aromen von Kakao, Kaffee und verschiedene Gewürznoten. Der Rauch war cremig, er füllte den Mundraum unaufdringlich und geschmeidig aus. »Mensch, was für ein Stöffchen.« Er versuchte, den sich einstellenden Niesreiz zu unterdrücken, doch es gelang ihm nicht.

Nettersheim rollte grinsend seine Zigarre zwischen den Fingern, der Tabak knisterte. »Auch das ist geblieben.«

Umständlich zog Fischbach aus der Hosentasche ein Taschentuch hervor und schnäuzte sich. Obwohl er von seiner seltsamen Allergie auf das Rauchen wusste, gab er dem Drang, sich eine gute Zigarre zu gönnen, hin und wieder nach. »Alte Gewohnheiten legt man nicht so einfach ab.«

»Wohl wahr. Und jetzt erzähl. Wie ist es dir in den letzten Monaten ergangen?«

Fischbach berichtete von der Zeit in der Klinik, von seinem Kampf gegen die psychische Erkrankung, erzählte sogar, wie er sich gefühlt hatte, obwohl er ungern über sein Befinden redete. Doch bei Nettersheim wusste er sich in guten Händen. Egal, was er ihm hier im Büro erzählte, es würde niemals nach außen gelangen. Das galt für jeden Besucher. Nettersheims Integrität war sein stärkstes Kapital. Nur so gelangte er an Informationen, die selbst der Polizei nach intensiven Ermittlungen verborgen blieben.

»Seit zwei Tagen bin ich wieder im Dienst. Die Akten türmen sich auf meinem Schreibtisch, mein Kollege hat mir vorhin gebeichtet, dass er den Dienst quittieren und nach Amerika auswandern wird, und ein anderer Kollege hat mich in eine äußerst delikate Angelegenheit mit reingezogen. Nicht zu vergessen die beiden Mordfälle, eine junge Frau und ein alter Mann. Schon lauschig, so eine Rückkehr in den Dienst, nicht wahr? Da wünscht man sich fast in die Klapse zurück.« Fischbach nahm einen großen Schluck von seinem Drink. Das viele Reden und der Rauch hatten ihn durstig gemacht.

Nettersheim goss sich Whiskey nach. Er blieb hinter der Bar stehen und prostete Fischbach zu. »Na dann, auf dein Wohl. Bei allem Ungemach freut es mich, dass die Täter sich den falschen Zeitpunkt für ihre Morde ausgesucht haben.«

»Wie meinst du das?«

»Ganz einfach: *Hotte is back!*« Nettersheim lachte dröhnend. »Damit haben sie den schärfsten Bluthund an den Hacken, den die Eifel zu bieten hat.«

Eine Stunde später drückte Fischbach den Rest der Zigarre im Aschenbecher aus. »Wunderbar«, verkündete er.

Nettersheim hatte ihm ausführlich von den Problemen in der Coronakrise erzählt, davon, als Eigentümer einer Veranstaltungshalle über die Runden zu kommen, wenn niemand feiern durfte. Bei diesem Thema waren sie vom Hölzchen aufs Stöckchen gekommen, und so waren die Minuten verflogen.

In der Luft hing dichter, blaugrauer Rauch.

»Zeit zu gehen«, stellte Fischbach fest. Er verspürte eine angenehme Schwere in den Gliedern. Doch bevor er sich aus dem Sessel stemmen konnte, sagte Nettersheim: »Du hast vorhin die Mordfälle erwähnt.«

Jetzt war Fischbach wieder hellwach. »Ja?« Er hatte nicht erwartet, dass Nettersheim das Thema aufgreifen würde.

»Nun, diese junge Frau, ich habe zwar von der Sache gehört, kenne aber kaum Details. Es gab wohl Einstiche in den Armen?«

Fischbach wunderte sich nicht zum ersten Mal, wie Nettersheim an solche Informationen gelangte. Hatte er Kontakte innerhalb der Polizeibehörden? Oder in der Rechtsmedizin? Wer plauderte mit ihm über Interna? Vermutlich war es eine Kombination aus mehreren undichten Stellen quer durch alle Sparten. Diese Quellen anzuzapfen, musste Nettersheim eine Stange Geld wert sein. Informanten wollten in der Regel bezahlt werden oder einen anderen Vorteil erlangen. Er sitzt hier wie eine Spinne im Netz, dachte Fischbach. Und greift ab, was sich darin verfängt. Laut sagte er: »Das will ich nicht verneinen.«

»Überdosis?«

Fischbach schüttelte den Kopf.

Nettersheim schnalzte bedauernd mit der Zunge. »Okay, zugegeben, in dieser Sache kann ich dir leider nicht groß weiterhelfen. Reden wir daher besser über Viktor Brandt. Magst du noch eine Zigarre?«

Fischbach lehnte ab. Eine Zigarre am Abend konnte er genießen, bei einer zweiten würde ihm übel werden. Nettersheim schien dieses Problem nicht zu kennen, denn er paffte bereits die nächste an. Die Frage, woher er schon wieder wusste, wie das zweite Mordopfer hieß, musste Fischbach nicht stellen, Nettersheim beantwortete sie auch so.

»Also«, begann er und pausierte kurz, um einige Rauchringe in die Luft zu blasen, »Viktor und ich, wir kannten uns gut. Alles fing damit an, dass sein Sohn Max meine Vergangenheit aufdecken wollte.«

»Sein Sohn, der Journalist?«

»Genau. Max stellte mir eine Weile nach, wollte mich an den Pranger stellen. Er verbiss sich regelrecht in die Sache und ignorierte dabei meine Beteuerungen, dass es vergebens sei, was er da machte.«

»Denn es gibt da ja nichts, was er hätte aufdecken können, nicht wahr?« Fischbach zwinkerte Nettersheim verschwörerisch zu.

»Ganz genau. Aber wie das so ist, wer tief gräbt, stößt beizeiten vielleicht doch auf eine vergrabene Leiche, nicht wahr? Dazu wollte ich es ungern kommen lassen. Da Max aber keine Vernunft annahm, habe ich Viktor einen Besuch abgestattet. Gut zehn Jahre ist das jetzt her. Ich will nicht zu weit ausholen, nur so viel: Es gelang mir, ihn davon zu überzeugen, dass es für Max besser wäre, sich einem anderen Thema zu widmen.«

»Du hast ihm gedroht? Womit?«

»Keine Sorge, Gewalt war nicht im Spiel. Ich wusste jedoch etwas über Max, das niemand wissen durfte. Viktor hätte es gar nicht gefallen, wenn das herausgekommen wäre. Es hätte unweigerlich dazu geführt, dass auch er ins Rampenlicht gezogen worden wäre. Und wenn Viktor eins nicht leiden konnte, dann war es Aufmerksamkeit.«

»Um was ging es denn?«

Nettersheim lachte. »Ich wiederhole: etwas, das niemand wissen durfte. Was ich allerdings sagen kann: Wie so oft war eine Frau im Spiel.«

»Ein Verhältnis?«

»Wäre das rausgekommen, hätte es die Republik wie ein schweres Erdbeben erschüttert. Ein Skandal sondergleichen.«

»Eine Prominente also.« Fischbach rechnete zehn Jahre zurück. Wer kam da in Frage? Eine Schauspielerin? Hm, eher nicht. In dieser Zunft gehörte eine Affäre fast zum Alltag, von der Regenbogenpresse abgesehen wäre das kaum einen Aufreger wert. Jemand aus Politik oder Wirtschaft? Vor Fischbachs innerem Auge erschien unvermittelt ein Gesicht. »Doch nicht etwa die Kanzlerin?«, murmelte er.

Energisch schüttelte Nettersheim den Kopf. Eine Strähne löste sich und hing wie eine Schwarze Mamba über seinem Ohr herab. »Nicht doch! Trotzdem zolle ich dir Respekt, denn du bist ganz dicht dran. Gut kombiniert. Du kommst bestimmt noch darauf, nur bestätigen werde ich nichts.« Nettersheim aschte ab. »Tatsächlich war Viktor erfolgreich. Sein Sohn ließ von einem Tag auf den anderen von mir ab. Keine Ahnung, wie Viktor das gelungen ist. Es war mir allerdings auch gleichgültig. Manchmal zählt eben nur das Ergebnis. Und da ich, was das anging, überaus zufrieden war, lud ich Viktor zum Essen ein. So begann unsere Freundschaft.«

»Ende gut, alles gut, kann man dazu nur sagen. Über was habt ihr euch bei euren Treffen denn ausgetauscht? Über die neuesten Märklin-Modelle?«

Nettersheim feixte. »Ja, ja, Viktor und seine Modellbahn. Legendär, total vernarrt war er darin. Ich teile diese Leidenschaft nicht. Ein anderes Spiel reizt mich mehr.« Nettersheim verstummte und blickte Fischbach erwartungsvoll über den Tisch hinweg an.

»Ich soll raten?«, fragte Fischbach.

»Wäre mir ein Vergnügen.«

»Also gut. Poker vielleicht?«

»Langweilig. Dann schon eher russisches Roulette. Da ist wenigstens Bums im Spiel, he, he.«

»Hm? Sportwetten?«, versuchte Fischbach erneut sein Glück.

»Sehe ich aus, als würde ich mich für Sport interessieren?«

Fischbach fiel die Sache mit Feuersänger ein, der nach unverhofftem Glück im Spiel mit seiner Frau auf Weltreise war. Daher fragte er: »Lotto?«

»Nur was für Leute, die die abwegige Hoffnung hegen, ohne

Aufwand reich und unabhängig zu werden. Meiner Meinung nach reine Geldverschwendung.«

»Okay, gut.« Fischbach überlegte kurz, dann sagte er: »Wo wir eben davon sprachen: Frauen?«

Nettersheim lachte, wurde aber gleich wieder ernst und deutete mit der Spitze der Zigarre auf Fischbach. »Ich spiele niemals mit Menschen.«

»Dann gebe ich auf.«

»Schade. Jetzt schon?« Nettersheim mimte kurz den Enttäuschten. »Also gut. Ich spekuliere an der Börse«, gab er preis.

»Und das ist für dich ein Spiel?«, fragte Fischbach überrascht. »Die Börse als Spielplatz? Darf ich dich an die zahlreichen Selbstmorde aufgrund von Baisse erinnern? Weltwirtschaftskrisen? Lehman Brothers? Aktienspekulationen sind ein dreckiges und knallhartes Geschäft, bei dem Menschen sterben.«

Nettersheim winkte ab. »Überall kommen Menschen um. Und die Leute, die sich aus dem Fenster stürzen, sind selbst schuld. Sie haben den Fehler begangen und alles auf eine Karte gesetzt. So etwas darf man nicht machen. Ich zum Beispiel spekuliere nur mit Geld, das ich übrig habe, also mit dem, was ich nicht notwendigerweise benötige. Wendet man diese Regel an, kann man auch fallende Kurse gelassen betrachten. Denn die älteste Börsenweisheit lehrt: Nach einer Baisse kommt immer eine Hausse. Man muss nur abwarten können.«

»Hört sich zwar vernünftig an, trotzdem wäre es für mich nichts.« Fischbach schnaufte durch. »Ich gebe zu, bei dem Thema bin ich etwas empfindlich. Vor Jahren habe ich mich einmal verspekuliert und dabei eine schöne Summe verbrannt. Seitdem traue ich dem Ganzen nicht mehr.«

»Aufgrund deines Alters tippe ich auf die T-Aktie.«

»Goldrichtig.«

»Immerhin warst du damit in guter Gesellschaft.«

»Das tröstet nicht wirklich. Mein sauer verdientes Geld war weg, nur das zählt.«

»Wobei wir wieder bei der eben erwähnten Börsenweisheit sind.«

»Ja, ja, hinterher ist man immer schlauer.«

Nettersheim zog an der Zigarre. »Hättest du damals Viktor um Rat gefragt, wäre das nicht passiert. Seine Tipps waren Gold wert.«

»Jetzt wird es wieder interessant. Verfügte er etwa über Insiderwissen?« Fischbach versuchte, daraus ein mögliches Motiv für den Mörder zu basteln. Hatte Viktor Brandt vielleicht jemand Zwielichtigem mit der Börsenaufsicht gedroht?

»Nicht dass ich wüsste. Es war wohl mehr eine Gabe. Hm, wie beschreibe ich Viktor am besten? Kennst du Gustav Gans?«

»Aus dem Disney-Comic? Donald, Dagobert, die Neffen und Gustav, der immer Glück hat?«

»Glück, genau das war es auch bei Viktor. Das denke ich wirklich. Er hatte ein unglaubliches Gespür für Aktienkurse. Viktor suchte sich bei einem Tiefstand Aktien aus, wartete den nachfolgenden Aufschwung ab und verkaufte beim Peak, also beim Höchststand. Treffsicher, das kannst du mir glauben. Es fing damals mit der besagten T-Aktie an. Du erinnerst dich ja sicherlich noch an die Werbung mit den Gottschalk-Brüdern. Oder mit Manfred Krug?«

»Klar. Deren Versprechungen war ich schließlich aufgesessen.«

»Viktor steckte, wenn ich es richtig verstanden habe, ähnlich wie du sein ganzes Vermögen in diese Aktie.«

»Er verletzte also genau die Regel, die du eben erwähnt hast?«

»Nur beim ersten Mal. Danach nie wieder. Es war das bescheidene Erbe seines verstorbenen Vaters. Viktors Mutter war kurz nach seiner Geburt an einem durchgebrochenen Blinddarm gestorben, eine Stiefmutter gab es nicht, und er wuchs somit als Einzelkind auf. Aber ich verrenne mich, wollte eigentlich nur sagen, dass Viktor aus bürgerlichen Verhältnissen stammte und sich sein Reichtum somit allein auf sein eigenes Geschick gründet.«

»Also nicht von Beruf Sohn«, warf Fischbach ein.

»Genau. Viktor fing mit den T-Aktien an und verkaufte sie am Tag bevor sie zum Sturzflug ansetzten. So ging es über die Jahre weiter. Ende der Neunziger investierte er in den Neuen Markt, surfte auf der Blase und veräußerte seine millionenschweren Aktienpakete genau im richtigen Augenblick. Nur Tage später hätte er sich für die Aktien kaum noch ein Frühstücksbrötchen kaufen können. So wurde Viktor steinreich.«

Fischbachs Smartphone vibrierte in seiner Hosentasche. Er zog es heraus. Die Erinnerung, die er am Nachmittag gesetzt hatte, leuchtete auf dem Display auf.

»Wichtig?«, fragte Nettersheim.

»Kleinen Moment.« Er tippte eine SMS, dann steckte er das Handy zurück in die Hosentasche. »Wenn man so erfolgreich ist, zieht das bestimmt auch Neider an. Hatte Viktor Brandt Feinde? Zeitgenossen, die ihm ans Leder wollten?«

»Sicher nicht wegen seines Erfolgs. Da Viktor sein Vermögen ausschließlich an der Börse generierte, gab es weder übervorteilte Konkurrenten noch verärgerte Arbeitnehmer. Und bei Unternehmen, bei denen er eine Aktienmehrheit besaß, plünderte er auch nicht den betriebseigenen Pensionsfond. An solchen Dingen hatte Viktor kein Interesse.«

»Hm, trotzdem hat ihn jemand getötet«, stellte Fischbach fest. »Also muss er zumindest einen Feind gehabt haben. Sein Sohn vielleicht? Oder eine missgünstige Ex-Frau?«

»Viktor lebte als ewiger Single. Gut so, denke ich. Neben seiner Modelleisenbahn wäre eine Frau rasch auf dem Abstellgleis gelandet.« Nettersheim kicherte über seinen eigenen Wortwitz.

»Dieser Max, sein Sohn, ist also unehelich?«, hakte Fischbach nach.

»Schwierig zu beantworten.«

»Wieso?«

»Weil er adoptiert ist. Wie Viktor das als Alleinstehender hinbekommen hat und warum überhaupt ein Wunsch nach Nachwuchs bestand …« Nettersheim hob die Schultern. »Das entzieht sich leider meiner Kenntnis.«

»Vermutlich floss viel Geld.«

»Ja. Aber eins steht fest: Max ist der Alleinerbe des Vermögens.«

»Allerdings hat er ein perfektes Alibi.«

»Wieso?«

»Er recherchiert gerade in der Arktis für einen Artikel.«
Nettersheim schüttelte den Kopf. »Max ist zurück.«

»Ach! Woher weißt du das?«

»Ich habe vorgestern mit Viktor gesprochen, um ihn bezüglich eines von mir geplanten Aktienkaufs um Rat zu fragen. Am Telefon erzählte er mir beiläufig von Max' Rückkehr aus der Eiszeit. Es war das letzte Mal, das ich mit ihm gesprochen habe.«

Fischbach fiel ein, dass sie Max Brandt noch nicht über den Tod des Vaters informiert hatten. Das musste er morgen früh nachholen.

»Vielleicht war es ein Raubmord«, sagte Nettersheim und gähnte.

»Sieht derzeit nicht danach aus. Soweit wir feststellen konnten, wurde nichts durchsucht, nach Aussage der Pflegerin scheint auch nichts zu fehlen. Und sollte er jemanden in flagranti überrascht haben, ergibt ein Mord nur dann einen Sinn, wenn Viktor Brandt die Person kannte. Ansonsten wäre der Ertappte einfach geflüchtet.«

»Stimmt. Das wird eine harte Nuss für euch werden«, orakelte Nettersheim. »Sollte mir noch etwas einfallen, rufe ich dich an. Versprochen.«

Sie plauderten noch einige Minuten über Belangloses, dann verabschiedete sich Fischbach. Obwohl es bereits kurz vor zehn war, musste er dringend einen Anruf erledigen.

18

Kalt strich der Wind zwischen den ehemaligen Fabrikgebäuden hindurch. Raureif glitzerte auf den Pflastersteinen im Mondlicht, noch bewiesen die Aprilnächte ihre Nähe zu den Wintermonaten.

Fischbach zog den Reißverschluss seiner Lederjacke hoch bis zum Hals, kehrte der Harley den Rücken und schlenderte in Richtung des Veybachs, in dem das Wasser gurgelte. Nach dem rauchgeschwängerten Büro tat es gut, kräftig durchzuatmen. Während kalte Luft in seine Lungen strömte, bildete Fischbach sich ein, verfeuerte Braunkohle, fettige Wolle, Schmieröl und den Schweiß der einstigen Belegschaft der Alten Tuchfabrik zu riechen. Er vermutete, dass ihm die Psyche einen Streich spielte. Diese Gerüche aus längst vergangenen Zeiten konnten unmöglich die Jahrzehnte überdauert haben.

Er zückte das Handy und wählte aus den Kontakten die Nummer von Andrea Lindenlaub. Fast augenblicklich meldete sie sich. Ihre Stimme hörte sich kratzig an.

»Wie geht es dir?«, fragte Fischbach.

»Beschissen«, krächzte Andrea Lindenlaub. »Hättest du mich vorhin nicht angesimst, läge ich längst wieder komatös im Bett. So musste ich mich mit einem Tee wachhalten. Zu allem Überfluss hat sich mein Sohn jetzt ebenfalls angesteckt. Der liegt glühend wie ein gut gestochter Kohleofen in seinem Zimmer. Ziemlicher Mist, das alles.«

»Lieb von dir, dass ich dich trotzdem stören darf«, sagte er mit einem schlechten Gewissen.

»Geht schon.«

Fischbach hörte sie etwas schlürfen. Vermutlich den heißen Tee, angereichert mit einem Löffel Honig. »Aufgrund der Umstände«, begann er und drehte dabei dem Wind, der über den leeren Besucherparkplatz strich, den Rücken zu, »will ich mich kurzfassen.«

»Wäre mir sehr recht.«

»Also, die Anwärterin, diese Lea Kruse, die hast du uns doch nicht einfach so zugewiesen.«

»Worauf willst du hinaus? Ich habe die Aktenberge bei euch gesehen und –«

»Ich hatte eine Unterredung mit Thomas Gilles«, unterbrach er sie. »Er war ganz offen, hat mir alles erzählt. Von den Vorwürfen.«

Ihre Antwort kam zeitverzögert und mit einer Spur Argwohn in der Stimme. »Und wenn dem so wäre?«

»Thomas hat keine Namen genannt. Aber Lea Kruse wollte auf einmal nicht mehr mit zu unserem Tatort, als sie feststellte, dass er dort im Einsatz war. Ich hatte es erst nicht kapiert, aber rückblickend denke ich, dass sie nicht mit ihm zusammentreffen wollte. Jan meinte außerdem, dass sie als Anwärterin eigentlich gar nicht bei uns sein dürfte. Und da habe ich eins und eins zusammengezählt.«

»Und was kam dabei heraus?«

»Du hast die Ausbildung gebeten, sie uns zuzuordnen, damit sie bei den Streifenhörnchen aus der Schusslinie ist. Im Dienst auf Thomas zu treffen, wäre ansonsten fast unvermeidlich, nicht wahr?«

»Okay, okay, ja, stimmt. Lea hat mich um Hilfe gebeten. Wir kennen uns von der Fachhochschule. Sie ist in einem meiner Kurse. Ich wollte den Kreis derjenigen, die davon wissen, klein halten, deswegen habe ich euch gegenüber geschwiegen. Es tut mir leid.«

»Vergeben und vergessen. Hast du mit Thomas über die Sache gesprochen?«

»Ja, kurz. Ich habe ihn informiert, dass Lea bei mir war, dass sie sich Bedenkzeit ausgebeten hat und ich mich mit unserem Chef austauschen möchte.«

Jetzt wusste Fischbach auch, warum Gilles ihn gebeten hatte, mit Bönickhausen zu sprechen.

»Sobald der Chef und ich die verfluchte Grippe überstanden haben, setzen wir uns zusammen. Ich möchte auf alles vorbereitet sein«, fuhr Andrea Lindenlaub fort. »Hängt ja auch davon ab, wie Lea sich am Ende entscheiden wird. Bis dahin weiß ich sie bei dir und Jan in guten Händen. Das war der eigentliche Grund, sie zu euch zu setzen.«

»Du kannst dich auf uns verlassen. Übrigens, Thomas hat sich nach eigener Aussage bei Lea Kruse entschuldigt«, berichtete Fischbach. »Weißt du davon? Lea hat ihn abblitzen lassen.«

»Das hat sie mir erzählt, ja. Sie ist der Ansicht, dass es nur ein Lippenbekenntnis war.«

Fischbach schlenderte mit dem Smartphone in der Hand zurück zum Motorrad. »Heißt das, sie wäre für eine ernst gemeinte Entschuldigung durchaus offen? Sie würde dann die Anschuldigungen fallen lassen?«

»Denke schon.«

Fischbach blieb vor der Harley stehen und schaute zum Nachthimmel hinauf. Auf der hellen Mondkugel hoben sich dunkel die Krater ab. »Vertrackte Situation«, gab er zu. »Thomas muss echte Reue zeigen.«

»Sehe ich auch so. So etwas vom Typ König Heinrich IV. beim Gang nach Canossa. Warum setzt du dich eigentlich so für ihn ein?«

»Bei all den Fettnäpfchen, in die er regelmäßig tritt, ist er doch ein ausgezeichneter Streifenbeamter. Vielleicht der beste, den wir in unseren Reihen haben.« Dass Sigrid ihn vorhin, bevor sie zu ihrem Frauentreff aufgebrochen war, daran erinnert hatte, dass es der junge Thomas Gilles gewesen war, der damals am Unfallort nichts unversucht gelassen hatte, um Fischbachs Tochter wiederzubeleben, verschwieg er. Die vergangenen Ereignisse waren nicht entscheidend für diese Angelegenheit. Doch Sigrid hatte die Meinung vertreten, dass Gilles allein deswegen seine Fürsprache verdient hätte.

»Dem kann ich nicht widersprechen«, räumte Andrea Lindenlaub ein. »Aber … Ach, weißt du, lass uns nicht das Ende vor dem Anfang durchdenken. Hotte, mir brummt echt der Schädel. Machen wir für heute Schluss, okay?«

»Ja, klar, du hast recht. Wir reden später weiter darüber.«

Sie verabschiedeten sich. Fischbach zog den Helm auf und startete die Maschine. Während des Telefonates war ihm eine Idee gekommen. Er musste es nur geschickt angehen und den richtigen Moment abpassen.

Welscher saß aufgewühlt mit Larissa am Esstisch. »Träume ich das alles nur?«

Der Anruf seiner Mutter lag schon eine Stunde zurück, doch er konnte es immer noch nicht fassen.

Larissa grinste. »Also, ich finde das mit deiner Mutter mega!«

»›Mega‹ im Sinne von ›abgedreht‹?«

»Positiv verrückt, ja, einfach cool. Solltest du das anders sehen, dann sag es ihr. Sie hat es ausdrücklich verlangt.«

»Stimmt. Aber sie wünscht es sich doch so sehr. Das war unmissverständlich. Da kann ich schlecht Nein sagen. Und du hättest wirklich nichts dagegen?«

Larissa stand auf, zog Welscher vom Stuhl und umarmte ihn. »Ganz und gar nicht.«

Welscher lehnte sanft seine Stirn gegen ihre. »Du bist so unkompliziert, das liebe ich an dir.«

Einen Moment lang schwiegen sie, dann sagte Welscher: »Dass meine Mutter der Eifel jemals den Rücken kehren würde, hätte ich mir in meinen kühnsten Träumen nicht ausgemalt. Sie will *tatsächlich* ihre Zelte hier abbrechen und mit uns kommen?«

Larissa rückte ihn von sich ab und lachte. »So hast du es mir erzählt.«

»Wahnsinn«, murmelte Welscher. »Absolut ...«

»... verrückt, genau«, bekräftigte Larissa und zog Welscher hinter sich her ins Schlafzimmer. »Und absolut verrückt bin ich auf dich«, sagte sie und warf sich rücklings aufs Bett. »Eins ist mir bei der ganzen Sache allerdings wichtig.«

Welscher legte sich an ihre Seite. »Und das wäre?«

»Eine räumliche Trennung. Denn ich möchte nicht, dass deine Mutter mitbekommt, was wir so treiben. Das muss dann doch nicht sein.«

Welscher dachte an das Andreaskreuz, das sie im Keller stehen hatten, und an die freizügigen Bilder, die dort unten an den Wänden hingen. Und ihm stand wieder Hotte vor Augen, den er im Keller mit einem Dildo in der Hand ertappt hatte, als bei der Einweihungsparty der Strom ausgefallen war und sein Kollege im Dunkeln nach einer Taschenlampe gesucht hatte. Ein Bild für die Götter.

Nein, davon musste seine Mutter nichts erfahren.

Er zog Larissa an sich und küsste sie innig. »Damit kann ich leben«, hauchte er ihr ins Ohr und fing an, sein Hemd aufzuknöpfen.

19

Sie schwebt, schwebt hoch oben am Himmel. Wind bauscht ihre Federn, streicht an ihren Schwingen entlang, trägt sie, wohin sie will. Unter ihr die Bäume, unzählige, hoch aufragend. Ein unbekannter Wald. Ein graues Band trennt ihn in zwei Hälften. Sie fliegt tiefer, folgt dem Asphalt nach Norden. In der Ferne windet sich ein fluoreszierender Streifen Licht wie eine Schlange dicht über den Horizont. Das Nordlicht, wunderschön anzuschauen. Eine lang gezogene Kurve, die Straße führt an einem Abhang vorbei. Kaum wahrnehmbar ein Brummen. Sie stellt die Flügel flacher, verliert weiter an Höhe. Die Scheinwerfer eines Wagens zerschneiden die Dunkelheit. Vor Freude schlägt ihr Herz schneller. Endlich. Sie hat sie gefunden. Dort im Wagen sitzen ...

Mit einem Ruck wachte sie auf.

»Meine Eltern!«, entfuhr es ihr. Wild pochte ihr Herz angesichts der aufsteigenden Panik. Ihre Eltern waren auf dem Weg zum Nordkap. Eine Tour in die Vergangenheit, zum silbernen Hochzeitstag. So wie früher, sogar ohne Smartphone, wie ihre Eltern ihr an Silvester lachend erzählt hatten. Die Erinnerungen auffrischen, hatte ihr Vater präzisiert. Bei einer Klassenfahrt nach Finnland hatte es zwischen ihnen gefunkt.

Ihre Eltern waren verreist.

Bereits seit einer Woche.

Niemand konnte ihre Eltern erreichen.

Man hatte sie angelogen! Es war unmöglich, dass ihre Eltern von ihrem Unfall –

Ein Geräusch ließ sie zusammenschrecken, unwillkürlich riss sie an den Bändern, die sie immer noch an das Krankenbett fesselten. Die Tür ging auf, und eine Gestalt trat ein. Ein kehliger Schrei entglitt ihr. Ein Monster! Breit, hoch, seltsam geformt. In der Hand …

Das Deckenlicht flammte auf, die Rollläden fuhren ein Stück nach oben.

Schweiß rann ihr in die Augen. Es brannte, sie versuchte, es wegzublinzeln. Die Augen wieder zu öffnen.

»Guten Morgen. Wie geht es Ihnen heute?«

Dumpf und verzerrt wie nicht von dieser Welt, aber freundlich.

Ihre Augen gewöhnten sich nach und nach an das Licht. Die Gestalt am Bettende hielt etwas in den unförmigen Händen, das Gesicht … Es war nicht zu erkennen. Etwas spiegelte, sie sah sich selbst in dem Bett liegen. Ein Visier?

Die Gestalt hob die Arme. »Ich habe hier Ihr Frühstück. Bisher haben wir Sie künstlich ernährt. Besser ist es jedoch, wenn wir Ihre Verdauung anregen.«

Einige panische Sekunden vergingen, dann wurde ihr klar, welchem Irrtum sie aufgesessen war.

Das Virus!

Die Quarantäne!

Vor ihr stand eine Krankenschwester in einem Schutzanzug. Oder ein Krankenpfleger. Das zu bestimmen, war unmöglich in der Verkleidung und mit der verzerrten Stimme.

Die Gestalt zog die Tischplatte aus dem Nachtschrank und stellte das Tablett darauf ab. »Wir haben Sie vierundzwanzig Stunden lang schlafen lassen. Ihre Vitalwerte haben sich in dieser Zeit deutlich verbessert. Daher denken wir, Sie sollten etwas Richtiges essen. Und natürlich trinken. Und sich dann wieder ausruhen.«

Die Gestalt beugte sich vor, griff umständlich die Fernbedienung für das Bett und fuhr das Rückenteil hoch.

Eine neue Perspektive. Augenblicklich fühlte sie sich besser, endlich wieder mehr wie ein aufrecht gehender Mensch und nicht wie Gregor Samsa in Kafkas Erzählung »Die Verwandlung«.

»Trinken ist eine gute Idee«, gab sie zu. Ihr Hals schien sich in eine Käsereibe verwandelt zu haben. Beim Schlucken schmerzte er.

»Aber bitte langsam und vorsichtig«, mahnte die Gestalt. »Ihr Magen muss sich erst wieder daran gewöhnen.« Sie löste das rechte Armband, ging um das Bett herum und machte sich dort ebenfalls an den Lederbändern zu schaffen. »Und bitte versuchen Sie, sich so wenig wie möglich zu bewegen. Ihr Rücken, Sie wissen schon.« Jetzt war auch der linke Arm frei.

Was für ein Gefühl! Es versetzte sie in Hochstimmung, auch wenn die weiterhin festgezurrten Beine dieses Vergnügen trübten. Am liebsten hätte sie ihre Fußfesseln gelöst. Doch die Gestalt schob bereits den Tisch mit dem Tablett über das Bett.

»Erst trinken, kleine Schlucke, dann essen.«

Sie nickte. Das Glas zitterte in ihrer Hand. Sie benetzte die Lippen, nahm einen Schluck. Angenehm kühl rann das Wasser über ihre pelzige Zunge und dann den Hals hinab. Ein unerwartet sinnliches Erlebnis. Noch nie hatte ihr Wasser so gut geschmeckt. Sofort nahm sie einen weiteren Schluck und warf dabei einen Blick auf das Frühstückstablett vor ihr. Eine Schüssel mit Haferbrei. Das Beißen und Kauen schienen sie ihr noch nicht zuzutrauen. Gott, was hätte sie jetzt für ein warmes Croissant mit einem Strich Butter darauf gegeben. Oder für ein ofenfrisches Brötchen mit selbst gemachter Marmelade. Stattdessen musste sie sich mit Brei begnügen. »Besser als nichts«, murmelte sie.

»Wann darf ich aufstehen?«

»Damit müssen Sie leider noch warten.«

»Wann?«

»Geben Sie sich Zeit.« Die Gestalt kontrollierte die Maschine und drückte einige Knöpfe. Dabei wandte sie ihr den Rücken zu.

Sie nahm den Löffel zur Hand, steckte ihn in den Haferbrei. Irgendwie kam ihr alles falsch vor. Konzentriert horchte sie. Sollten in einem Krankenhaus nicht Geräusche zu hören sein? Schritte auf Linoleum, die Signale von Aufzügen, Stimmen, das Rollen von Betten auf dem Gang? Das alles fehlte. Lag die Isolierstation so weit ab vom Schuss, dass es sich anfühlte, als wäre man allein im Weltall?

Der Brei schmeckte pappig. So stellte sie sich den Geschmack von Tapetenkleister vor. Hatte der Schlaganfall ihre Wahrnehmung beeinflusst? Die Geschmacksnerven oder andere Sinne? Hörte sie schlechter? Hatte sich ein Teil ihres Gehirns ins Nirwana verabschiedet? Sie nahm den Löffel in die andere Hand, versenkte ihn in dem Brei, achtete dabei darauf, sich den Schlauch nicht aus der Armbeuge zu ziehen.

Funktionierte einwandfrei. Kein Gesabber aus dem Mundwinkel, die Finger gehorchten. Sah man von den Kopfschmerzen und ihrer körperlichen Erschöpfung ab, die sie auf das ständige Liegen zurückführte, ging es ihr physisch gut. Der angebrochene Brustwirbel bereitete ihr auch keine Probleme, sie spürte ihn ja nicht einmal.

Sie grübelte. Wenn das alles hier nur vorgetäuscht wurde, wo war sie dann? Doch sicher nicht in einem echten Krankenhaus. Warum hielt man sie fest, welche Forderungen stellten die Kidnapper? Und *an wen* stellten sie sie?

»Müssen Sie?«, fragte die Gestalt in ihre Gedanken hinein. In der Hand hielt sie eine Bettpfanne.

Sie schüttelte vorsichtig den Kopf, steigerte das Tempo, als sie merkte, dass es problemlos gelang. »Ich gehe erst, wenn ich aufstehen darf.«

»Wie Sie wollen, es wird Ihnen aber vermutlich nicht gelingen. Quälen Sie sich nicht zu lange. Sind Sie fertig?«

Sie schob den Tisch zur Seite und setzte ein mattes Lächeln auf. »Ja, bin satt. Mehr schaffe ich nicht.«

»Dann schnalle ich Sie jetzt wieder fest.«

»Muss das sein?«

»Leider ja. Eine ungünstige Drehung im Schlaf könnte fatale Folgen haben. Selbst eine Querschnittslähmung ist nicht ausgeschlossen. Das wollen Sie doch bestimmt nicht riskieren. Legen Sie bitte die Arme in die Schlaufen.«

Sie tat es und fragte wie beiläufig: »Kommen meine Eltern heute zu Besuch?« Sie wollte wissen, ob sie erneut angelogen wurde. Vielleicht hatte sie im Halbschlaf phantasiert, sich alles nur eingebildet oder falsch verstanden.

Die Gestalt zog die Gurte an und senkte per Knopfdruck auf der Fernbedienung das Bettoberteil wieder ab. »Sie waren schon hier. Aber leider ist die Gegensprechanlage defekt. Und ins Zimmer, nun ja …« Die Gestalt wies begleitet von einem Lachen auf sich selbst. Es klang derart verzerrt, dass es sich anhörte, als würde ein Hirsch röhren. »Sehen Sie mich an. Ohne Schutz können wir Ihre Eltern nicht zu Ihnen lassen, doch diese Anzüge sind kompliziert anzulegen und dürfen nur von besonders geschultem Personal getragen werden.«

»Verstehe«, tat sie enttäuscht. Viel lieber hätte sie die Gestalt mit der Lüge konfrontiert. Doch sie beherrschte sich und spielte weiter mit. Für ihr Vorhaben war es von Vorteil, die Kidnapper in Sicherheit zu wiegen.

»Nicht den Kopf hängen lassen«, sagte die Gestalt tröstend. »Die Zeit geht schneller vorbei, als Sie es sich jetzt vorstellen können. Fernseher?«

»Okay.«

Kurz darauf flackerte der Bildschirm auf. Eine Sängerin in einem Studio hauchte Liebesschwüre in ein Mikrofon.

Die Gestalt verabschiedete sich mit dem Versprechen, später wiederzukommen.

Sie bedankte sich höflich.

Als die Tür ins Schloss fiel, drehte sie ihre Handgelenke in die Waagerechte. Augenblicklich saßen die Fesseln nicht mehr so stramm. Ein alter Trick aus irgendeinem Fernsehkrimi. Nur gut, dass die Gestalt nicht darauf geachtet hatte.

Mit ein wenig Geschick und Geduld könnte sie es vielleicht schaffen, eine Hand aus der Schlaufe zu winden. Sie zog mit dem rechten Arm und achtete darauf, dass sich die Bettdecke dabei nicht zu sehr bewegte. Ganz sicher wurde sie überwacht, egal ob es sich hier um ein echtes Krankenhaus handelte oder sie sich in der Gewalt von Kidnappern befand. Letztere würden erst recht ein Auge auf sie haben.

Das Leder der Schlaufe schnitt ihr in den Handballen. Fast hätte sie schmerzhaft das Gesicht verzogen. Im letzten Moment unterdrückte sie es.

Nur nichts anmerken lassen.

Sie bewegte das Handgelenk einige Minuten lang hin und her, hoffte, dass sich das Leder weiten würde. Der Schmerz nahm zu. Es fühlte sich an, als hätte ihr jemand mit einem scharfen Messer einen Schnitt zugefügt. Dann spürte sie etwas Feuchtes, Klebriges.

Blut.

Egal! Scheiß auf das Laken, scheiß auf die Schmerzen, scheiß auf alles! Mach weiter!

Sie spornte sich an, wohl wissend, dass sie vermutlich nur diese eine Chance hatte.

Dann, endlich, glückte es. Mit einem Ruck flutschte die Hand unter der Fessel durch. Das Blut hatte wie ein Schmiermittel gewirkt. Sie gönnte sich einen Moment des Triumphes, versuchte gleichzeitig, ihre Aufregung in den Griff zu bekommen.

Sie konzentrierte sich auf den Fernseher. Die Sängerin war verschwunden und hatte einem Sportmoderator Platz gemacht.

Nicht auffallen, tu so, als wäre alles in bester Ordnung.

Sie lauschte in Richtung der Tür. Nichts. Keine sich eilig nähernden Schritte, keine Stimmen. Niemand schien etwas bemerkt zu haben.

Gut!

Unendlich langsam, nahezu in Zeitlupe, ließ sie ihre rechte Hand unter der Bettdecke nach links wandern.

Als ihre Finger die Schlaufe der anderen Fessel berührten, zischte die Maschine. Sie spürte etwas Kaltes in ihren Adern, augenblicklich überfiel sie wieder diese bleierne Müdigkeit.

Die Enttäuschung, nicht schnell genug gewesen zu sein, hielt den Schlaf noch einen Moment zurück.

»Ihr Schweine!«, rief sie wütend. Die Ränder ihres Blickfeldes zerfaserten, sie glaubte, durch eine Röhre zu schauen, die sich immer weiter verengte.

Dann war da nur noch Dunkelheit.

20

Erst am Nachmittag traf Welscher im Büro ein.

Den Vormittag hatte er damit verbracht, einige Kommilitonen und die Lehrkräfte von Melina Wegener zu befragen. Viel war nicht dabei herausgekommen. Kaum einer der Professoren hatte sie näher gekannt, die meisten mussten in ihren Unterlagen zunächst den Namen nachschlagen. Von denen, die persönlich mit ihr zu tun gehabt hatten, wurde sie als freundlich, zugewandt und als »eine gute Zuhörerin, dabei aber eher schweigsam« beschrieben. Typ verträumte Einzelgängerin. Ärger hatte sie mit niemandem gehabt.

Fischbach hatte die Aufsteller mit den beiden Metaplänen zusammengerückt und das Flipchart nach links gestellt. Er band gerade einen roten Faden um einen Pin und zog ihn quer über die Schautafeln.

»Was wird denn das?«, fragte Welscher und stellte sich neben Fischbach. »Eine Strickanleitung?« Er schnipste mit Daumen und Mittelfinger, als wäre ihm gerade ein guter Einfall gekommen. »Ah, nein, jetzt hab ich es! Der einzelne rote Faden stellt das Streckennetz der öffentlichen Verkehrsmittel zwischen der Eifel und Köln dar. Habe ich recht?«

Fischbach verzog keine Miene. »Warte ab. Du wirst dich in New York noch nach einem leicht verständlichen Fahrplan sehnen.«

»Wer die Wahl hat, hat die Qual?«

»Genau das meine ich.« Fischbach befestigte das lose Ende des roten Fadens an einem Pin unter dem Foto von Melina Wegener.

Welscher sah auf den ersten Blick, dass sein Kollege den Vormittag genutzt und einige neue Karten angebracht hatte. »Scheinst mehr Erfolg gehabt zu haben als ich.« Er erzählte von seinem Besuch an der Universität und endete mit dem Fazit: »Eine Sackgasse.«

Fischbach tippte auf eine lindgrüne Karte. »Dann mach hier weiter.«

»Luca Gerber«, las Welscher. »Wer ist das?«

»Heute Morgen rief Melina Wegeners Mutter an«, berichtete Fischbach. »Erst habe ich nicht verstanden, was sie überhaupt wollte. Brabbelte nur immer wieder eine Entschuldigung, nicht daran gedacht zu haben, und so weiter und so fort. Die Arme war total von der Rolle. Eine halbe Ewigkeit hat es gedauert, bis ich sie beruhigen konnte. Also, Melina Wegener hatte diesen Luca Gerber ihren Eltern gegenüber in letzter Zeit öfter erwähnt. Es schien sich zwischen den beiden etwas anzubahnen, so jedenfalls der Eindruck der Mutter. Sie haben sich in einer Onlineschreibgruppe kennengelernt. Vor zwei Wochen hat Melina sich wohl erstmals persönlich mit ihm getroffen.«

»Tja«, meinte Welscher, »irgendwann ist der Changing Point erreicht, ab dem man ins Real Life switchen muss, um echte Buddys zu finden.«

»Hm«, grummelte Fischbach, »du und deine Anglizismen. Oder übst du schon für Amerika?«

»Soll ich übersetzen?«

Fischbach winkte ab. »Dafür reicht mein Schulenglisch gerade noch aus.«

»Ihr hattet Englisch als Fremdsprache? Ich dachte, deine Generation hätte noch was anderes gelernt.«

»Hä? Russisch oder was?«

»Nee, kein Russisch, sondern Eifelplatt.« Welscher grinste frech.

»Du kress glech enne an de Hals!«, drohte Fischbach. Doch die Lachfältchen in seinen Augenwinkeln verrieten, dass er es nicht ernst meinte. »Können wir zum Thema zurück?«

»Ich bitte darum.«

»Schau mal, was dieser Luca Gerber beruflich macht.« Fischbach ging zum Drucker, nahm ein Blatt Papier aus dem Auswurf und reichte es Welscher. »Kannst du direkt unter sein Kärtchen pinnen.«

Welscher überflog die Seite. Werbung für einen Escape Room in der Kultur- und Freizeitfabrik »Zikkurat« in Mechernich-Firmenich.

Er sah auf. »Das ist doch jetzt nicht wahr, oder? Die betreiben dort auch einen Raum namens ›Hotel Transsilvanien‹, aus dem man entkommen muss, und der große Widersacher ist ein Vampir?«

»Einen Abstecher ist es wert, denke ich. Vielleicht hat dieser Luca das Spiel mit Melina Wegener im ... äh ... ›Riehl Leif‹ ausprobiert.«

»Oje. Lass es bitte. Dein Englisch hört sich an wie ein Kölner Stadtteil.« Welscher nahm eine Nadel und pinnte das Blatt an. »Selbst wenn dieser Luca Gerber nichts mit dem Mord zu tun haben sollte, erfahren wir von ihm bestimmt mehr über Melina Wegener, als uns die Eltern erzählen können. Wie lautet eigentlich das Obduktionsergebnis von Viktor Brandt? Irgendetwas Verwertbares?«

»Gift war wohl wider den ersten Eindruck doch nicht im Spiel. Dr. Jacobs macht noch spezielle Untersuchungen, um ganz sicher zu sein. Was leider bedeutet, dass die Todesursache noch nicht endgültig feststeht. Wir müssen uns gedulden.«

»Bleibt uns ja nichts anderes übrig. Worüber ich auf der Fahrt von Aachen hierher nachgedacht habe, hm, also diese Pflegerin ... Wie hieß sie gleich?«

Fischbach tippte auf eine Karte und las vor: »Katarzyna Kaczmarczyk.«

»Du bist immer noch der Ansicht, dass sie mit der Sache nichts zu tun hat? Was, wenn es zwischen ihr und Viktor Brandt zum Streit kam?«

»Warum?«

»Er könnte mit ihrer Leistung unzufrieden gewesen sein und ihr gekündigt haben.«

»Das Normalste von der Welt. Dafür bringt man niemanden um.«

»Stimmt auch wieder. Vielleicht war Hass im Spiel. Könnte doch sein, dass Viktor Brandt entgegen ihrer Aussage alles andere als ein netter alter Greis war.«

Fischbach überlegte kurz, schüttelte dann den Kopf. »Dafür gibt es keine Indizien. Und selbst wenn, hätte die Kaczmarczyk sich einfach einen anderen Job suchen können. Pflegerinnen werden händeringend gesucht. Sie hätte sofort eine neue Anstellung gefunden.«

»Also gut. Dann hat Viktor Brandt sie mit einem Vermächtnis bedacht, und sie wollte nicht bis zu seinem natürlichen Ableben warten.«

»Wäre ein Motiv, ja. Aber so recht glaube ich da auch nicht dran. Allerdings …« Fischbach nahm eine bereits beschriebene Karte von seinem Schreibtisch und hielt sie so, dass Welscher sie lesen konnte.

»Erben überprüfen«, las Welscher leise vor. Er nickte und zupfte an dem roten Faden, der vom Foto des Mordopfers im ersten Fall bis rüber zum Pin auf dem anderen Metaplan führte. »Was soll eigentlich das bedeuten?«

»Ah, das«, rief Fischbach zufrieden. »Das ist ein Zusammenhang. Gestern dachte ich noch, wie unwahrscheinlich es ist, dass die beiden Morde zusammenhängen. Aber dann habe ich *das* gefunden. Hier, schau.« Er tippte auf ein Foto unter dem Porträt von Viktor Brandt, das Welscher noch nicht kannte. Es zeigte einen ihm unbekannten Mann. »Das ist Max Brandt, der Sohn des Opfers.«

»Der Journalist, der die Pinguine jagt?«

»Pinguine? Am Nordpol?«

»Wollte dich nur testen. Dann eben Eisbären.«

»Du bist ein wenig albern. Hängt das mit deiner Auswanderung zusammen? Bist du froh, der Eifel endlich den Rücken zu kehren?«

»Könnte sein«, gab Welscher zu. »Jetzt, da ich mich entschieden habe, fühle ich mich tatsächlich besser. Übrigens will meine Mutter auch mit.«

Fischbach hob die Augenbrauen. »Ach, sag bloß.«

Welscher setzte sich auf die Schreibtischkante und berichtete von dem Anruf am gestrigen Abend. »Ich kann mir das noch gar nicht so richtig vorstellen. Meine Mutter und die USA. Verrückt.«

»Sie ist mutig.«

»Oder dumm?« Welscher zuckte mit den Schultern. »Wie auch

immer, sie will was erleben und die Welt sehen. Daher werde ich es ihr nicht ausreden. Zurück zu den Eisbären.«

»Von mir aus. Die sind jetzt wieder sicher«, nahm Fischbach den Ball auf. »Max Brandt ist nämlich wieder in Deutschland.«

»Ach. Woher weißt du das?«

»Äh … Recherche.« Fischbach räusperte sich. »Ist ja auch egal, auf jeden Fall ist sein Alibi somit dahin. Und wo wir gerade schon davon sprachen, dass derjenige ein Motiv hat, dem das Erbe zufällt: Max Brandt könnte ein Motiv und die Gelegenheit gehabt haben, seinen Vater zu töten.«

»Eindeutig.«

»»Max Brandt wohnt und arbeitet in Hamburg, wie wir von der Pflegerin wissen.«

»Hamburg, aha. Für wen ist er tätig? Springer, Spiegel oder Stern?«

»Er ist Freiberufler und liefert überall ab.«

Welscher verzog anerkennend den Mund. »Muss gut sein, der Mann.«

»Ja, scheint so. Ich habe heute Morgen in der Hansestadt angerufen und die Kollegen gebeten, ihn über den Tod seines Vaters zu informieren. Max Brandt hat sich sofort auf den Weg gemacht und wird gleich auf dem Konrad-Adenauer-Flughafen landen.« Fischbach schaute auf die Wanduhr über der Tür. »Du wirst ihn bald kennenlernen. Ich habe mit ihm ein Treffen in der Villa seines Vaters um fünf vereinbart.«

»Warum kommt er nicht zu uns?«

»Aufgrund der Grippewelle habe ich ihm davon abgeraten.«

»Hm, mich dünkt, dass die treibende Kraft hinter dieser Fürsorge vielmehr die verlockende Fahrt auf deiner nagelneuen Harley ist.« Dass Fischbach im Dienst jede Gelegenheit nutzte, um mit dem Motorrad eine Runde zu drehen, war kein Geheimnis.

Wieder erschienen Lachfältchen in Fischbachs Augenwinkeln. Welscher lag also mit seiner Vermutung goldrichtig.

Fischbach stritt es dennoch ab. »Damit hat es nichts zu tun«, widersprach er. »Aber eine gute Gelegenheit ist es schon, die

Maschine einzufahren.« Er schnippte gegen den roten Faden. »Dazu gibt es noch was, das du wissen musst. Bei meiner Recherche habe ich etwas Interessantes entdeckt. Mach mal deinen Computer an. Ich zeige es dir.«

Welscher setzte sich an seinen Platz und gab das Passwort ein. Fischbach stellte sich hinter ihn. »Im Postfach. Ich habe alles aufgelistet.«

Welscher öffnete die Mail und las. Sie enthielt die Titel der von Max Brandt verfassten Artikel. Staunend sah er vom Bildschirm auf. »Kann es sein, dass er von dem Thema besessen ist?«

Fischbach nahm die Lederjacke von seiner Stuhllehne. »Sieht sehr danach aus. Ich bin gespannt, was Max Brandt dazu zu sagen hat.«

Schwungvoll zog Fischbach seine Jacke an, nahm den Stahlhelm und stürmte aus dem Büro; Welscher hastete hinterher. Der Schriftzug »K-Heroes« auf Fischbachs Rücken kam ihm heute größer vor als sonst. Der Kollege schien gewachsen zu sein, strotzte vor Elan.

»Wir sind aber doch viel zu früh dran«, rief Welscher atemlos.

»Vorher fahren wir noch bei diesem Luca Gerber vorbei. Will wissen, wie man heutzutage Vampir spielt.«

21

Alles an dem Gebäude erinnerte Fischbach an den gestrigen Abend bei Nettersheim. Wie in der Tuchfabrik in Euskirchen war hier im »Zikkurat« ebenfalls eine Fabrik renoviert und umgewidmet worden. Wo ehemals Steinzeug hergestellt worden war, gab es außer dem Escape Room der Familie Gerber nun unter anderem Bowlingbahnen, eine Therme und eine Diskothek sowie diverse Ateliers für Künstler.

Fischbach stellte den Flyer, der ihm die Informationen geliefert hatte, zurück in das Auslagenregal neben einige Werbepostkarten und einen Stapel schwarzer Handzettel, auf denen eine liegende Acht abgebildet war.

Der Wartebereich des Escape Rooms war großzügig bemessen. Hoch über ihnen hielten Stahlträger die Decke, die Ziegelwände zeigten unverputzt ihre Schlichtheit. Ein mächtiger Holztisch nebst Stühlen stand in dem lang gestreckten Raum, ein Kühlschrank brummte monoton in der hintersten Ecke direkt neben dem Empfangstresen. Einige Türen führten in Nebenräume. Kleine Schilder wiesen darauf hin, welches Abenteuer die Spieler dahinter erwartete. Das »Hotel Transsilvanien« befand sich hinter der letzten Tür auf der linken Seite.

»Hallo, jemand da?«, wiederholte Fischbach seinen Spruch, den er bereits bei ihrem Eintreffen zum Besten gegeben hatte, denn noch immer war kein Gast oder Mitarbeiter zu sehen. Er schlenderte von einer Tür zur nächsten. An Spielen gab es neben dem »Hotel« auch noch »Die Weinkönigin«, »Rally Zikkurata« und »Sieben auf einen Streich«. Fischbach wandte sich an Welscher. »Wie funktioniert so was? Weißt du das?«

Welscher nickte. »Larissa und ich haben das mit ein paar Freunden schon einmal ausprobiert. Das Krimihotel in Hillesheim bietet so etwas auch an. Man spielt nicht gegeneinander, sondern miteinander. Um aus dem Raum zu entkommen, muss die Gruppe einige Rätsel lösen und Hinweise kombinieren. Dafür hat man meistens eine Stunde Zeit.«

»Und das macht Spaß?«

»Na ja, mir hat es gefallen«, druckste Welscher herum.

»Den anderen nicht?«

»Wie man es nimmt. Sie haben sich immerhin darüber gefreut, dass wir den Rekord gebrochen haben. Schneller war vor uns keiner.«

»Ich höre ein Aber heraus.«

»Aber … Nun, ich war wohl zu sehr … äh … in meinem Element sozusagen.«

»Du hast die anderen an die Wand gespielt? Meinst du das?«

Welscher nickte beschämt. »Es war fast ein Alleingang. Und das fanden die anderen nicht so prickelnd.«

Fischbach lachte schallend. »Man kann als Polizist halt nicht aus seiner Haut. So, jetzt ist hier aber mal Schluss mit dem Warten.« Er stellte sich an den Tresen. »Hallo!«

Eine Klospülung rauschte, und einen Moment später erschien ein junger Mann in dem Durchgang, über dem das Schild mit der Aufschrift »WC« hing. Er lächelte ein wenig verlegen und knöpfte sich beim Gehen die Hose zu. Ein T-Shirt bedeckte eng seinen breiten Oberkörper, die muskulösen Oberarme hatten offensichtlich schon Tausende Hantelkilos in die Höhe gestoßen. Mit einer so zierlichen Person wie Melina Wegener wäre ein gestählter Typ wie der spielend fertig geworden, selbst wenn sie sich mit Händen und Füßen gewehrt hätte, dachte Fischbach.

»Tut mir leid, aber das konnte definitiv nicht warten«, entschuldigte der Mann sich, nahm auf einem Hocker hinter dem Empfangstresen Platz und schaute auf den Bildschirm. »Okay, herzlich willkommen. Sie wollen also die ›Rally Zikkurata‹ lösen.« Seine Stirn legte sich in Falten. »Aber ... Sie sind viel zu früh.«

»Luca Gerber?«, fragte Fischbach.

Irritiert blickte der junge Mann auf. »Ja?«

Fischbach zeigte seine Messingplakette und stellte sich vor. »Das ist mein Kollege Welscher.« Er deutete mit dem Daumen über die Schulter.

»*Hauptkommissar* Welscher, bitte schön. So viel Zeit muss sein«, kam es von hinten.

Fischbach verdrehte die Augen. Stimmt, das hatte er vergessen. Welscher legte Wert darauf, mit Dienstrang vorgestellt zu werden. Komische Marotte. »Wir müssen mit Ihnen sprechen«, sagte er zu Luca Gerber.

Der erbleichte. »Ist was mit meinem Vater? Er wollte nach Kall. Wir haben Vintage-Möbel bei Ebay-Kleinanzeigen –«

»Keine Sorge, alles in Ordnung mit Ihrem Vater«, fiel ihm Fischbach ins Wort. »Setzen wir uns doch bitte einen Moment zusammen.«

Luca Gerber atmete erleichtert auf. »Ja, gern.«

Sie gingen zu dem großen Tisch, Fischbach und Welscher nahmen auf der einen Seite, Luca Gerber auf der anderen Platz.

»Melina Wegener«, eröffnete Fischbach das Gespräch. »Sie sind mit ihr befreundet?« Er wählte mit Bedacht nicht die Vergangenheitsform. Er wollte zunächst möglichst unbeeinflusst von der schrecklichen Nachricht mit dem jungen Mann sprechen.

Luca Gerber verschränkte die Arme vor der Brust. Er wirkte jetzt verletzt und wütend zugleich, die Kiefermuskeln waren angespannt. »Das dachte ich zumindest. Wir haben uns vor gut einem halben Jahr in einer Onlinegruppe für angehende Schriftsteller kennengelernt. Wir verstanden uns sofort, tauschten uns aus, halfen uns bei schwierigen Handlungssträngen, trösteten einander, wenn wieder eine Verlagsabsage eintrudelte.« Er kniff kurz die Augen zusammen und zerzauste sich die Haare. »Scheiße. Irgendwas muss ich falsch gemacht haben. Ich zermartere mir den Kopf, was es gewesen sein mag, aber mir fällt nichts ein.«

»Ich kann nicht ganz folgen«, sagte Welscher.

»Na, bei unserem ersten und leider zugleich letzten Treffen vor zwei Wochen. Da muss ich irgendetwas getan haben, was sie verletzt hat. Oder abgeschreckt, was weiß ich? Dabei hatte ich bei der Verabschiedung den Eindruck … also … Ich hoffte, es würde sich mehr ergeben. Melina … Sie ist … Sie gefällt mir.« Eine leichte Röte färbte seine Wangen. »Ich Blödmann dachte, sie würde das Gleiche über mich denken. Aber sie ghostet mich, reagiert auf gar nichts mehr, nicht bei WhatsApp, nicht auf Mails, Anrufe nimmt sie auch nicht an. Selbst im Forum ist sie nicht mehr aufgetaucht, vermutlich, um mir aus dem Weg zu gehen.«

»Streit gab es aber nicht, oder?«

»Nein, ganz und gar nicht«, äußerte Luca Gerber sich empört. »Wie ich schon sagte. Zum Abschied haben wir uns sogar … na, geküsst eben. Daher verstehe ich das ja alles nicht. Warum lässt die mich jetzt so abblitzen?«

Die Frage hätte Fischbach beantworten können, doch zuvor wollte er noch etwas anderes wissen. »Die Räume hier, die Ideen dazu – haben Sie die Geschichten entworfen?«

Luca Gerber blinzelte irritiert.

»Reines Interesse«, sagte Fischbach.

»Okay, gut, ich verstehe zwar nicht … aber von mir aus … also … Ja, ich lasse mir die Rahmenhandlungen einfallen, mein Vater entwirft die Räume. Er ist Kulissenbauer. Ich unterstütze ihn natürlich dabei. Bin gelernter Elektriker, arbeite jetzt aber in Vollzeit für unsere Firma.«

»Und wer oder was inspiriert Sie zu den Geschichten?«, fragte Fischbach.

Luca Gerber zuckte mit den Achseln. »Schwer zu erklären. Ich sehe was, und dann habe ich eine Story im Kopf. Oder ich träume etwas, was mich auf eine Idee bringt.«

»Wie darf ich mir das konkret vorstellen? Zum Beispiel bei diesem Vampirszenario. Träumen Sie nachts etwa von Fledermäusen?«

»Sehr lustig, ha, ha«, murmelte Luca Gerber. »Nein, in dem Fall ist es total banal. Mein Vater liebt diese Groschenromane, die über John Sinclair, den Geisterjäger. Und daher wollte er unbedingt das ›Hotel Transsylvanien‹ bauen. Die Rahmenhandlung drum herum lieferte ich, indem ich mir ein paar alte Dracula-Filme anschaute, mich dann hinsetzte und schrieb. Mehr steckt nicht dahinter, einfach nur klassisches Storytelling.«

»In dem Fall wäre die Inspiration aus der Praxis heraus auch recht schwer, nicht wahr?«, scherzte Fischbach. Er war gespannt, wie Luca Gerber darauf reagierte.

»Richtig.« Sein Gegenüber grinste. »Brad Pitt und Tom Cruise standen mir für ein Interview leider nicht zur Verfügung.«

Jetzt war Fischbach irritiert. »Die Schauspieler? Was haben die denn mit Vampirismus zu tun?«

Welscher beugte sich näher zu ihm und raunte: »›Interview mit einem Vampir‹, ein Kinofilm aus den Neunzigern, basierend auf dem gleichnamigen Roman von Anne Rice.«

Luca Gerber nickte. »Sie kennen sich aus.« Misstrauisch blickte er zwischen Welscher und Fischbach hin und her. »Aber warum fragen Sie mich das alles? Was hat unser Escape Room mit Melina zu tun?«

Fischbach wechselte einen Blick mit Welscher. Es war an der Zeit, dem jungen Mann reinen Wein einzuschenken. »Melina

Wegener ist vorgestern tot aufgefunden worden. Ermordet, um genau zu sein.«

Luca Gerber zögerte, dann lachte er unsicher. »Was wird das hier? Sie verarschen mich doch. Klar, deswegen auch die Messingmarke eben. Echte Polizisten zeigen den Dienstausweis und nicht so ein Teil, das man sich für ein paar Euronen im Internet bestellen kann. Ein Witz, nicht wahr? Wer steckt –«

Welscher nahm seinen Dienstausweis und hielt ihn Luca Gerber unter die Nase. »Kein Witz. Der Kollege mag die Plakette nur lieber. Wann genau haben Sie Melina Wegener zum letzten Mal gesehen?«

Aus Luca Gerbers Gesicht wich jegliche Farbe, er glich nun tatsächlich einem Vampir. »Tot?«

»Leider, ja«, sagte Fischbach. »Beantworten Sie bitte die Frage.«

»Das war …« Luca Gerber zückte das Handy, seine Hand zitterte. »Am 19. März. Im Café Berlin in Euskirchen.«

»Wirkte sie ängstlich? Oder aufgebracht? Sprunghaft? Hat sie etwas erwähnt, das sie in Sorge versetzte?«

»Überhaupt nicht. Sie war supernett und total bei der Sache. Wir haben uns gut zwei Stunden über das Schreiben unterhalten. Alles war bombig. Wir hätten noch länger zusammengesessen, doch Melina wollte noch Blut spenden. So haben wir uns gegen vier verabschiedet.«

»Und seitdem hatten Sie keinen Kontakt mehr zu ihr?«

»Sagte ich doch schon. Absolute Funkstille.« Luca Gerbers Augen füllten sich mit Tränen. Fahrig wischte er sie fort. »Warum, ist ja jetzt klar. Und ich dachte … ach, Scheiße!«

Fischbach musterte den jungen Mann aufmerksam. Sollte Luca Gerber ein Schauspiel abliefern, wäre er die Bestbesetzung für Hauptrollen in Hollywood-Blockbustern. Doch es gab solche Talente, er durfte sich von ein bisschen Schauspielkunst nicht täuschen lassen.

»Herr Gerber«, sagte Welscher, »ich spiele jetzt mit offenen Karten. Melina Wegener verschwand, kurz nachdem Sie sich mit ihr trafen. Jetzt ist sie tot. Sie könnten derjenige sein, der sie zuletzt gesehen hat. Sie wissen sicher, dass Sie das verdächtig macht.«

»Was … Ich soll … *Ich?*«, stammelte Luca Gerber entsetzt.

»Sie haben es jetzt in der Hand. Überzeugen Sie uns, dass Sie nichts damit zu tun haben«, erklärte Welscher. »Wir brauchen von Ihnen exakte und möglichst lückenlose Informationen darüber, was Sie in den vergangenen zwei Wochen seit dem Treffen mit Melina Wegener unternommen haben. Wo waren Sie wann und warum, und wer kann das bezeugen? Dabei rate ich zu äußerster Sorgfalt, denn Unstimmigkeiten werden wir bemerken und natürlich sowieso sämtliche Angaben überprüfen.«

Luca Gerber sackte auf dem Stuhl in sich zusammen. »Verstehe.«

Welscher legte ihm eine Visitenkarte hin. »Schicken Sie mir Ihre Auflistung bitte per E-Mail. Fax geht auch.«

Auf dem Parkplatz empfing sie dichter Nieselregen, die stillgelegten Schornsteine der Fabrik reckten sich einer grauen Wolkendecke entgegen.

»Willst du mit mir mitfahren?«, fragte Welscher.

Fischbach zog den Helm auf. »Geht schon. Was hältst du von ihm?«

»Von Luca Gerber? Abwarten, denke ich. Er machte auf mich nicht den Eindruck eines kaltblütigen Mörders.«

»Sehe ich auch so. Allerdings stimmt mich skeptisch, dass er das mit der Blutspende erwähnt hat. Entweder, Melina Wegener hat das tatsächlich vorgehabt …«

»… oder Luca Gerber weiß von den Einstichen und hat eine Erklärung dafür erfunden.«

Fischbach nickte und wischte mit der Hand die Feuchtigkeit vom Motorradsitz. Skeptisch blickte er zum Himmel und überlegte, ob er nicht doch mit Welscher mitfahren sollte.

»*It's raining cats and dogs*«, sagte Welscher grinsend.

»Was?«

»Et plästert.«

»Ach so. Sag das doch gleich richtig.« Kalte Regentropfen

rannen vom Helm in Fischbachs Nacken. Er fröstelte, spürte, wie sich eine Gänsehaut bildete, und sprang spontan über seinen Schatten. Das Einfahren der Maschine konnte er bei besserem Wetter ohnehin mehr genießen. »Weißt du was, ich fahre doch mit dir.«

»Wunder geschehen«, kommentierte Welscher. »Ich verspreche dir auch, dass ich äußerst umsichtig fahren werde.«

»Das wäre mir sehr recht«, murmelte Fischbach mit einem flauen Gefühl in der Magengrube und schob sich auf den Beifahrersitz des Porsches.

22

Langsam erwachte sie aus tiefem Schlaf. Jedes Blinzeln schien ewig zu dauern, hell, dunkel, hell, dunkel. Jede Spanne kam ihr wie ein Tag und eine Nacht vor.

Ein Summen an ihrem Ohr.

Mühsam drehte sie den Kopf in die Richtung. Ein Licht auf dem Display der Maschine blinkte rot. Das Bild verschwamm, wurde wieder klar. Neben dem Blinken stand das Wort »Anästhesie«. Die Warnmeldung schien die übrigen Funktionen der Maschine allerdings nicht einzuschränken. Stetig pulste die Flüssigkeit … nein … das Blut, *ihr* Blut, durch den Schlauch. Sie fühlte dabei ein Kribbeln im Unterarm, wie ein leichtes Kitzeln. Die Maschine schien an ihren Kräften zu saugen.

Krächzend lachte sie und weinte gleichzeitig. Ihr fiel ein aberwitziger Vergleich ein. Die Maschine saugte sie aus wie eine Capri-Sonne, die sie als Kind so gern auf dem Pausenhof mit dem Strohhalm geleert hatte. Ihr wurde bewusst, was nach dem Trinken zurückgeblieben war: nur die Hülle, ein nutzloses, ausgesaugtes Behältnis.

Ein Schauder lief ihr über den Rücken. Sie wollte keine Capri-Sonne sein!

Niemand durfte an ihr saugen.

Jetzt war Schluss damit!

Sie horchte. Nur das Brummen und Summen der Maschine durchschnitt die Stille im Raum, sonst nichts. Der Fernseher war aus, ebenso die Lampe über dem Bett. Das machte nichts. Durch die Schlitze der heruntergelassenen Rollläden fiel genug Licht ins Zimmer, um sich orientieren zu können.

Ihre Hände!

In der Erwartung, von den Fesseln gestoppt zu werden, hob sie die Arme. Doch nichts hielt sie zurück, ihre Handgelenke waren immer noch frei. Eine Welle der Erleichterung erfasste sie, Freudentränen schossen ihr in die Augen.

Sie tastete nach der Steuerung für das Bett. Ihre Finger bewegten sich suchend über das weiche Laken, berührten das Bettgestell, dann ein Spiralkabel. An dessen Ende fand sie die Fernbedienung. Sie drückte einen Knopf, woraufhin das Fußende ruckte. Sie versuchte einen anderen. Diesmal bewegte sich die obere Hälfte des Gestells. Gut. Eine halbe Minute später saß sie aufrecht im Bett.

Ganz egal, was diese Gestalt ihr erzählt hatte, sie würde es jetzt riskieren, das Bett zu verlassen. Hier stimmte etwas nicht. Sollte sie mit ihrer Vermutung wider Erwarten danebenliegen, war es ihr auch egal. Dann würde sie halt als Krüppel weiterleben müssen. Immerhin hatte sie dann Gewissheit.

Bereits beim Lösen der Fußfesseln wurde ihr schwindelig. Das Zimmer schien sich auf und ab zu bewegen, von links nach rechts, so als würde sie sich bei hohem Wellengang in einer Schiffskajüte befinden.

Endlich waren die Füße frei. Sie warf sich zurück ins Kissen, schloss die Augen und atmete durch, zählte bis hundert. Sie schwitzte, ihr Nachthemd klebte an ihrem Körper. Es fühlte sich so dermaßen schwer an, als hätte jemand Bleigewichte an ihre Gliedmaßen gebunden.

Schließlich ließ der Schwindel nach. Sie löste das Klebeband, das die Kanüle in ihrem Arm in Position hielt, und ergriff mit zwei Fingern die Nadel. Ganz sicher würde sie mit dem Herausziehen einen Alarm auslösen. Allerdings … Sie schaute zum Display. Immer noch blinkte es dort rot. Es gab bereits eine Warnmeldung, trotzdem tauchte niemand auf. Im Normalfall wäre das eine nicht zu verzeihende Nachlässigkeit des Klinikpersonals. Klar, Behandlungsfehler passierten. Doch die Wahrscheinlichkeit, dass bei einer intensivmedizinischen Überwachung längere Zeit niemand auf ein Warnsignal reagierte, erschien ihr äußerst gering. Für sie war das ein Beweis mehr für die Annahme, entführt worden zu sein.

Mit einem Ruck zog sie die Kanüle heraus. Achtlos ließ sie sie fallen und presste den Daumen auf die Einstichstelle.

Wie erwartet erschienen weitere blinkende Meldungen auf dem Display, dazu piepste die Maschine jetzt rhythmisch in einem hohen, schrillen Ton.

Die Würfel sind gefallen, dachte sie und schob die Beine über die Bettkante. Prompt kehrte der Schwindel zurück. Mit den Armen stützte sie sich ab, schob das Gesäß vor und stellte sich hin. Hoffentlich würde sie nicht zusammenklappen wie ein Schweizer Messer.

Ein Schritt zur Seite, dann noch einer und noch einer, bis zum Bettende. Es funktionierte, der Schwindel blieb, verschlimmerte sich aber nicht. Jetzt, da ihr die ersten Schritte gelungen waren, spürte sie Druck auf ihrer Blase. Sie würde einen Stopp auf der Toilette einplanen müssen.

Sie bemerkte auf dem Boden eine Blutspur, die sie hinter sich herzog. Aus dem Einstich am Arm tropfte es auf das Linoleum. Das würde sie nicht umbringen, dafür war der Blutverlust viel zu gering. Daher ignorierte sie es und schlurfte zur Tür.

Ihr Rücken hielt der Belastung stand, nichts krachte, nichts schmerzte, volle Beweglichkeit. Die Wirbel versahen wie immer ihren Dienst. »Arschloch!«, zischte sie triumphierend an die Adresse der Gestalt mit dem Schutzanzug. »Von wegen Bruch.«

Sie umfasste den Türgriff, ihr Herz klopfte wild. Sie setzte darauf, dass niemand abgeschlossen hatte. Warum sollten sie sich diese Mühe machen? Ans Bett gefesselt, wie sie annahmen, konnte sie keinen Fluchtversuch starten.

Sie zog.

Im Schloss klackte es leise, die Tür schwang ihr entgegen.

Sie jauchzte vor Glück und betrat den dahinterliegenden winzigen Flur. Links befand sich eine weitere Tür mit einem darin eingelassenen Fenster. Sie blickte hindurch. Ein Medikamentenschrank, ein schlichter Schreibtisch, einige Schläuche, die aus der Wand zu kommen schienen und in einer Maschine verschwanden, auf der eine Art Wippe stand. Die kippte stetig von einer Seite zur anderen und hielt so das mit Blut halb gefüllte Päckchen, das darin lag, in Bewegung.

Sie zweifelte keine Sekunde daran, dass das in dem Beutel ihr Blut war. Wütend ballte sie die Fäuste. Die »Spende« erfolgte gegen ihren Willen, ohne ihre Zustimmung. Das Blut gehörte ihr, und sie war es, die darüber entschied. Nur sie! Am liebsten wäre sie hineingestürmt und hätte alles zertrümmert. Doch sie widerstand dem Drang. Jeden Moment konnte die Gestalt hier auftauchen. Bis dahin wollte sie über alle Berge sein.

Es gab nur noch eine weitere Tür, was sie verwunderte. Sollte nicht auch eine in ein Bad führen? Hatte nicht jedes Krankenhauszimmer eins? Wieder ein Beweis mehr, dass es hier nicht mit rechten Dingen zuging.

Sie drückte die Klinke, der Griff senkte sich. Auch diese Tür schwang problemlos auf.

Wieder ein Flur. Aber hier sah es ganz anders aus als erwartet. War das überhaupt ein Flur? Eine Wand war grob verputzt, die andere, in die auch die Tür eingelassen war, wurde von einem Ständerwerk gehalten. Waren das Rigipsplatten, die daran festgeschraubt waren?

Ein Provisorium? Eine Baustelle? Oder diente das alles nur dem einen Zweck …

Augenblicklich wurde das zur Gewissheit, was sie bereits vermutet hatte.

Sie war entführt worden!

Alles hier war *Fake*!

Das versetzte ihr einen Schock. Sie taumelte und stützte sich mit der Hand an der Wand ab.

Ihre Gedanken wirbelten durcheinander, rasteten dann ein.

Eine Waffe! Sie brauchte eine Waffe.

Ein Skalpell, eine Sauerstoffflasche, eine Metallstange. Irgendetwas, womit sie sich notfalls verteidigen konnte.

Denn davon hing jetzt ihr Überleben ab!

23

Stolz, seine Ängste ein weiteres Mal besiegt zu haben, stieg Fischbach aus dem Porsche aus. Für enge Stahlkisten, sei es ein Auto, ein Flugzeug oder in abgeschwächter Form auch ein Zugwaggon, würde er zwar niemals wieder eine Leidenschaft entwickeln. Doch immerhin ertrug er kurze Strecken inzwischen ohne Herzrasen und Schweißausbrüche, was er als Erfolg wertete.

Vor der Villa Brandt parkte eine nagelneue Limousine. Ein Aufkleber an der Frontscheibe kennzeichnete sie als Leihwagen. Dahinter stand der graue VW-Bulli der Spurensicherung, was Fischbach mit leichtem Unwohlsein registrierte. Er hatte gehofft, dass die Arbeiten hier inzwischen abgeschlossen wären.

»Danke«, sagte Fischbach zu Welscher.

Der schloss den Wagen ab. »Bei dem Regen ist es doch selbstverständlich, dass ich dich mitnehme.«

»Mein Dank galt deiner Fahrweise.« Welscher hatte den kraftvollen Boxermotor im Heck des Sportwagens bei der Fahrt nach Wachendorf untertourig vor sich hin säuseln lassen, sanft gelenkt und vorsichtig gebremst.

Welscher winkte ab. »Dafür nicht.«

Bevor sie klingeln konnten, wurde die Haustür aufgerissen, und Maila Aalto grinste ihnen entgegen. »Da kommen ja Pat und Patachon. Gerade rechtzeitig, wir sind nämlich hier fertig und können euch den Staffelstab überreichen. Kommt rein.«

In der Eingangshalle der Villa roch es noch immer ein wenig streng, doch die gröbste Sauerei war inzwischen beseitigt.

»Und wer von uns ist deiner Meinung nach der Beiwagen, wer der Leuchtturm?«, fragte Welscher naserümpfend.

Maila Aalto verstand nicht. »Was? Wie?«

»Im dänischen Original heißen Pat und Patachon ›Fyrtaarnet‹ und ›Bivognen‹, also Leuchtturm und Beiwagen. So wurden die beiden Figuren auch in den Filmen dargestellt. Der eine riesig, der andere klein an seiner Seite.«

»Habe ich etwas verpasst?«, fragte Fischbach verwundert.

»Eben schon die Infos über das Interview mit den Vampiren. Und jetzt das hier? Seit wann kennst du dich damit so gut aus?«

»Eigentlich immer schon. Ich hatte viel Zeit zum Fernsehen. Wenn du anders als die anderen bist, klingelt selten jemand bei dir und holt dich zum Fußball ab.«

»Schöne Scheiße«, meinte Maila Aalto. »Kinder können so gemein sein.«

»Erwachsene stehen dem leider in nichts nach«, sagte Welscher und wechselte das Thema. »Gibt es etwas Neues?«

»In der Tat.« Sie deutete vage in Richtung des Gartens hinter dem Haus. »Eine leere Spritze im Gebüsch. Könnte die sein, die bei dem Opfer zum Einsatz kam. Ich nehme sie mit ins Labor, um sie auf Fingerabdrücke zu untersuchen, und werde sie dann an die Rechtsmedizin weiterleiten. Es sollten darin Reste von der Substanz zu finden sein, mit der sie gefüllt war.«

»Könnte auch Zufall sein«, gab Welscher zu bedenken.

»Klar«, stimmte Maila Aalto zu. »Allerdings übersteigt die Annahme, dass ein Fixer dort im Busch Heroin gedrückt hat, mein Vorstellungsvermögen. Nein, ich bin mir ziemlich sicher, die Spritze gehört zum Mord.«

Ein Kollege erschien mit zwei silbernen Materialkoffern am Treppenabsatz, kam die Stufen heruntergelaufen, grüßte kurz und schleppte die Last nach draußen.

Maila Aalto öffnete den Reißverschluss ihres Schutzanzuges. »Wir haben oben ausprobiert, was im Schlafzimmer von Katze zu hören ist, wenn –«

»Katze?«, unterbrach Fischbach.

»Katarzyna. Katze ist ihr Spitzname.«

»Und den darfst du verwenden?« Fischbach gefiel diese Nähe gar nicht.

Maila Aalto zuckte mit den Schultern. »Wir verstehen uns halt gut. Eine Wellenlänge.«

»Sie könnte die Täterin sein«, gab Welscher zu bedenken und sprach damit das aus, was Fischbach dachte. »Du solltest etwas vorsichtiger sein. Könnte ja sein, dass sie dich um den Finger wickeln will.«

»Um was zu erreichen?«

»Dass du nachsichtig wirst. Oder nicht genau hinschaust.«

Maila Aalto schüttelte den Kopf wie eine Lehrerin, die enttäuscht über die Leistungen ihrer Schüler war. »Vielleicht hätte ich euch bei der Ankunft besser mit ›Dick und Doof‹ begrüßen sollen. Ehrlich. Ich arbeite hier doch nicht allein. Katze müsste schon das ganze Team bezirzen, um das zu erreichen, was ihr euch vorstellt.«

»Trotzdem kann Vorsicht nicht schaden«, grummelte Fischbach.

Maila Aalto bedachte ihn mit einem missfälligen Blick. »Darf ich zum Punkt kommen?« Eine Antwort wartete sie nicht ab, sondern sagte: »Man hört dort oben nichts. Die Wände sind einige Dezimeter dick, die Türen aus massiver Eiche. Da dringt nichts durch. Eine zerschellende Vase ist definitiv nicht zu hören.«

»Wäre das auch geklärt. Warum ist die Pflegerin überhaupt noch hier?«, fragte Fischbach, die in ihm köchelnde Wut herunterschluckend. Als »Dick« oder »Doof« bezeichnet zu werden, gefiel ihm absolut nicht.

»Max hat sie –«

»Max?«, unterbrach Fischbach erneut. Der Wutknäuel in seinem Bauch wuchs.

Maila Aalto zerzauste sich genervt die Haare. »Boah! Ist es jetzt gut, alter Mann? Ich duze halt die Leute. In meiner Generation nicht *so* unüblich. Du bist vermutlich zu alt, um das zu verstehen.«

Vor Fischbachs Augen tanzten Funken. »Alt? Ich? Was erlaubst –«

Welscher legte ihm eine Hand auf den Unterarm. »Klärt das bitte später. Herr Brandt wartet auf uns.« An Maila Aalto gewandt fragte er: »Was wolltest du uns über Max Brandt sagen?«

»Herr Brandt junior«, sie betonte jedes Wort und betrachtete Fischbach dabei mit lauerndem Blick, »hat Katze gebeten zu bleiben. Sie soll weiter den Haushalt schmeißen, bis feststeht, wie es weitergeht.«

»Wo steckt er?«, fragte Welscher und sah sich um.

»Im Billardzimmer.«

»Bitte?« Fischbach wunderte sich. »Sein Vater ist ermordet worden, und er schiebt Kugeln über den Billardtisch? Unglaublich, wie abgebrüht manche Menschen sind.«

»Er spielt nicht«, stellte Maila Aalto richtig. »Im Billardzimmer befindet sich die Bar. Er säuft wie ein Loch, um es auf den Punkt zu bringen. Passt das besser in deine Klischees?«

Fischbach schnappte nach Luft. »Klischees? So eine Unverfrorenheit!«, hob er lautstark an. Sein Vorhaben, Maila Aalto nicht anzugehen, war vergessen.

Welscher fasste ihn am Ärmel und zog ihn mit sich. »Wo ist das Billardzimmer?«

»Gegenüber der stinkenden Toilette«, rief sie ihnen nach. »Hotte weiß schon, wo.«

Fischbach wollte sich losreißen und umkehren, doch Welscher hielt ihn in seinem Griff gefangen.

»Bleib cool«, raunte er ihm zu. »Sie provoziert gern, und du bist derzeit ihr Opfer.«

»Unverschämt! Das lasse ich mir nicht bieten. Das wird noch ein Nachspiel haben!«, rief Fischbach über die Schulter nach hinten, doch Maila Aalto war bereits verschwunden. »Hoffentlich ist Feuersänger bald wieder zurück«, polterte er aufgebracht weiter.

»Hier ist es«, sagte Welscher und ließ ihn los. »Schnauf erst einmal durch. Deine Gesichtsfarbe gleicht einer Tomate.«

»Findest du das etwa lustig?«, zischte Fischbach.

»Die Tomate? Durchaus. Was Maila mit dir veranstaltet? Eher nicht.« Welscher schlug Fischbach aufmunternd auf die Schulter und lächelte mitfühlend. »Du Opfer. Willkommen in meiner Welt.«

Max Brandt hielt ein Queue in der Hand und peilte darüber hinweg die weiße Kugel an.

»Meine Leidenschaft. Komme leider viel zu selten dazu«, sagte er und stieß zu. Er traf die Kugel seitlich, sie stob weit an der angepeilten roten vorbei.

Max Brandt legte den Stock auf den Samt. »Nicht mein Tag.« Er nahm das Glas mit dem Gin vom Tischrand und prostete damit Welscher und Fischbach zu, die nach der Begrüßung ein wenig verloren im Raum standen. »Das hier läuft heute deutlich besser«, sagte er.

Einen Platz hatte Max Brandt ihnen bisher nicht angeboten. Fischbach störte es nicht. Die Barhocker stellten im Raum die einzigen Sitzgelegenheiten dar, und darauf wollte er sich nicht setzen. Nach seinem Empfinden saß ein Polizist nur in der Freizeit an der Theke, im Dienst niemals.

»Das zum Thema ›Kugeln schieben‹«, flüsterte er Welscher kaum vernehmlich zu. »Hatte ich doch recht.« Er räusperte sich. »Ich danke Ihnen, dass Sie so rasch gekommen sind.«

Max Brandt lehnte sich gegen den Tisch. Seine roten Augen und das sanfte Schwanken seines baumlangen Körpers deuteten auf mehr als ein Glas Gin hin. Der Bart war mit grauen Strähnen durchzogen, die lockigen braunen Haare standen in alle Richtungen ab.

So stellte Fischbach sich einen Abenteurer vor, eine Mischung aus Indiana Jones und Reinhold Messner.

»Ich wäre heute ohnehin angereist«, sagte Max Brandt. »Auch wenn mein Vater nicht … ermordet worden wäre. Hatte das Flugticket bereits gekauft.«

»Ach? Was für ein Zufall«, sagte Welscher. »Eine Vorahnung?«

Max Brandt nahm einen großen Schluck, die Eiswürfel klirrten im Glas. »Nein. Mein Vater hatte mich darum gebeten, weil er etwas mit mir besprechen wollte. Ich bin seinem Wunsch nachgekommen, habe meine Arktisreise vorzeitig beendet und bin am Sonntag in Hamburg gelandet, wo ich zunächst noch einiges erledigen musste.« Er seufzte. »Manche Chefredakteure werden zu Furien, bittet man sie um eine Fristverlängerung. Wie auch immer, heute war der früheste Zeitpunkt, an dem ich es einrichten konnte.« Er senkte den Kopf und schaute versonnen ins Glas. »Was sagt man dazu? Nur einen Tag eher, und es wäre vielleicht alles ganz anders gekommen.«

»Warum Ihr Vater Sie sprechen wollte, wissen Sie also nicht?« Fischbach stellte sich ans Fenster. Der Regen war stärker geworden, die Tropfen klatschten gegen das Glas und rannen daran herab. Die Streifen, die sie dabei auf die Scheibe malten, erinnerten ihn an die Schleimspuren von Schnecken.

»Richtig. Ich habe keinen blassen Schimmer.«

Welscher schob sich auf einen der Hocker. Ihm schien es nicht gegen die Polizistenehre zu gehen. »Wie war das Verhältnis zu Ihrem Vater?«

»Wir verstanden uns großartig.« Max Brandt grinste schief.

»Was erheitert Sie?«, fragte Fischbach.

»Nun, ich gehe davon aus, dass ich in Ihren Augen verdächtig bin.«

Fischbach gab es unumwunden zu. »Das ist korrekt.«

»Dann werden Sie meine Antwort erwartet haben. Denn wäre ich der Mörder, würde ich keinesfalls etwas anderes aussagen. Ich präsentiere doch nicht ohne Zwang ein Motiv.«

»Und, sind Sie es?«

»Der Mörder? Nein.«

»Zur Kenntnis genommen«, sagte Fischbach. »Wer also dann?«

Max Brandt drückte die Faust gegen die Stirn und schloss kurz die Augen. »Darüber habe ich mir schon den Kopf zerbrochen. Mein Vater hatte kaum Kontakte zur Außenwelt. Ihm gefiel es, für sich allein zu sein und mit seiner Eisenbahn zu spielen. Wem soll er dabei auf die Füße getreten sein?«

»Das versuchen wir herauszufinden.« Fischbach wechselte einen Blick mit Welscher. »Jetzt mal zu Ihnen. Sie sind Journalist?«

»Jepp. Das habe ich meinem Vater zu verdanken. Er hat mein Talent zum Schreiben früh erkannt und mich gefördert.«

»Ich habe einige Ihrer Reportagen gelesen«, sagte Fischbach. »Auch die über Peter Kürten.«

»Der ›Vampir von Düsseldorf‹. Er ermordete im letzten Jahrhundert mindestens neun Menschen. Man sagte ihm nach, er habe deren Blut getrunken.« Max Brandt hob das Glas an die Lippen und merkte dann erst, dass es leer war. Er schlenderte hinter die Bar und goss nach. »Will noch jemand außer mir?«

»Eine Fanta ohne Eis würde ich nehmen«, sagte Welscher.

»Fanta?« Max Brandt lachte. »Ein hartgesottener Detektiv sind Sie ja nicht gerade. Für eine Fortsetzung von ›Stirb langsam‹ kommen Sie eindeutig nicht in Frage. Fanta habe ich leider nicht.«

»Vlad der Dritte«, gab Fischbach ein weiteres Stichwort.

Max Brandt fing den Ball auf. »Der grausame Vlad Tepes. Prügelte sich in der Walachei mit den Osmanen und war dabei nicht zimperlich. Seine Lieblingsbeschäftigung war das Pfählen. Vlad soll Bram Stoker zu seinem Roman ›Dracula‹ inspiriert haben.«

»Sie kennen sich aus«, lobte Fischbach. »Über Kuno Hofmann haben Sie auch geschrieben.«

»Klar. Der ›Vampir von Nürnberg‹. Zur Flower-Power-Zeit Anfang der Siebziger. Der liebe Kuno mochte Leichenblut. Um diese Leidenschaft zu stillen, drang er in Krematorien ein, einige Leichname grub er sogar aus. Bis er schließlich selbst tötete. Mit seiner Pistole ging er auf die Jagd, erschoss ein Liebespaar und trank ihr Blut. Grausam.«

»Und wie schaut es mit dem ›Vampir von Atlas‹ aus?«

Jetzt antwortete Max Brandt nicht sofort, seine Miene verfinsterte sich. Er blickte auf und sah Fischbach direkt an. »1932. Ein ungeklärter Mord in Schweden. Eine Prostituierte wurde ermordet, der Täter soll mehrere Liter ihres Blutes getrunken haben. Man fand eine Schöpfkelle am Tatort. Aber können wir das Spielchen jetzt beenden? Was soll die Fragerei? Sie wissen doch genau, dass ich über all diese Fälle geschrieben habe. Das

Thema fasziniert mich. Damit bin ich übrigens in guter Gesellschaft.«

»Ah ja? Wem gefällt es denn noch?«, wollte Welscher wissen.

»Den Leserinnen und Lesern. Meine Reportagen haben sich sehr gut verkauft. Hohe Auflage, allesamt. Die Kombination Vampire und True Crime kommt an.« Max Brandt kam hinter der Bar hervor und stellte sich zu Fischbach. Den Gin ließ er im Glas kreisen. »Was haben die Veröffentlichungen mit dem Mord an meinem Vater zu tun? Das alles ergibt doch überhaupt keinen Sinn.«

Fischbach entschied sich, die Karten auf den Tisch zu legen. »Es gibt ein weiteres Opfer. Eine junge Frau.«

»Und?« Max Brandt sah ihn verständnislos an. »Jetzt sagen Sie bloß, Sie verdächtigen einen Vampir.«

»Sie starb an hohem Blutverlust«, gab Fischbach zu. »Es fehlten jedoch, abgesehen von einer Einstichstelle im Arm, innere oder äußere Verletzungen.«

»Hm, verstehe«, murmelte Max Brandt und sah nachdenklich zum Fenster hinaus. Der Regen hatte aufgehört, die Wolkendecke riss auf. Ein Eichhörnchen flitzte über die Wiese, sprang an den Baumstamm einer Buche und krallte sich fest. »Das mit der jungen Frau tut mir leid«, sagte er schließlich und wandte sich wieder Fischbach zu. »Aber Sie vermuten doch nicht allen Ernstes, dass *ich* hinter der Sache stecke?«

»Sie erwähnten selbst Ihre Faszination für dieses Thema«, sagte Fischbach.

Max Brandt trank einen Schluck von dem Gin. »Ich ahne, was Sie sich zusammenreimen. Sie denken, ich könnte insgeheim … hm … ja, ein Eifelvampir sein und der jungen Frau das Blut ausgesaugt haben.«

Fischbach nickte. »Überzeichnet formuliert, aber durchaus zutreffend.«

Max Brandt schüttelte den Kopf. »Selbst wenn dem so wäre … Wie käme dabei mein Vater ins Spiel? Wie …« Er hob den Zeigefinger. »Ach, warten Sie, ich hab's. Mein Vater hat wie auch immer von der Sache mit der jungen Frau Wind bekommen und wollte mich der Polizei ausliefern. Da ich aber meine Freiheit liebe, habe ich ihn kurzerhand vergiftet. So in etwa?«

Wieder nickte Fischbach.

Max Brandt gluckste amüsiert, lachte dann lauthals. Der Gin schwappte über den Rand seines Glases und benetzte den Dielenboden. Er wischte sich die Lachtränen aus dem Gesicht und wurde fast übergangslos wieder ernst. »Hören Sie, ich habe meinen Vater geliebt.« Jetzt klang seine Stimme frostig und abweisend. »Sie verschwenden Ihre Zeit mit dieser absurden Theorie. Suchen Sie den Mörder meines Vaters und von mir aus auch den der jungen Frau. Aber hören Sie auf, mir Dinge zu unterstellen.«

»Wo waren Sie vorgestern Nacht?«, fragte Fischbach ungerührt.

Wieder lag ein Lächeln auf Max Brandts Lippen, doch diesmal erreichte es nicht die Augen. »Darüber rede ich mit Ihnen, sobald Sie mich vorladen. In der Zwischenzeit werde ich meinen Anwalt kontaktieren. Ich wünsche Ihnen viel Erfolg und einen guten Tag. Auf Wiedersehen, die Herren.«

»Eine letzte Frage noch«, insistierte Fischbach, den Rauswurf ignorierend. »Warum waren Sie in der Arktis? Waren wieder Vampire der Grund?«

Zunächst schien es so, als würde Max Brandt eine Antwort verweigern. Er schaute stumm in sein Glas. Dann gab er sich einen Ruck und sagte: »Keine Vampire diesmal. Aber auch ein Mord. 1871 verstarb der berühmte Arktisforscher Charles Francis Hall während einer Expedition. Angeblich ein Schlaganfall. Doch der stellte sich später als eine Arsenvergiftung heraus. Ich will wissen, wer dahintersteckte.« Er blickte auf. »Ihrer abstrusen Logik folgend passe ich somit ausgezeichnet in das Täterprofil. Und jetzt wünsche ich Ihnen endgültig eine gute Heimfahrt.«

Er knallte das Glas auf die Theke, eilte hinaus und überließ Fischbach und Welscher sich selbst.

24

Der Betonboden unter ihren Füßen strahlte eine Kälte ab, die sie bis hoch zu den Knien spürte. So eisig war es in keinem Krankenhaus der Welt.

Fake! Alles nur ein großer Schwindel!

Der unmöblierte Gang, in dem sie stand, führte zwischen dem Ständerwerk und der Außenwand entlang, eine Leuchtstoffröhre strahlte unangenehm weißes Licht von der Decke herab. Sie blinzelte geblendet, kämpfte gegen ihre Erschöpfung an. Unter größter Anstrengung schaffte sie es, einen Fuß vor den anderen zu setzen. Sie erreichte die nächste Ecke. Wieder ein Gang, er schloss rechtwinklig an. Hier hing an einem Haken der Schutzanzug, den die Gestalt getragen hatte. Eine Vorrichtung, um die leblose gelbe Kunststoffhülle zu dekontaminieren, fehlte.

Von wegen Quarantänestation.

Auf einem Hocker stand eine saubere Bettpfanne. Kurz überlegte sie, sich darin zu erleichtern, entschied sich aber dagegen. Jede Minute war kostbar. Sie wollte nicht geschnappt werden, nur weil sie ihrem Harndrang nachgegeben hatte.

Sie schlich weiter bis zur nächsten Ecke. Der Gang knickte auch hier im Neunzig-Grad-Winkel ab. Allerdings offenbarte die Rigipswand an dieser Stelle eine Besonderheit: ein Fenster. Es war ebenfalls nur ein Schwindel, sie hatte auch nichts anderes mehr erwartet. Zwar gab es echte Rollläden, doch von der Decke hing eine Leuchte bis zur Höhe des Fensters herab. Ihr war klar, dass damit der Tag im Inneren, ihrem Krankenzimmer, um das sie nun einmal halb herumgegangen war, simuliert wurde. In Wahrheit könnte es mitten in der Nacht sein.

In den Außenwänden hatte sie bisher weder eine Tür noch Fenster entdecken können. Was war das hier? Ein Keller? Ein Lagerhaus? Sie war zweimal nach rechts abgebogen, wenn nicht bald ein Ausgang käme oder eine Abzweigung in eine andere Richtung, würde sie vermutlich wieder an ihrem Ausgangspunkt ankommen. So langsam bekam sie eine Vorstellung vom Aufbau des Ganzen hier. Das Krankenzimmer befand sich, vollkommen von der Außenwelt abgeschottet, in einem größeren Raum, der ebenfalls einem geschlossenen Kubus glich. Eine Box in einer Box. Das erinnerte sie an die Figuren, mit denen sie als kleines Kind bei ihrer Großmutter so gern gespielt hatte, die russische Matrjoschka.

Ihr kam das Fernsehprogramm ins Gedächtnis. Garantiert auch nur eine Aufzeichnung.

Sie schluckte schwer. Verdammt, was hatte das alles zu bedeuten? Dieser ganze Aufwand nur, damit sie keinen Widerstand leistete und brav im Bett blieb? Oder wollte man damit ihr Zeitgefühl durcheinanderbringen? Welcher Tag war heute tatsächlich? Seit wann wurde sie festgehalten? War ihr Verschwinden überhaupt schon bemerkt worden? Suchte man bereits nach ihr?

Sie ging am Fenster vorbei, schaute um die nächste Ecke.

Dort! Endlich! Eine Tür, diesmal in der Außenwand, eine lindgrüne Stahltür. Das musste der Ausgang sein, es gab schließlich keine Alternativen.

Sie eilte darauf zu, stoppte jedoch, bevor sie den Griff packte, und legte das Ohr auf den Stahl.

Schritte!

Was jetzt? Sie war aufgeflogen. Ihr Puls schnellte in die Höhe, das Blut rauschte in ihren Ohren. Und noch immer hatte sie nichts, womit sie sich verteidigen konnte.

Sie wich von der Tür zurück, die eben noch die Freiheit versprochen hatte. Jetzt lauerte dahinter das Monster, das sie hier gefangen hielt. Gebannt sah sie, wie sich der Griff senkte. Dann wurde mit einem Ruck die Tür aufgerissen.

Eine Waffe! Ich muss mich verteidigen!

Die Bettpfanne!

Sie drehte sich um und rannte.

Eine sich überschlagende Stimme kreischte: »Bleib sofort stehen!«

Sie dachte gar nicht daran, sondern holte alles aus ihrem müden Körper heraus, was sie mobilisieren konnte. Am Fenster vorbei, um die nächste Ecke. Mit der Schulter krachte sie gegen die Wand, ein stechender Schmerz schoss ihr bis in den Rücken.

Sie biss die Zähne zusammen, rannte weiter. Das Atemgeräusch hinter ihr war schon ganz nahe.

Da! Vor ihr! Der Hocker!

Im Laufen packte sie den Griff. Womit sie nicht gerechnet hatte, war das Gewicht der Pfanne. Es riss an ihrem Arm, brachte sie aus dem Tritt. Sie stolperte weiter und wusste im selben Moment, dass sie den Wettlauf verlieren würde. Aufgeben wollte sie dennoch nicht.

Sie nutzte den Schwung, den sie noch hatte, als sie stehen blieb, und vollführte eine halbe Pirouette, wobei sie den Arm mit der Pfanne in der Hand wie einen Tennisschläger schwang.

Doch es war zu spät.

Sie wurde seitlich gerammt und zu Boden geworfen. Die Pfanne flog davon, polterte außer Reichweite über den Estrich. Kurz wurde ihr schwarz vor Augen. Ihr Gegner lag auf ihr und drückte ihren Kopf zu Boden. Dann spürte sie einen Stich im Hals.

Wütend heulte sie auf.

Blöde Kuh, verdammte!

Sie hätte die Pfanne gleich mitnehmen sollen. Eine Waffe war doch ihr Plan gewesen. Warum hatte sie nicht daran gedacht, die Pfanne wäre … ausgezeichnet …

Ihr schwanden die Sinne. Sie spürte, dass sie ihre Blase nicht mehr kontrollieren konnte. Es war ihr gleichgültig, alles war ihr egal. Sie wollte nur noch schlafen.

Der letzte Gedanke, dem ihr Bewusstsein nachhing, bevor sie ohnmächtig wurde, war die Gewissheit, leichtfertig ihr Leben verspielt zu haben.

25

Wie rasch eine Arbeitswoche vorübergeht, dachte Fischbach und schaufelte das letzte Stück seines Schoko-Kirsch-Kuchens auf die Gabel. Schon Freitag, unglaublich.

Sie saßen nach der Beerdigung von Welschers Vater zum Leichenschmaus im Café Habrich in Floisdorf. Welscher hatte sich vor fünf Minuten entschuldigt, er wolle eine Runde spazieren gehen und frische Luft schnappen. Der Vormittag schien ihm an die Nieren gegangen zu sein. Er war die ganze Zeit über geistig abwesend und in sich gekehrt gewesen.

Sah man vom Pfarrer ab, der seine Litanei gelangweilt heruntergehaspelt hatte, und von einem Friedhofsgärtner, der wohl in Ermangelung anderer Aufgaben zugeschaut hatte, waren sie unter sich gewesen. Niemand sonst hatte Welschers altem Herrn das letzte Geleit gegeben.

Ungewöhnlich für die Eifel. Normalerweise drückten sich selbst die entferntesten Verwandten, Freunde, Bekannten, Arbeitskollegen und Nachbarn den kleinen Spaten in die Hand, mit dem man symbolisch das Grab zuschaufelte. Anschließend gab es meist ordentlich Schabau und Bier, was die trübe Laune vertrieb und nicht selten eine partyähnliche Stimmung aufkommen ließ.

Allerdings hatte Hannelore Welscher niemandem von der Beerdigung erzählt und auch keine Todesanzeige geschaltet. Wie also hätte irgendwer sonst davon wissen sollen?

Hannelore, Sigrid und Lars, der wie meistens in letzter Zeit als Larissa hier war, unterhielten sich über die Auswanderung. Larissa schwärmte von der Möglichkeit, die sich ihr für ihre Karriere bot. Hannelore freute sich, sie dabei zu unterstützen.

Was Fischbach bei dem Thema zu denken gab, war Sigrids Interesse. Sie hing an den Lippen der beiden, hörte mit leuchtenden Augen zu, fragte nach, wenn ihr eine Information fehlte, wollte wissen, ob bereits eine Wohnung für Hannelore angemietet worden sei, und so weiter und so fort. Fischbach hoffte, dass seine Frau nicht auf die blöde Idee käme, seiner geliebten Eifel ebenfalls den Rücken kehren zu wollen. Selbst wenn Sigrid ihm eine Schiffspassage nach Amerika schenken würde, damit er sich nicht in ein Flugzeug setzen musste, wäre das niemals eine Option für ihn.

Seine Gedanken schweiften ab, er hörte nicht mehr richtig hin. Den gestrigen Donnerstag hatten Welscher und er damit verbracht, alle Informationen zu den Mordfällen noch mal genau zu lesen, zu bewerten und zu sortieren. Am Ende des Tages hatten sie zwar an Durchblick gewonnen, doch neue Ermittlungsansätze hatten sich nicht ergeben. Später, wenn sich die Kaffeegesellschaft auflöste, waren noch die Alibis von Luca Gerber und Max Brandt zu überprüfen. Eine zeitintensive Aktion, die vermutlich bis Feierabend nicht erledigt sein würde.

Immerhin hatte sich gestern die Brandstiftung im Freilichtmuseum aufgeklärt. Drei Zehnjährige waren durch ein Loch im Zaun aufs Gelände gelangt und hatten mit ihren Lupen Jagd auf Insekten gemacht. Einer der drei hatte dabei mit dem Brennglas versehentlich einen Heuhaufen entfacht, auf dem das zu untersuchende Käferlein herumkrabbelte. Von dort griff das Feuer auf das strohgedeckte Dach des historischen Bauernhauses über. Anstatt lauthals nach Hilfe zu rufen, waren die drei Jungs stiften gegangen. Erst ihr schlechtes Gewissen hatte sie zur Polizei geführt, wo sie ein Geständnis ablegten.

Das Smartphone in Fischbachs Anzugshosentasche vibrierte. Er zog es halb heraus und schaute nach, wer da störte. »Na, so was«, murmelte er, als er die Nummer erkannte.

»Wer ist es?«, fragte Sigrid.

»Der Chef.« Er hatte nicht erwartet, in dieser Woche noch etwas von Bönickhausen zu hören. »Entschuldigt mich bitte«, sagte Fischbach, stand auf und entfernte sich in eine gästefreie Ecke des Cafés. Dort nahm er das Gespräch an.

»Hotte!«, rief Bönickhausen zur Begrüßung, und Fischbach musste über seinen Enthusiasmus grinsen. Sie kannten sich seit ihrer Kindheit und hatten eine Weile recht erfolgreich zusammen Fußball gespielt. Bönickhausens Stimme klang immer noch kratzig, doch das Schlimmste schien er überwunden zu haben. »Schön, dass du wieder im Dienst bist. Du hast hier gefehlt.«

»Danke, das hört man gern.«

»Ihr seid auf der Beerdigung von Jans Vater?«

»Sitzen gerade beim Kaffee.«

»Bist du abkömmlich?«

»Um was geht es?«

»Die beiden Morde. Ich möchte wissen, wie weit wir sind.«

»Eigentlich leitet Jan –«

»Ich weiß, ich weiß. Aber weil er heute seinen Vater ... Nun, er soll trauern dürfen, ohne dass ich ihm im Nacken sitze. Also, wie schaut es bei dir aus? Hast du Zeit?«

Fischbach überlegte nicht lange. Der Drops war gelutscht, wie man so schön sagte. Was so viel hieß wie: Die Beerdigung war vorüber, der Kuchen gegessen, und zu dem Gespräch über das Auswandern konnte er nichts beisteuern. Hinzu kam, dass er sich langweilte. Ohnehin wollte er mit Bönickhausen noch etwas besprechen, das nichts mit den Morden zu tun hatte. »Bin unterwegs«, antwortete er daher, gab den anderen Bescheid und machte sich auf den Weg nach Euskirchen.

Fischbach lockerte die Krawatte und zog die Ärmel seines schwarzen Sakkos glatt, dann betrat er mit Schwung Bönickhausens Vorzimmer. Sein Elan wurde jäh gestoppt, weil er mit jemandem zusammenstieß. Als er erkannte, wer ihm im Weg stand, rief er überrascht: »Was machst du denn hier?«

Maila Aalto grinste frech. »Gegenfrage: Wie siehst du denn aus? Machst du einen auf Agent K von den ›Men in Black‹?«

»Jans Vater ist heute beerdigt worden.« Im selben Augenblick ärgerte er sich über seine Rechtfertigung. Was ging es sie an, wie er herumlief?

Maila Aalto wurde ernst. »Oh ... gut. Oder auch nicht. Das wusste ich nicht. Entschuldige bitte. Vergiss, was ich gesagt habe. Okay?« Sie zwängte sich an ihm vorbei und ging den Gang hinunter.

»Wenn Feuersänger wieder da ist, werde ich ein Freudentänzchen aufs Parkett legen«, grummelte Fischbach und sah ihr hinterher, bis sie auf der Treppe nach unten verschwunden war.

»Was grummelst du denn da vor dich hin?« Bönickhausen stand im Türrahmen seines Büros und streckte ihm die Hand entgegen. Fischbach wollte eben zugreifen, da zog Bönickhausen sie zurück. »Na, na, na, nichts gelernt aus der Coronakrise?« Er lachte.

Fischbach ahnte, wer den Chef auf diese blöde Idee gebracht hatte. Sollten jetzt alle in der Dienststelle von Maila Aaltos Humor infiltriert werden? Na, dann gute Nacht. Er konnte darüber nicht lachen.

»Mach nicht so ein sauertöpfisches Gesicht«, sagte Bönickhausen. »War doch nur ein kleiner Scherz. Komm rein.«

Fischbachs Blick fiel auf das Aquarium, das Bönickhausens Vorzimmer schmückte – zur Freude aller, die vor einem Termin hier warten mussten. Die Fische trieben leblos an der Wasseroberfläche. »Was ist denn mit denen passiert?«

Bönickhausen zog scharf die Luft zwischen den Zähnen ein. »Vermutlich die … äh … Pumpe? Über Nacht ausgefallen?«

»Die Pumpe?« Fischbach zog skeptisch eine Augenbraue nach oben.

Verlegen kratzte sich Bönickhausen den Nacken. »Nicht überzeugend?«

»Nicht ansatzweise.« Fischbach wies auf die Luftbläschen, die wie immer im Wasser nach oben blubberten.

»Hm … also … In Wahrheit habe ich leider vergessen, jemanden zu bitten, sie während meiner Abwesenheit zu füttern. Ich fühlte mich so krank, dass ich einfach nicht daran gedacht habe. Frau Kreuz macht mir die Hölle heiß, wenn sie wieder gesund ist und das Malheur entdeckt. Ich hatte gehofft, mit einer Notlüge glimpflicher davonzukommen.«

»Feigling. Steh dazu wie ein Mann«, sagte Fischbach. »Strafe muss sein. Du hast immerhin etliche Leben auf dem Gewissen.«

Sie betraten Bönickhausens Büro und setzten sich an den Konferenztisch. Das ihm angebotene Wasser lehnte Fischbach ab. Im Café hatte er genug getrunken.

Zunächst unterhielten sie sich über private Dinge. Fischbach erzählte, wie er sich wieder in den Dienst eingefunden hatte und von seiner neuen Harley. Bönickhausen schwärmte im Gegenzug ausufernd von seinem Segelboot.

Dann kamen sie auf die Morde zu sprechen. Fischbach fasste den Ermittlungsstand zusammen und fragte anschließend: »Wie sieht es mit der Presse aus? Sollen wir eine Konferenz einplanen?«

Bönickhausen überlegte einen Moment. »Ich denke, zum jetzigen Zeitpunkt ist das nicht notwendig«, entschied er dann. »Die Meldungen sind raus, und allzu viele Anfragen von Redaktionen gibt es meines Wissens bisher nicht. Denen, die nachhaken, schicken wir per Mail den Sachstand. Sollten weitere Fragen aufkommen, können wir uns immer noch zusammensetzen.«

Damit konnte Fischbach gut leben. Für ihn war jede Pressekonferenz Zeitverschwendung. »Was wollte denn Maila Aalto von dir?«, wechselte er das Thema. »Hat sie was Neues für uns, das wichtig sein könnte?«

»Wieso sollte sie damit ausgerechnet zu mir kommen?«

»Vielleicht weil Jan und ich nicht da waren. Und sonst ja auch niemand. Selbst unser Duracell-Hase Päffgen liegt flach zu Hause im Bett.«

»Echt? Habe ich noch gar nicht mitbekommen. Dann ist die Situation wirklich bedenklich. Der würde normalerweise sogar mit einem Kopfschuss zum Dienst erscheinen. Aber nein, Frau Aalto hatte nichts für unsere Ermittlungen im Gepäck. Sie hat sich lediglich vorgestellt. Die ist ziemlich taff, nicht wahr?«

»Die einen meinen so, die anderen so«, wich Fischbach aus und hoffte, Bönickhausen würde der vagen Entgegnung auf den Grund gehen wollen. Es wäre der perfekte Aufhänger, seinen Unmut über die Kollegin loszuwerden.

Doch leider hakte der Chef nicht nach, sondern verkündete stattdessen im Plauderton: »Ich habe mich über sie erkundigt. Frau Aalto gehört zu den besten Kriminaltechnikern, die das Land NRW aufbieten kann.«

»Feuersänger kann sie nicht das Wasser reichen.«

»Mag sein, aber … Moment!« Er beugte sich über den Schreibtisch, nahm aus einem Ablagefach ein Schreiben zur Hand und reichte es Fischbach. »Lies mal.«

Fischbach überflog die Zeilen mit wachsender Bestürzung, dann sah er auf. »Feuersänger kündigt? Das glaube ich jetzt nicht.«

»Du hast es schwarz auf weiß. Ein außerordentlicher Verlust für uns, ich habe immer große Stücke auf ihn gehalten. Aber das nenne ich Glück im Unglück: Maila Aalto wird seine Stelle gern übernehmen.«

Fischbach ließ das Schreiben auf den Tisch flattern. »Wie? Für immer? Ohne Ausschreibung?«

Bönickhausen grinste. »Wolltest du dich etwa auf die Stelle bewerben?«

»Quatsch. Ich meine … Ach, vergiss es.« Was half es, über verschüttete Milch zu reden? Maila Aalto gehörte ab sofort zu ihnen. Am liebsten hätte Fischbach lautstark geflucht.

»Jan wird sich freuen«, sagte Bönickhausen. »Wie man so hörte, waren Feuersänger und er nicht die besten Freunde.«

»Das Problem hätte sich durch Jans Abgang doch eh gelöst«, entgegnete Fischbach aufgewühlt. Erst als die Worte raus waren, merkte er, welcher Fauxpas ihm gerade unterlaufen war.

»Abgang?«, fasste Bönickhausen sofort nach. »Wie darf ich das verstehen?«

»Äh …« Verdammter Mist, dachte Fischbach. Doch da half kein Jammern und Zetern, das Kind war in den Brunnen gefallen. Er erzählte Bönickhausen von Welschers Auswanderungsplänen. »Bitte behalte das vorerst für dich, bis Jan es offiziell kundtut. Der reißt mir sonst den Kopf ab.«

»Mach dir darüber keine Gedanken. Die Information ist bei mir besser aufgehoben als in Fort Knox.«

»Wo wir gerade übers Personal reden …«

»Ja?«

»Hat Andrea mit dir schon über Thomas Gilles gesprochen?«

Bönickhausens Kopf ruckte hoch. »Woher weißt du denn davon? Andrea hat mir hoch und heilig versprochen, vorerst niemanden mehr einzuweihen.«

»Keine Sorge. Sie hat nicht geplappert. Thomas hat es mir selbst erzählt.«

»Sag bloß. Warum?«

»Ich soll bei dir ein gutes Wort für ihn einlegen.«

»Wenn das so einfach wäre. Ich bin doch eigentlich gar nicht zuständig.«

»Habe ich ihm auch gesagt.«

»Sollte das seinen geordneten Gang nehmen, könnte es für ihn unangenehm werden.«

Fischbach stimmte zu, blickte Bönickhausen jedoch fragend an. »Muss es denn an die große Glocke gehängt werden?«

»Die Anwärterin entscheidet am Ende, wie es weitergehen soll. Zieht sie ihre Beschwerde zurück, hat sich die Sache für uns erledigt. Wenn sie allerdings auf ein Verfahren besteht, werde ich – und ebenso Andrea als ihre Vertrauensperson – diese Entscheidung ohne Wenn und Aber unterstützen. Wir wollen uns keine Mauschelei vorwerfen lassen.«

»Dem stimme ich voll und ganz zu. Trotzdem wäre es nicht nur für Gilles, sondern für beide Seiten gut, wenn es nicht zu einem Verfahren kommt, denke ich. Oder siehst du das anders?«

»Nein. Mit so einer Anschuldigung im Kollegenkreis tut sich niemand einen Gefallen.«

»Pass auf, ich habe da eine Idee. Gib mir ein paar Tage, und ich sehe zu, was ich machen kann.«

»Was hast du im Sinn?«

Fischbach erläuterte es ihm.

»Hm?« Bönickhausen rieb sich die Nase, überlegte einen Moment. Dann entschied er: »Gut, probieren wir es.« Er hob den Zeigefinger.

»Einverstanden«, sagte Fischbach. »Dann kümmere ich mich sofort darum.«

Er verabschiedete sich und ging rüber in sein Büro. Dort setzte er sich, griff zum Hörer und wählte die Telefonnummer von Thomas Gilles.

26

Max Brandt grinste. Zum einen, weil er gerade ein Klischee bediente, indem er eine Zigarette nach dem Sex rauchte. Zum anderen amüsierte er sich immer noch darüber, den beiden Bullen bei ihrem Besuch am Mittwoch Märchen aufgetischt zu haben, ohne zu erröten. So leicht konnte man heutzutage die deutsche Polizei hinters Licht führen.

Neben ihm rekelte sich seine »Katze« im Schlaf unter dem weißen Laken. Katarzyna war einfach eine Bombe im Bett. Schon allein deswegen hatte er ihr angeboten, noch eine Weile zu bleiben. Flexibel wie eine Kontorsionistin und sinnlich wie eine ägyptische Göttin. Aber das Geilste war ihr wohliges Stöhnen. Das törnte ihn so richtig an, trieb ihn zu Höchstleistungen, ließ ihn jedes Mal förmlich in ihr explodieren.

Das mit Katze ging jetzt schon eine ganze Weile. Vor seinem Vater hatten sie die Beziehung nicht geheim gehalten, Anstoß daran hatte er nicht geäußert. »Dein Leben ist deine Sache. Da mische ich mich nicht ein.«

Ein pragmatischer Ansatz, wie Max fand. Sollte er jemals Kinder haben, würde er es genauso halten.

Allerdings musste er sich eingestehen, dass er ansonsten eher selten einer Meinung mit seinem Vater gewesen war. Zu behaupten, sie hätten sich ausgezeichnet verstanden, stimmte daher nicht. Zwar hatten sie sich kaum gestritten, doch innige Gemeinsamkeiten hatte es auch nicht gegeben. Jeder machte sein eigenes Ding, und darüber hatten sie sich schlicht auseinandergelebt.

Dass er die Bullen hinsichtlich seiner Beziehung zu Katarzyna im Unklaren gelassen hatte, war Kalkül gewesen. So konnten sie sich nichts zusammenreimen. Streng genommen hatte er noch nicht einmal gelogen, schließlich hatten sie ihn nicht danach gefragt.

Ganz anders sah es dagegen bei der Sache aus, bei der er den beiden bewusst einen Bären aufgebunden hatte.

Er drückte die Zigarette aus und wedelte mit der Hand den Rauch fort.

Katarzyna murmelte etwas Polnisches, glitt unter dem Laken hervor und schlenderte mit wogenden Hüften ins Bad.

Was für eine Frau! Von hinten glich ihr Körper einer Violine, perfekte Schwünge, wie von Stradivari persönlich geschnitzt. Max' Glied schwoll schon wieder an und stand für einen weiteren

Einsatz bereit. Sein Grinsen wurde breiter. So machte ein Sonntag im Bett Laune. Eine Stunde Ruhe würde er seiner Katze noch gönnen, dann war der nächste Ritt angesagt.

Es plätscherte, die Spülung rauschte, kurz darauf stieg sie wieder zu ihm ins Bett und schmiegte sich in seine Armbeuge. Fast augenblicklich schlief sie ein. Sie atmete langsam und gleichmäßig.

Er roch das Haarspray, das ihren Beehive mehr oder weniger in Form hielt. Nach seiner Rückkehr von der Arktisexpedition vor zwei Wochen hatte sie ein anderes benutzt. Es hatte nach Kräutern gerochen. Das jetzige war blumiger, eleganter.

Bevor er an dem Abend mit Katze ins Bett gestiegen war, um sich die Eiszapfen aus dem Schritt zu rammeln, hatte er mit seinem Vater ein wichtiges Gespräch geführt. Anschließend fasste er einen folgenschweren Entschluss.

Das hatte den armen Tropf das Leben gekostet.

Er zündete sich eine weitere Zigarette an, sah dem Rauch nach, wie er zur Decke emporstieg.

Gerhard Kocher, ein Schweizer Politologe, sagte einst: »Wer nach zwanzig Jahren Journalismus nicht den Beruf wechselt, wird bös enden.« Damit hatte er nicht unrecht, zumindest galt das nach Max' Auffassung für jene Journalisten, die für ihren Job brannten. Er stand bereits dreißig Jahre im Dienst der Wahrheit und kannte das Geschäft wie seine Westentasche. Die Erfahrung hatte ihn gelehrt, dass die besten Storys nicht auf der Straße zu finden waren. Ohne Hingabe, Rücksichtslosigkeit und Entschlossenheit sollte man besser für ein Käseblatt über den regionalen Kaninchenzüchterverein schreiben. Niemand konnte einen authentischen Kriegsbericht verfassen, ohne jemals an einer Front gewesen zu sein. Berichtete man über Ereignisse in der verdammten Arktis, musste man die Kälte am eigenen Arsch gespürt haben. Und erlag ein ausgezeichneter Journalist der Faszination für bluttrinkende Mörder, kam er nicht drum herum, den roten Lebenssaft zu kosten. Und ja, leider gab es dabei hin und wieder Kollateralschäden.

Max seufzte.

Einer dieser Kollateralschäden war der gewaltsame Tod seines Vaters gewesen.

Bedauerlich, aber unvermeidbar.

Dann dachte er an die kommende Woche.

Er würde den Einsatz erhöhen, und diesmal würde er bekommen, was er wollte.

Die Story seines Lebens!

Nachdenklich betrachtete er die schlafende Katarzyna. Mit der freien Hand strich er über ihren Nacken, wickelte eine lose Haarsträhne um den Finger. Wie zart und zerbrechlich ihre Halswirbel sich unter der Haut abzeichneten.

Nein, für eine gute Geschichte würde er niemanden töten.

Er grinste.

Aber für eine *ausgezeichnete* Story käme er in Versuchung.

27

Welscher knallte den Hörer auf die Station. »Nichts! Das war die letzte Klinik in der näheren Umgebung.«

»Was regst du dich so auf?«, fragte Fischbach. »An einem Montagmorgen sitzen wir im Trockenen und haben es warm. Manch einer wäre neidisch. Da erträgt man so einen Rückschlag doch auf einer Arschbacke.«

Seit über einer Stunde telefonierten sie die Krankenhäuser ab, um zu erfahren, ob Melina Wegener irgendwo als Blutspenderin registriert war, wie Luca Gerber behauptet hatte. Der junge Mann aus dem Escape Room war noch immer derjenige, der sie als Letzter gesehen hatte. Die Überprüfung seiner Aussage entwickelte sich nicht zu seinen Gunsten.

»Ist wie die verfluchte Suche nach der Nadel im Heuhaufen!«, schimpfte Welscher. »Absolut frustrierend.«

Eigentlich wusste er, dass seine schlechte Laune nicht von der enervierenden Aufgabe herrührte. Aber er musste mal Dampf ablassen.

Den ganzen Samstag war Larissa verzückt durch das Haus

gesprungen und hatte in höchsten Tönen von Amerika, dem neuen Studio, den freundlichen Menschen dort und der megageilen Metropole New York geredet. Die Met, Ground Zero, der Central Park, das Empire State Building, der Broadway, der Times Square, die Brooklyn Bridge, der Madison Square Garden, Chinatown. Natürlich fehlte auch nicht die Freiheitsstatue bei Larissas Schwärmereien. Wie ein Wasserfall war es ihm vorgekommen, ein ständiges Rauschen von Wörtern und Sätzen, eine verbale, nicht enden wollende Stadtführung. Gestern dann, als Larissa wieder loslegte, war Welscher der Geduldsfaden gerissen. Er hatte es nicht mehr hören können und genervt um einige Minuten Ruhe gebeten. Einer beleidigten Diva gleich war Larissa davongerauscht.

Zwar hatten sie sich inzwischen versöhnt. Doch da war eine winzige Distanz geblieben. Ein Spalt in ihrer Beziehung, der Welscher beunruhigte. Es störte, es trennte, warf einen Schatten auf ihre Liebe. Ob Larissa auch so empfand?

Fischbach hatte aus seiner abgehakten Telefonnummernliste ein Papierflugzeug gebastelt und warf es durch das Büro. »Flieger, grüß mir die Sonne«, trällerte er. »Und weiter mit den Blutspendestellen des Roten Kreuzes.« Er griff zur nächsten Aufstellung.

Lea Kruse, die bisher ungewöhnlich still die neuen Informationen studiert hatte, räusperte sich. »Ähm … Ich hätte da einen Vorschlag.«

Welscher signalisierte mit einer ungeduldigen Geste Zustimmung. »Dann raus damit!«

»Okay.« Lea Kruse tippte auf ihrem Handy. »Ihr wollt doch wissen, ob das Opfer am Tag seines Verschwindens Blut gespendet hat. Ich schicke euch einen Link, ruft die Homepage bitte mal auf.« Sie wartete geduldig, bis die beiden die Internetseite auf dem Bildschirm hatten. »Das ist der Arbeitgeber meines Freundes. Ich habe euch ja erzählt, wie zufrieden er dort ist. Deswegen will er nicht fortziehen.«

»Potzblitz!«, entfuhr es Fischbach. Das Firmenlogo zeigte das Unendlichkeitssymbol, eine liegende Acht, darunter stand in weißen, serifenlosen Großbuchstaben »Forever Young GmbH«. Insgesamt wirkte der Stil der Seite kühl und medizinisch steril.

»Das habe ich schon einmal gesehen! Werbung von denen lag im ›Zikkurat‹ aus, vorn im Wartebereich des Escape Rooms.«

»Ob das nur ein Zufall ist?« Welschers Frage war rhetorisch, denn an Zufälle glaubte er nicht. Andererseits waren Flyer dazu gedacht, überall auszuliegen.

Fischbach scrollte. Die Aufnahme eines Firmengebäudes erschien, fotografiert von einer Drohne. Sie zeigte ein großzügig verglastes mehrstöckiges Gebäude in derselben Form, einer liegenden Acht. In den Rasen vor dem Haupteingang hatte jemand in riesigen Lettern den Firmennamen gemäht. Oder war das eine grafische Nachbearbeitung?

»Ich will mir das jetzt nicht alles durchlesen«, sagte Fischbach und wandte sich Lea Kruse zu. »Ich höre lieber dir zu. Was machen die genau, und wie könnte das mit unseren Fällen zu tun haben?«

Lea Kruse hob den Papierflieger hoch, der auf Welschers Schreibtisch gelandet war. Sie faltete das Papier auseinander und hielt die Liste hoch. »Eigentlich machen die genau das Gleiche wie die hier. Nur für einen anderen Markt und mit dem Unterschied, dass sie Blutspender äußerst lukrativ entlohnen. Kommt bei Studierenden sehr gut an, wie ihr euch denken könnt.«

»Und was machen die mit dem Blut?«, wollte Fischbach wissen. »Weiterverkaufen? Zu einem höheren Preis? Nutzen die den Blutkonservenmangel aus? Das fände ich moralisch äußerst bedenklich.«

»Aber nein!«, rief Lea Kruse aus. »Die verlängern Leben! Wie ein Krankenhaus auch.«

Fischbach hob skeptisch eine Augenbraue. »Hört sich für mich nach einer teuren, aber gewöhnlichen Privatklinik an.«

Lea Kruse zerknüllte das Papier und warf es in den Mülleimer. Dann deutete sie am Bildschirm auf den Menüpunkt »Unser Angebot«. »Dort kannst du es nachlesen.«

Fischbach klickte den Reiter an. Es erschien eine Seite mit sehr viel Text. »Wäre mir lieber, du erläuterst es kurz.«

Lea Kruse nickte beflissen. »Die Details kenne ich zwar nicht. Aber im Prinzip sind die ein Jungbrunnen.«

»Ein … was?«, fragte Welscher erstaunt.

»Ein Jungbrunnen«, wiederholte Lea Kruse. »Die nehmen das frische Blut junger Spender und übertragen es auf alte Menschen. Dadurch soll ein Verjüngungseffekt eintreten.«

»Und das funktioniert?«, fragte Welscher.

»Das wird sich zeigen. Für verlässliche Prognosen ist es wohl noch zu früh. Sicherheitshalber eröffnet die Firma aber noch ein zweites Standbein: die Kryonik.«

»Was soll das sein?«, fragte Fischbach.

»Du hast bestimmt schon einmal davon gehört, dass sich Sterbenskranke einfrieren lassen?«

Fischbach nickte. »In der Tat, habe ich in der Zeitung gelesen. Die Patienten hoffen darauf, dass es in der Zukunft ein Heilmittel gegen ihre Krankheit gibt. Dann wollen sie sich wieder auftauen lassen.«

Lea Kruse nickte. »Und die Wissenschaft dazu wird Kryonik genannt.«

»Hört sich für mich eher nach Raumschiff Enterprise an«, meinte Fischbach. »Wie auch immer, lasst uns überprüfen, ob Melina Wegener dort Blutspenderin war.« Er klickte auf den Menüpunkt »Kontakte« und griff zum Telefonhörer. »Ein Anruf, und –«

»Warte!«, forderte Lea Kruse ein wenig übereifrig und tippte auf ihrem Smartphone herum. Dabei schwatzte sie aufgeregt drauflos. »Mein Freund, also der Nick, eigentlich ja Nikolaus, nach seinem Opa, aber wer will heutzutage noch Nikolaus … Egal. Also der Nick. Er arbeitet bei Forever Young in der Technik, ist der Chef für alles, was mit Hard- und Software zu tun hat. Nick hat's echt drauf, der kommt in jede Datenbank, programmiert sich die Finger wund, schafft echte Wunderdinge. Sich selbst nennt er daher gern ›Gott über das Volk der Bits und Bytes‹. Ein Datengott also. Na ja, er ist schon ein wenig nerdig.« Sie kicherte. »Aber so ist er eben, wenn Nick nichts vor den Augen flimmert, ist er unzufrieden.« Sie schaute vom Smartphone auf. »So, kleinen Moment, Antwort kommt im Galopp. Nick ist ein Sieben/Vierundzwanziger.«

»Ein was?«, wollte Fischbach wissen. »Ist das ein neuer Code bei euch Streifenhörnchen, den ich noch nicht kenne?«

»Sieben Tage die Woche vierundzwanzig Stunden erreichbar«, erklärte Lea Kruse.

»Ach so.«

»Verstehe ich das richtig«, klinkte sich Welscher ein, »du hast deinen Freund gerade gebeten, eine Datenbankabfrage nach Melina Wegener zu machen?«

»Ja klar. Oder vielmehr … auch.«

Welscher warf die Arme nach oben, als würde er um göttlichen Beistand bitten. »So viel zum Thema Datenschutz.«

Fischbach winkte ab. »Wenn es schneller geht, soll es uns recht sein.«

Welscher schüttelte den Kopf. »Und du bist ein Diener der Exekutive? Also ehrlich.« Er öffnete den Mund, um Lea Kruse darüber aufzuklären, dass illegal erworbene Informationen eine Anklage behindern konnten. Dann schloss er ihn resigniert wieder. Was regte er sich überhaupt auf? In ein paar Wochen würde er reiche Geschäftsleute beraten und ihnen Larissas Kunstwerke empfehlen. Oder er stand in einem Supermarkt hinter der Kasse und räumte die Einkäufe der Kunden in Papiertüten. Datenschutz spielte bei seiner zukünftigen Tätigkeit kaum eine Rolle. »Macht doch, was ihr wollt«, grummelte er daher.

»Endlich wirst du vernünftig«, sagte Fischbach.

Lea Kruses Handy wieherte. Sie lachte verlegen. »Das ist mein Pferd, Fidda, der Schimmel. Ihr erinnert euch? Ich habe sein Wiehern aufgenommen und Nicks Nummer zugeordnet. Wenn jetzt eine Nachricht … Ach, ist ja egal.« Sie las stumm, was er geschrieben hatte, und hielt dann das Handy so, dass Welscher und Fischbach die Nachricht ebenfalls lesen konnten. »Bingo«, verkündete sie. »Melina Wegener wird bei denen als Blutspenderin geführt.«

»Na also.« Fischbach nahm mit zufriedener Miene die Liste der noch nicht kontaktierten Blutspendedienste, zerknüllte den

Ausdruck und warf ihn in den Papierkorb. »Der Punkt wäre abgehakt. Dann sehen wir uns den Laden mal persönlich an.«

»Moment noch.« Lea Kruse wischte über das Display ihres Smartphones und präsentierte Fischbach und Welscher einen weiteren Namen, den ihr Freund ihr geschickt hatte. »Ich habe mir erlaubt, Nick außerdem nach Viktor Brandt zu fragen«, sagte sie. »Er steht ebenfalls in der Kundenkartei.«

Welscher und Fischbach wechselten einen überraschten Blick. Waren sie da auf etwas gestoßen?

Lea Kruse sah von einem zum anderen. »Wieso sagt ihr nichts? War doch einen Versuch wert, oder?«

In Welscher kam Bewegung. Beide Opfer in der Datenbank eines privaten Unternehmens, so etwas nannte er eine Spur. Er sprang auf, nahm seinen Trenchcoat vom Haken und zückte den Autoschlüssel. »Denen rücken wir auf die Pelle!«

28

Hinter Welscher und der Anwärterin betrat Fischbach die großzügige Eingangshalle der Forever Young GmbH. »Wow«, entfuhr es ihm. Er hatte das Gefühl, in einem riesigen Gewächshaus zu stehen. Sonnenlicht fiel durch die verglaste Vorder- und Rückseite des Gebäudes. Auch das Dach weit über ihnen bestand aus Glas. Watteförmige Wolken zogen über den blauen Himmel. Rechts in der Halle stand eine Ledersitzgruppe, dahinter erhob sich ein dunkelgrauer Klotz in der Länge und Höhe von zwei hintereinander geparkten Autos. Vermutlich der Empfangstresen. Allerdings wartete dort niemand auf Besucher. Der polierte Marmorboden reflektierte das Licht, ein unaufdringliches Meeresrauschen erfüllte die angenehm klimatisierte Halle, ein Hauch von Zitrone lag in der Luft. Zwei gläserne Aufzüge standen bereit, um Besucher und Mitarbeiter auf die Etagen zu verteilen, rührten sich im Moment aber nicht. »Bei wem muss man sich anmelden?«, fragte er.

Welscher sah sich um. »Hm, keine Ahnung. Wie ausgestorben. So langsam wird mir das unheimlich. Immer wenn wir irgendwo auftauchen, ist niemand in der Nähe, der uns begrüßt.«

Lea Kruse lächelte wissend. »Abwarten.«

In dem Moment hörte Fischbach ein hohes Summen. Wenn er sich nicht irrte, lag der Ursprung des Geräusches hinter dem Empfangstresen. Auf einmal schoss ein Gebilde dahinter hervor, das ihn an einen Segway erinnerte. Es rollte behände um die Sitzgruppe herum und steuerte direkt auf sie zu. Kurz vor ihnen stoppte das Gefährt. Etwa auf Fischbachs Brusthöhe war ein großes Tablet installiert. Das Display leuchtete auf, und ein Frauenkopf, der einem Comic zu entstammen schien, sagte: »Guten Tag. Herzlich willkommen bei der Forever Young GmbH.«

Welscher lehnte sich zu Fischbach rüber und flüsterte ihm zu: »Also Siri und Alexa, gut, die wurden im Silicon Valley programmiert und hatten massig Zeit, den Weg hierher zu finden. Aber eine KI in der Eifel, das überrascht mich.«

»Warum? Kais gibt es einige hier in der Gegend«, entgegnete Fischbach, der fasziniert zwei Schritte zur Seite trat und beobachtete, wie ihm die Augen des Comic-Kopfes folgten.

Welscher stöhnte auf. »Mensch, Hotte. KI steht für Künstliche Intelligenz, das hat rein gar nichts mit einem Vornamen zu schaffen.«

»Sind die Herren fertig? Können wir beginnen?«, fragte die Empfangsdame vom Tablet.

Fischbach raunte Welscher zu: »Ich meine, etwas Zickiges herausgehört zu haben. Wirklich erstaunlich.«

Das Gesicht auf dem Tablet nahm einen strengen Ausdruck an. »Ich höre besser, als Sie vermuten, Herr Hauptkommissar Fischbach.«

»Woher kennen Sie meinen Namen?«, fragte Fischbach. Im selben Moment wurde ihm bewusst, dass er mit diesem digitalen Antlitz sprach wie mit einer echten Person. So schnell vermischten sich also die reale und die programmierte Welt.

Die Empfangsdame im Comicstil hob siegesgewiss das Kinn. »Pah! Ich kenne alle Namen«, verkündete sie herablassend.

»Neben Ihnen stehen die bezaubernde Polizeianwärterin Lea Kruse und Oberkommissar Jan Welscher.«

»Hauptkommissar«, entfuhr es Welscher.

Der Automatenkopf lachte, ebenso Lea Kruse. Sie trat einen Schritt vor. »Zeig dich«, forderte sie von dem Segwayding.

Das Bild auf dem Display verschwand, ein neues Gesicht erschien, diesmal real, mit einer Livekamera aufgenommen. Männliche, kantige Züge, fülliges Haar, Lachfältchen in den Augenwinkeln.

Lea Kruse drehte sich zu den Kommissaren um. »Darf ich vorstellen? Das ist Nick, mein Freund. Ich habe uns während der Fahrt angekündigt.« Spitzbübisch lächelte sie Welscher an. »Verzeih den kleinen Scherz auf deine Kosten. Ich wollte es selbst mal miterleben.«

»Hä? Was meinst du?«

»Dass dir dein Dienstrang äußerst wichtig ist.«

Welscher lief rot an. »Wie bitte? Nur weil ich einmal –«

»Du machst das ständig«, unterbrach ihn Fischbach.

Welscher verstummte und schien einen Moment lang in die Vergangenheit zu horchen. Dann schmunzelte er. »Vielleicht, okay, ja. Passiert mir schon mal. Hätte nicht gedacht, dass das jemandem auffällt. Aber genug Zeit verloren. Nick, wie geht es weiter?«

»Die Chefin erwartet euch. Folgt mir bitte.«

Sie liefen hinter dem Segway her wie Küken hinter der Mutterente. Im Aufzug klopfte Fischbach auf das Display. »Hallo? Nick?«

»Klopfen ist nicht nötig«, sagte Nick. »Einfach sprechen.«

Eine sonore Stimme im Aufzug verkündete: »Vierte Etage«, die Tür glitt auf, und vor ihnen lag ein gekrümmter Gang.

»Was ich fragen wollte«, setzte Fischbach an, während sie hinter dem Roboter hergingen. »Lea sagte, du seist für die Technik zuständig.«

»Das ist richtig.«

»Und für den Empfang auch? Ist das nicht ungewöhnlich?«

Aus dem Lautsprecher erklang Nicks Lachen. »Als Lea mir

schrieb, dass ihr auf dem Weg seid, habe ich das Empfangsprogramm manuell übernommen. Normalerweise läuft das vollautomatisch. Wir haben zehn von diesen Empfangsrobotern im Einsatz. Sie parken in der Ladestation. Der graue Klotz in der Halle ist euch bestimmt aufgefallen.«

Links und rechts von ihnen gab es Türen, die in angrenzende Räume führten. Sie waren alle geschlossen. Es herrschte eine ungewöhnliche Stille. Fischbach fiel auf, dass die Klemmflächen für die Namensschilder neben den Türzargen leer waren. »Wie viele Leute arbeiten bei Forever Young?«

»Vierundzwanzig.«

»So wenige? Ist das Gebäude dafür nicht etwas überdimensioniert?«

»Die Chefin setzt auf Expansion. Wir sind vorbereitet.«

»Managersprache«, brummte Welscher und tippte sich an die Stirn.

»Auf den unteren Etagen ist mehr los«, sagte Nick. »Im Erdgeschoss befindet sich die Technik inklusive Serverraum, in dem ich gerade sitze. Auch die Räumlichkeiten für die Blutspender sind dort zu finden. Wir wollen kurze Wege für die Gäste. Im Stockwerk darüber haben wir die Labore, die Kantine und die Abteilung für Forschung und Entwicklung. Im dritten Obergeschoss ist unsere Bettenstation, schöne, große Einzelzimmer mit Blick über die Eifel. Die zweite und die vierte Etage sind Büroetagen, derzeit sind aber nur wenige davon besetzt. Was möglich ist, wird outgesourct oder automatisiert. Schlank und effizient, wie die Chefin immer sagt.«

Fischbach konnte es kaum erwarten, diese weisheitenverbreitende Chefin endlich kennenzulernen.

»Im Keller wird derzeit die neue Anlage erprobt«, ergänzte Nick.

»Neue Anlage?«

»Ja. Die Kryostase soll zusätzliches Geld in die Kassen pumpen.«

»Ah, das Einfrieren von Menschen«, sagte Fischbach. »Lea hat es vorhin erwähnt.«

»Neben der Anlage für das Prozedere befindet sich im Keller auch der Lagerraum für die Patienten.«

»Interessante Wortwahl«, murmelte Welscher. »Treffender wäre aber wohl der Begriff ›Leichen‹.«

Das Ende des Ganges kam in Sicht: eine Tür, polierter Edelstahl, darauf das Firmenlogo als Relief.

»Da sind wir«, verkündete Nick. Er steuerte den Segway nah an die Wand heran und machte so den Weg frei.

»Äh … und jetzt?«, fragte Fischbach mit suchendem Blick. »Kein Griff. Wie sollen wir denn da rein?«

Lautlos glitt das Türblatt zur Seite.

»Alles automatisch. Bitte tretet ein«, sagte Nick. »Ich roll dann wieder heimwärts. Alle weiteren Fragen beantwortet die Chefin.«

Das Segwayding vollführte ruckelnd ein kleines Wendemanöver und fuhr surrend zurück zum Aufzug.

29

Max Brandt legte die Kamera, auf die ein Teleobjektiv von der Länge eines Baseballschlägers geschraubt war, neben sich auf den Beifahrersitz. Eben hatten sie das Gebäude betreten und waren damit aus seinem Sichtfeld verschwunden.

Nicht zu fassen.

Fast wäre er der Polizei in die Arme gelaufen. Nur weil ihn der Dickere kurz vor der Ankunft mit seiner Harley überholt hatte, war er nicht in die Falle getappt.

Er hatte sich daraufhin einen schattigen Parkplatz unter einer Buche gesucht, weit genug entfernt von dem Firmengebäude, um nicht aufzufallen.

Was machten die Bullen hier? Wie hatten sie so rasch die Verbindung herstellen können? Hatte er die beiden Kommissare unterschätzt? Waren es Wölfe, getarnt in Schafspelzen?

Er kaute auf seiner Unterlippe und überlegte.

Als Journalist in einem Hochtechnologieunternehmen aufzukreuzen, wäre nicht sonderlich verdächtig. Und dass er sich besonders für Storys über Blut interessierte, hatten die Kommissare schon herausgefunden. Andererseits wollte er keinen Stoff für weitere Spekulationen liefern. Unter dem Radar zu bleiben, erschien ihm sinnvoller.

Daher: Planänderung!

Er aktivierte die Freisprecheinrichtung.

Fast sofort blaffte eine Stimme: »Was?«

»Die Polizei ist im Haus.«

Kurze Stille, dann: »Die Polizei? Wie … so früh schon?« Ein vernehmbares Schlucken. »Und jetzt?«

»Die wissen nichts Konkretes, da bin ich mir sicher«, sagte Max. »Ein blindes Huhn findet auch mal ein Korn. Heute Abend?«

»Hier? Im Labor?«

Max überlegte. Er wollte keine Zeit mehr verlieren. »Nein. Zu unsicher. Ich hole Sie ab.«

»Aber …«

»Sie stehen um zwanzig Uhr bereit, ist das klar?«, zischte er.

»Also … okay. Zwanzig Uhr.«

Er unterbrach die Verbindung und schaute ein letztes Mal zu dem Firmengebäude hinüber. Dann startete er den Wagen und fuhr nach Hause. Zufrieden trommelte er den Beat zum Lied aus dem Radio auf den Lenkradkranz.

Er hatte alles im Griff.

Das würde *die* Story werden.

30

Eine grazile, rothaarige Frau in einem eleganten Kostüm empfing sie. »Die Polizei, dein Freund und Helfer. Daria Reinnarth«, sagte sie und gab jedem die Hand. »Eigentlich *Dr.* Daria Reinnarth. Aber auf den Doktor lege ich keinen Wert.«

Fischbach bezweifelte das. Warum würde sie es sonst erwähnen? Bei Lea hielt Daria Reinnarth die Hand etwas länger fest. »Nick hat mir schon viel von Ihnen erzählt. Er ist sehr stolz auf Sie.«

Lea Kruse errötete. »Das wusste ich gar nicht.«

Daria Reinnarth tat erschrocken, doch ihre grünen Augen blitzten amüsiert. »Oh, da habe ich dann wohl etwas ausgeplappert.« Sie wies auf die Sitzecke am Fenster. »Setzen wir uns doch.«

Auf dem Tisch standen Getränke bereit. Fischbach entschied sich für eine Apfelschorle. Zu seiner Überraschung entdeckte er ebenfalls eine Flasche mit Desinfektionsmittel.

Daria Reinnarth griff auch schon danach und bat sie, die Hände vorzustrecken. »Darauf muss ich bestehen«, sagte sie und verteilte in jede Handfläche einen Spritzer, bevor sie sich selbst davon nahm. »Ich weiß ja nicht, wie Sie es in Ihrer Dienststelle halten, aber wir haben beschlossen, weiterhin vorsichtig zu sein.« Während sie das Mittel verrieb, seufzte sie. »Eigentlich sollten wir uns gar nicht mehr die Hände schütteln. Aber manche Kunden empfanden es als unhöflich, als wir das hier umsetzen wollten.« Sie nahm die Apfelschorle und schenkte Fischbach ein. »Wie kann ich Ihnen behilflich sein?«

»Eine Fanta ohne Eis wäre für den Anfang ganz okay«, sagte Welscher, schnappte sich die einzige Flasche dieser Sorte vom Tablett und öffnete sie.

Daria Reinnarth lachte. »Wenn das alles ist, bin ich froh, der Polizei dienlich gewesen zu sein.«

Fischbach gefiel ihre offene Art. Kein Wunder, dass Nick von ihr angetan war. Sie strahlte eine Lebensfreude aus, die ansteckend wirkte. »Frau Reinnarth, wir ermitteln in zwei Mordfällen.«

Ihr Gesicht wurde ernst. »Das ist sehr … unerfreulich.«

Fischbach fasste zusammen, was er zum Zwecke dieses Gesprächs für notwendig erachtete, und sagte dann: »Beide Opfer waren Ihre Kunden. Das kann ein Zufall sein, ist es aber vermutlich nicht. Um das abzuklären, sind wir hier.«

»Verstehe«, sagte Daria Reinnarth. Sie rückte näher an den Tisch heran und wischte mit ihrer Rechten über die Oberfläche. Die Scheiben des Büros wurden wie von Zauberhand dunkel, an der Wand erschien eine Projektion. Das Firmenzeichen des Unternehmens. »Womit wollen wir anfangen?« Ihre Finger schwebten über dem Tisch.

Fischbach staunte. »Sie können zaubern«, entfuhr es ihm.

»Nicht mehr als Sie«, entgegnete Daria Reinnarth. »Ich bediene eine auf die Tischoberfläche projizierte Tastatur. Die Fenster sind aus elektrochromem Glas gefertigt. Legt man eine Spannung an, verdunkeln sie sich. Also?«

Welscher räusperte sich. »Was wissen Sie über Melina Wegener und Viktor Brandt?«

Sie tippte etwas auf der nur für sie erkennbaren Tastatur. Es sah aus, als würde sie das Zehn-Finger-Schreiben ohne Schreibmaschine üben. Ein Foto von Melina Wegener nebst Daten erschien an der Wand. »Wir haben das Übliche«, referierte Daria Reinnarth, »also Namen, Adresse, Telefonnummer, E-Mail, Bankverbindung. Außerdem die erforderlichen Einverständniserklärungen. Jede Blutentnahme ist rechtlich gesehen eine Körperverletzung, da müssen wir uns absichern. Darüber hinaus wurden die medizinischen Indikatoren ermittelt und gespeichert, Blutgruppe, Rhesusfaktor und so weiter. Das Ergebnis ihres Gesundheitschecks war herausragend, sie war topfit.« Daria Reinnarth löste den Blick von dem Datenblatt und richtete ihn wieder auf ihre Gäste. »Das ist wichtig für unser Geschäftsmodell. Wir liefern ausschließlich ausgezeichnete Qualität, dafür stehen wir, dafür verbürgen wir uns. Das ist unser USP.«

Welscher beugte sich vor und sah an Lea Kruse vorbei zu Fischbach. »Na, verstanden?«

»Klar. Unique Selling Proposition. Das Alleinstellungsmerkmal, weiß man doch«, entgegnete Fischbach leichthin. Welschers Überraschung darüber, dass er das wusste, freute ihn. Hatte er dem Jungspund doch mal gezeigt, dass er nicht auf den Kopf gefallen war! Sigrid liebte diese Fernsehsendung, in der junge Unternehmer bei fünf selbstverliebten Investoren um Geld für die Umsetzung ihrer Geschäftsideen bettelten. Er saß zwar meistens nur dabei und blätterte in einer Motorradzeitschrift. Trotzdem schnappte er einiges auf.

Welscher hob anerkennend den Daumen, dann wandte er sich an Daria Reinnarth. »Sie werden sicher auch hinterlegt haben, wann Melina Wegener das letzte Mal bei Ihnen war.«

»Selbstverständlich.« Sie tippte einige Male auf die Tischoberfläche, dann zeigte die Projektion einen Kalender, der mit dem Namen des Opfers überschrieben war. »Ihre letzte Blutspende war am 19. März um achtzehn Uhr.«

»Der Tag ihres Verschwindens«, murmelte Fischbach. Dann hat Luca Gerber nicht gelogen, dachte er.

Welscher nickte. »Das hilft uns weiter. War irgendetwas an Melina Wegener auffällig? Wurde Ihnen dahingehend etwas zugetragen?«

»Einen Moment bitte.« Daria Reinnarth klickte den Termin an, es öffnete sich ein kleines Hinweisfenster. »Bei uns wird alles protokolliert«, erklärte sie, »auch wenn alles seinen normalen Gang geht. In dem Fall wird einfach ein Pluszeichen eingetragen. Und sehen Sie selbst.« Sie deutete zur Wand.

»Ein Plus«, stellte Lea Kruse fest.

»Hm, okay, gut«, sagte Welscher. »Wissen wir das jetzt auch. Bevor wir zu Viktor Brandt kommen, eine Verständnisfrage, um alles besser einsortieren zu können. Würden Sie uns bitte ein wenig mehr über Ihre Firma und Ihr Produkt erzählen?«

»Gern. Wir haben zwei Hauptgeschäftsfelder und ein weiteres, welches aber kein B2C ist: die Forschung.«

Auch das hatte Fischbach bei dieser Fernsehsendung aufgeschnappt. B2C stand für »Business-to-Consumer«, also ein Geschäftsmodell, bei dem ein Unternehmen mit einem Kunden interagierte.

Daria Reinnarth tippte auf die Tischoberfläche. An der Wand erschienen die Worte »Kryonik« und »Anti-Aging«. »Mit der Kryonik stehen wir in den Startlöchern. Die erste Anlage ist gerade fertiggestellt, die Erprobung läuft. Wir hoffen, in zwei, spätestens drei Monaten die ersten Kunden empfangen zu können. Das, was wir dann an Gewinn erzielen, werden wir ebenfalls in die Forschung investieren.«

»Woran forschen Sie genau?«, wollte Welscher wissen.

»Sie haben vielleicht schon gehört, dass die Gabe von Blutplasma bei einigen Krankheiten helfen kann. Auch bei Corona gab es dazu Ansätze. Der Präsident der USA hat sich dafür starkgemacht.«

Welscher nickte. »Ich erinnere mich.«

»Uns fasziniert diese Thematik, sie ist unsere Passion.« Ihre Augen leuchteten auf. »Das, was wir verdienen, investieren wir daher zu annähernd hundert Prozent in die Forschung. Und damit komme ich zu unserem zweiten Hauptgeschäftsfeld, dem bereits florierenden Standbein des Unternehmens.«

»Dem Jungbrunnen«, sagte Fischbach.

»Richtig.« Daria Reinnarth lächelte. »Wobei wir diesen Begriff offiziell nicht verwenden. Wir nennen es vielmehr: das Anti-Aging-Programm. Ich führe das ein wenig aus, damit Sie verstehen, woran wir hier arbeiten. Ist Ihnen das recht?«

Fischbach und Welscher nickten, Lea beugte sich interessiert vor und sagte: »Gern.«

»Schön.« Daria Reinnarth bemühte keine neue Seite ihrer an die Wand projizierten Unternehmensdarstellung, sondern suchte den Augenkontakt mit ihren drei Zuhörern. »Also, es verhält sich so, dass Blut den Alterungsprozess beeinflusst. Mit der Zeit sammeln sich Genveränderungen in den Blutzellen an. Jede Veränderung vergrößert die Gefahr, schwer zu erkranken. Stellen Sie sich ein Computerprogramm vor, in dem nach und nach Befehlszeilen editiert werden. Selbst wenn das System noch eine Weile weiterlaufen sollte, werden die veränderten Codes am Ende dazu führen, dass das Programm nicht mehr funktioniert. Mit sogenannten Debuggern kann eine Fachkraft die defekten Stellen suchen und die Fehler in den Programmzeilen beheben. Ähnlich verhält es sich beim Menschen. Im jungen Blut finden sich Proteine, die die Aufgabe des Debuggens übernehmen und so dem Alterungsprozess entgegenwirken. Mit steigendem Alter eines Menschen verringert sich jedoch die Anzahl dieser Proteine. Und da liegt der Hase im Pfeffer. Tierversuche haben gezeigt, dass eine Transfusion von jungem Mäuseblut auf ältere Tiere deren Lebensdauer verlängert. Wir hier machen nichts anderes, übertragen junges Blutplasma in alte Organismen. Frische Stammzellen haben eine hohe Regenerationsfähigkeit, was einem greisen Körper hilft, agil und gesund zu bleiben.«

Welscher nickte. »Verstehe. Melina Wegener, jung und gesund, spendete Blut für Ihre betagten, aber vermutlich äußerst solventen Kunden. Und damit sind wir bei Viktor Brandt.«

»Alles richtig«, bestätigte Daria Reinnarth. »Die Blutgabe wird pro Liter berechnet, zuzüglich der Kosten für eine komfortable Unterkunft und erstklassige Verpflegung.«

»Ist ja wie in einer Werkstatt. Bitte einmal Ölwechsel«, brummte Fischbach. »Was kostet denn ein Liter des Lebenssafts?«

»Rund zehntausend Euro.«

»Oha.« Fischbach pfiff durch die Zähne. »Gibt bestimmt 'ne ordentliche Gewinnspanne.«

»Ich habe den falschen Beruf gewählt«, murmelte Lea Kruse.

Welscher stellte die leere Fanta-Flasche auf den Tisch. »Stand die Spende zufällig im Zusammenhang mit einer Blutgabe für Viktor Brandt?«

Daria Reinnarth lehnte sich zurück und faltete ihre Hände im Schoß. »Ja und nein.«

»Wie ist das nun zu verstehen?«

Sie legte die digitalen Karteikarten von Melina Wegener und Viktor Brandt in der Projektion nebeneinander. Die Felder, die die Blutgruppen enthielten, waren jetzt rot umrahmt. »Wie Sie sehen, passen die Werte zueinander. Herr Brandt hatte bereits ein Zimmer für vier Nächte gebucht. Über die Dauer des Aufenthalts verteilt hätten wir sechs Liter·von Herrn Brandts Blut durch das von passenden Spendern ausgetauscht. Das entspricht in etwa der Gesamtmenge im Blutkreislauf eines siebzig Kilogramm schweren Menschen. Frau Wegener war eine der Spenderinnen.«

»Was ist dazwischengekommen?«, wollte Welscher wissen.

»Ganz einfach. Er ist nicht erschienen.«

31

Max Brandt saß satt und zufrieden in der Nachmittagssonne im Garten der Villa. In der Hand hielt er einen Schwenker, in dem er den Cognac kreisen ließ. Katarzyna hatte Golabki gekocht, die polnischen Kohlrouladen, die er so sehr mochte. Gab es derartige Köstlichkeiten, konnte er sich nicht zurückhalten. Dann aß er wie ein Scheunendrescher, wissend, dass auch wieder kargere Zeiten kommen würden.

Was hatte er auf seinen Auslandsreisen nicht schon alles essen müssen. Heuschrecken, so groß wie Mäuse, in Äthiopien, Schlange in Australien, Vogelspinne im Amazonasregenwald. Der Hunger hatte den Ekel überwunden. Das galt allerdings auch für die entgegengesetzte Seite der Kulinarik, die Haute Cuisine. Wenn er an das dachte, was man ihm auf diversen Empfängen und Festen serviert hatte, wäre ihm eine gebratene Ratte lieber gewesen.

Gemeinsam hatten sie vorhin die Küche aufgeräumt. Nach einem Quickie auf dem Küchentisch hatte Katarzyna sich für ein Nickerchen zurückgezogen. Gut so, denn heute Nacht musste sie für ihn wieder topfit sein.

Gerade als ihm ebenfalls die Augen zufielen, summte das Handy. Er rappelte sich hoch und setzte sich aufrecht in den Gartenstuhl. Das Display zeigte einen anonymen Anrufer an.

Er meldete sich, gespannt darauf, wer seine Ruhe störte.

»Hauptkommissar Jan Welscher. Sie erinnern sich an mich, Herr Brandt?«

»Selbstverständlich.« Er verzichtete darauf, seine Inselbegabung zu erwähnen. Max vergaß nie etwas. Selbst in dreißig Jahren könnte der Kommissar ihn nachts aus dem Schlaf aufwecken, und er würde sofort wissen, wer vor ihm stand. »Hatte ich mich nicht klar und deutlich ausgedrückt? Sollten Sie etwas von mir wollen, fragen Sie meinen Anwalt.«

»Ich hatte gehofft, dass sich Ihr Gemüt inzwischen beruhigt hat. Immerhin wollen wir den Mord an Ihrem Vater aufklären. Das dürfte doch in Ihrem Interesse liegen.«

»Durchaus.«

»Also helfen Sie mir?«

Max zählte bis zehn, um den Anschein zu erwecken, er würde überlegen. Dann entgegnete er nicht ohne Eigennutz: »Um was geht es?« Zu wissen, was die Polizei gerade umtrieb, konnte für ihn von Vorteil sein.

»Vielen Dank.« Papier raschelte, kurz darauf fragte der Kommissar: »Wussten Sie, dass Ihr Vater sich verjüngen wollte?«

Max lachte. »Sie meinen doch nicht etwa ein Lifting? Dann müssen Sie einer falschen Fährte aufgesessen sein. Lieber hätte er sich einhundert neue Modellloks gekauft, als nur ein einziges Mal einen Chirurgen an seinem Gesicht herumschnippeln zu lassen.«

»Um ein Lifting ging es nicht, sondern um eine sehr spezielle Anti-Aging-Kur.«

Max hörte gelangweilt zu, während der Kommissar ihm die Behandlung darlegte. Er kannte das alles bereits aus dem Gespräch mit seinem Vater. Als der Kommissar geendet hatte, gab er sich überrascht. »Davon wusste ich nichts. Wie heißt dieses Unternehmen?«

»Forever Young GmbH. Geleitet wird die Firma von einer Frau, Dr. Daria Reinnarth. Vielleicht hat Ihr Vater diesen Namen schon einmal erwähnt?«

»Hm, sagt mir leider ebenfalls nichts.« Max verbiss sich ein Lachen. Er tat so, als würde ihm eine Idee kommen. »Da fällt mir gerade ein ...«

»Ja?«

»War es vielleicht das, was mein Vater mit mir besprechen wollte? Weswegen ich die Arktisreise vorzeitig abgebrochen habe? Ich hatte das erwähnt, oder?«

»Hatten Sie, ja. Übrigens ist Ihr Vater nicht zur Behandlung erschienen.«

»Klar. Er ist ja leider tot.«

»Das war nicht der Grund. Er hat seinen Termin abgesagt.«

»Okay ... Vermutlich dann ein lichter Moment. Wie kann man für den Quatsch auch Geld ausgeben?«

»Oder er hatte finanzielle Probleme und konnte sich das nicht mehr leisten.«

»Soll das eine Frage sein?«

»Wenn ich eine Antwort von Ihnen erhalte?«

Max Brandt hatte die letzten Tage auch dazu genutzt, sich einen Überblick über das Vermögen seines Vaters zu verschaffen. Daher wusste er ungefähr, was er als Erbe erwarten konnte. »Was hätte die Behandlung gekostet?«

»Pi mal Daumen einhunderttausend.«

Er pfiff durch die Zähne. »Ein nettes Sümmchen.«

»Hätte er es sich leisten können?«

»Sagt Ihnen der Name Hilmar Kopper noch etwas? Er war Vorstandssprecher der Deutschen Bank, als der Immobilienunternehmer Jürgen Schneider 1994 seine Milliardenpleite hinlegte.«

»Sie wollen auf das Wort ›Peanuts‹ hinaus?«

Max lachte erneut. »Richtig. Sie haben aufgepasst. Mein Vater hätte die Behandlung aus der Portokasse bezahlen können.«

»Hm, okay. Bleibt die Frage, warum er dann nicht erschienen ist.«

Das hätte Max Brandt problemlos aufklären können, aber er schwieg. Er würde sich hüten, all das, wofür er gearbeitet hatte, vorzeitig preiszugeben. Erst musste seine Story, die *Hammerstory* überhaupt, gedruckt werden.

»Gut«, sagte der Kommissar, »ich hoffe, ich habe Sie nicht zu sehr belästigt.«

»Schon in Ordnung«, entgegnete Max gönnerhaft.

»Dann darf ich Sie bei Bedarf wieder anrufen?«

»Tun Sie sich keinen Zwang an.«

»Das freut mich.«

Nach der Verabschiedung ließ Max äußerst vergnügt den Cognac über seine Zunge rollen. Die Polizei tappte immer noch im Dunkeln.

Das verschaffte ihm Zeit, die Weichen endgültig zu seinen Gunsten zu stellen.

32

In Gedanken versunken wienerte Fischbach die Felgen der Harley. Im Hintergrund drang Schlagermucke aus dem alten Nordmende-Röhrenradio. Schnüffel lag eingekuschelt in ihrem Nest und schnarchte.

Die Führung durch die Forever Young GmbH, zu der Dr. Reinnarth sie nach dem Gespräch in ihrem Büro eingeladen hatte, war interessant, für die Mordfälle jedoch wenig aufschlussreich gewesen. Besonders beeindruckt war Fischbach immer noch von den Robotern, die die Blutentnahme durchführten, staubsaugergroße Maschinen, die mittels Infrarotkameras die Adern unter der Haut aufspürten. Eine Ultraschallsonde bestimmte den Gefäßdurchmesser und lokalisierte dabei die Vene. Eine Software berechnete anschließend den Einstichwinkel, wobei auch die Regungen der Blutspender beobachtet wurden.

Maschinen, die das Krankenpflegepersonal ersetzten, waren bei der Forever Young GmbH Programm. Nicht nur die Blutentnahme war automatisiert, auch auf der Etage mit den Krankenzimmern würden in naher Zukunft Roboter die Mahlzeiten verteilen.

Dr. Reinnarth hatte ihnen versichert, dass die Mehrkosten der Anschaffung sich rasch kompensierten. Roboter wurden nicht krank, Behandlungsfehler waren ausgeschlossen. Sie forderten auch keine Gehaltserhöhungen und traten niemals in einen Streik. So stand die GmbH trotz der hohen Investitionen gemäß Dr. Reinnarths Aussage finanziell auf gesunden Füßen.

Schließlich hatte die Unternehmenschefin ihnen noch das Labor gezeigt. Wo sie ihren Ehemann kennengelernt hatten, David Reinnarth, ein Mann wie ein Berg, ebenfalls promoviert. Typ Rock Hudson zu seinen besten Zeiten, nur mit traurig dreinblickenden Hundeaugen. So hatte ihn Welscher später auf dem Parkplatz beschrieben und die Frage aufgeworfen, was wohl der Grund für die Trübseligkeit war.

Nach dem Rundgang war Fischbach noch auf Luca Gerber zu sprechen gekommen. Doch diese Abfrage der Datenbank hatte keinen Treffer hervorgebracht. Der junge Mann schien ihnen in allem die Wahrheit gesagt zu haben.

Das Telefon riss Fischbach aus seinen Gedanken. Er ließ die Wurzelbürste in den Putzeimer fallen und griff nach dem Gerät. Es war Welscher. »Mensch, hat man vor dir nicht mal im wohlverdienten Feierabend Ruhe? Bin doch gerade erst zu Hause angekommen und habe es mir gemütlich gemacht. Was gibt's denn Dringendes?« Fischbach hatte sich heute trotz der Unmenge an Arbeit erlaubt, pünktlich um vier den Dienst zu beenden. Ein Versuch, dem Ratschlag seines Doktors nachzukommen, der offensichtlich nicht recht funktionierte.

»Max Brandt hat mit mir geredet.«

»Gratuliere. Und?«

»Er weiß angeblich von nichts.« Welscher fasste das Gespräch mit Max Brandt zusammen, erklärte dann: »Bei dem kommen wir im Moment nicht weiter. Mal was anderes, jetzt, mit ein wenig Abstand: Was hältst du eigentlich von der Reinnarth?«

Fischbach kratzte sich die Bartstoppeln am Hals. »Da denke ich schon die ganze Zeit drüber nach. Sie wirkte sehr kompetent und selbstbewusst.«

»Aber?«

»Hm ... diese Forever Young GmbH ... Es ist mir alles zu perfekt, zu geleckt ... zu ... automatisiert?«

»Ja, genau das geht mir auch im Kopf herum. Natürlich wollte sie uns als Chefin der Firma weismachen, dass die Maschinen einwandfrei arbeiten. Doch die Erfahrung zeigt, dass technische Systeme nicht unfehlbar sind.«

»Du denkst an einen blutzapfenden Roboter, der zum Vampir mutiert sein könnte?«

»Warum nicht? Stell dir vor, was das für die GmbH bedeuten würde. Die könnten dichtmachen, von einem solchen Schlag würden die sich niemals erholen. Um die Pleite abzuwenden, wäre es allemal ein Beweggrund, die Leiche verschwinden zu lassen.«

»Und wie passt Viktor Brandt ins Bild?«

»Denk an seinen Termin. Vielleicht war er doch dort und

hat alles gesehen, zum Beispiel vom Parkplatz aus. Oder er hat mitbekommen, wie die Leiche in einen Kofferraum verfrachtet wurde.«

»Zeuge also?«

»Richtig. Später wurde er dann auf den Aufnahmen von Überwachungskameras entdeckt, und die gute Doktorin hat ihm einen Besuch abgestattet.«

»Dazu würde die Spritze als Mordwaffe passen.«

»Und der traurige Blick von David Reinnarth alias Rock Hudson. Vielleicht weiß der Ehemann etwas darüber, und es bricht ihm das Herz.«

»Was schlägst du vor?«

»Wir gehen selbst unter die Forscher, sprich, wir untersuchen das Umfeld der Forever Young GmbH. Ich habe Frau Dr. Jacobs Bescheid gegeben, damit sie potenziell in der Kryonik verwendete Substanzen bei ihrer Suche nach dem, was unser Opfer getötet hat, berücksichtigen kann. Morgen Vormittag versuche ich, mehr über die Firma und die Reinnarths zu erfahren. Ich gebe zu, was die Theorie angeht, ist alles noch ein wenig schräg zusammengestrickt. Aber vielleicht erkennen wir bald ein Muster.«

»Okay. Dann werde ich mir den Geschäftsbericht der GmbH anschauen.«

Sie verabschiedeten sich, und Fischbach nahm seine Putztätigkeit wieder auf.

Schnüffel steckte die Steckdosennase über den Rand ihres Nests, grunzte müde eine Beschwerde wegen der Störung und verschwand wieder im Stroh. Das erinnerte Fischbach daran, dass es neben den Mordfällen noch andere Aufgaben gab, denen er nachgehen musste. Er sah auf die Uhr. Warum sein Vorhaben auf die lange Bank schieben, wenn doch jetzt noch genug vom Tag blieb? Die wichtigste Voraussetzung für ein Gelingen war allerdings, dass alle Zeit hätten.

Er nahm das Telefon und rief erst Andrea Lindenlaub an, danach besprach er sein Vorhaben mit Thomas Gilles. Auch der war abkömmlich. Somit konnte Fischbach sein Glück bei Lea

Kruse versuchen. Er hoffte, dass ihre Aussage, sie würde am Abend bevorzugt mit ihrem Freund chillen anstatt auszugehen, der Wahrheit entsprach. Tatsächlich meldete sie sich sofort.

Nach einer kurzen Begrüßung fragte Fischbach: »Hast du zufällig nichts vor? Ich will dir etwas zeigen.«

Einige Sekunden verstrichen. Dann fragte Lea Kruse zögerlich: »Was denn? Geht es um die Mordfälle?«

»Nein, das kann bis morgen warten. Etwas ganz anderes, lass dich überraschen, okay?«

»Du machst es aber spannend.«

»Ich denke, es wird dir gefallen.«

So wirklich sicher war Fischbach sich da nicht, aber ein wenig Zuversicht gehörte bei seinem Vorhaben dazu.

Er hörte Lea Kruse tuscheln, dann sagte sie: »Also gut, warum nicht? Nick geht eh gleich zum Stammtisch. Aber Hotte, eins möchte ich klarstellen –«

»Es ist ein Freundschaftsdienst, kein Date«, unterbrach er sie. »Darüber musst du dir keine Sorgen machen.«

»›Freundschaft‹ hört sich gut an.«

Fischbach registrierte die Erleichterung in ihrer Stimme. Kurz fragte er sich, was sie sich denn vorgestellt hatte, verdrängte die auf ihn einstürmenden Ideen aber rasch. Stattdessen sagte er: »Ich bin in einer halben Stunde bei dir.«

33

Wie besprochen holte er Lea Kruse vor ihrer Haustür in Marmagen ab. Diesmal hatte er die BMW mit dem Beiwagen gewählt, weil er dort, wo Andrea Lindenlaub bereits auf sie wartete, nicht mit einem donnernd grollenden Motor vorfahren wollte.

»Was ist denn das für ein Megagerät?«, frohlockte Lea Kruse, setzte sich die Lederkappe und die Brille auf und sprang behände in den Seitenwagen. Die Federung protestierte mit einem leisen

Quietschen. »Ist ja fast noch besser als deine Harley.« Zum Abschied winkte sie Nick, der mit belustigtem Gesichtsausdruck in der Haustür stand und alles beobachtete.

Fischbach kuppelte ein, und schon waren sie auf dem Weg.

Auch wenn die BMW deutlich leiser lief als die Harley, war eine Unterhaltung fast unmöglich. Ganz zu Anfang brüllte Lea Fischbach etwas zu, doch der zuckte nur mit den Schultern, schüttelte den Kopf und tippte sich ans Ohr. Sie verstand die Geste.

Schweigend fuhren sie von Marmagen über Diefenbach auf die B 258 bis nach Schleiden und von dort noch rund zwei Kilometer weiter, bis sie Olef erreichten. In der Ortsmitte bog Fischbach in die Straße Wehrley ein und ließ die BMW gemütlich bis zum letzten Haus rollen. Direkt davor stoppte er, schaltete die Zündung aus und streifte sich den Helm vom Kopf. »Wir sind da«, verkündete er.

Skeptisch blickte sich Lea Kruse um. »Ein Bauernhof? Was gibt es denn hier Besonderes zu sehen?«

»Wart's ab.« Fischbach schwang sich von der Maschine. »Wir werden erwartet.«

Lea Kruse legte ihre Soziusausrüstung in den Beiwagen und folgte ihm.

Auf dem Hof wurden sie nicht nur von der einsetzenden Dämmerung und einer Schar Hühner empfangen, die, als sie ihrer ansichtig wurden, gackernd das Weite suchten, sondern auch von Andrea Lindenlaub. Neben ihr stand mit krummem Rücken ein Greis, der sich auf einen Stock stützte.

»Andrea?«, fragte Lea Kruse überrascht. »Du auch hier? Es wird ja immer mysteriöser.«

Andrea Lindenlaub lachte und wies mit beiden Händen auf den alten Herrn. »Darf ich euch Karl-Otto vorstellen? Das sind Lea und Hotte.«

Reihum nickten sie sich zu.

»So, so, mein liebes Mädchen«, sagte Karl-Otto mit einer gebrechlichen Stimme zu Lea Kruse. »Dann komm mal mit, ich zeige dir alles.«

Er führte seine Besucher hinter sich her und zunächst um die Scheune herum. An einem Zaun, der eine weitläufige Weide umfasste, stoppte er und deutete mit seinem Stock auf die Tiere. »Fünf Kühe, drei Pferde, ein Esel und zehn Ziegen. Die leben hier bei mir.« Er richtete sich ein Stück auf, hob den Zeigefinger und sah Lea Kruse mit seinen wässrigen grauen Augen unverwandt an. »Und damit meine ich auch *leben*. Keine Nutztiere, verstehst du?«

»Ein Gnadenhof?«

»Ja«, antwortete der Alte. »Die Hunde sind auf der anderen Seite.« Er deutete unbestimmt mit dem Stock über das Dach der Scheune hinweg. »Alles, was kreucht und fleucht, wirst du bei mir finden, Kaninchen, Katzen, Hühner. Sogar Gänse, auch wenn ich die nicht so recht leiden kann.« Er zwinkerte ihr zu. »Die sind frech, die Langhälse. Sieh dich vor, wenn sie dir über den Weg laufen. Mit ihren Schnäbeln können sie einen ganz schön zwicken.«

Sie gingen weiter zum Stall.

Lea Kruse schloss zu Fischbach auf und raunte ihm zu: »Was soll das hier werden?«

»Hab Geduld«, antwortete Fischbach. »Du wirst schon sehen.«

Im Stall roch es nach Dung, aber auch nach frischem Heu und Stroh. An einem hüfthohen Pferch blieben sie stehen. »Meine Schweine«, verkündete Karl-Otto stolz.

Fischbach zählte acht Tiere, die neugierig zu ihm aufschauten und grunzten. Eins war etwas kleiner als die anderen, schien dafür aber besonders vorwitzig zu sein. Es drängelte sich vor und hob schnuppernd den Kopf. Wie magisch von ihm angezogen, tätschelte Fischbach den Kopf des Schweinchens. »Liebes Tier«, murmelte er.

»Kannst du gern mitnehmen«, bot Karl-Otto an. »Bin ja immer froh, wenn ich Abnehmer finde, damit ich Platz für andere notleidende Viecher habe. Ich muss dich aber warnen, der Frechdachs bleibt nicht so klein. Ist ein echtes Hausschwein. Ausgewachsen wuchtet es ein paar Kilos mehr auf die Waage.«

»Herr … äh …« Lea Kruse sah einen Moment lang ratlos aus, setzte dann neu an. »Also, Karl-Otto, ich muss Ihnen –«

»›Dir‹, Mädchen, ›dir‹. Auf das Sie bestehe ich nur beim Pfarrer. Denn sobald der jemanden duzt, ist es vorbei mit dem schönen Leben.« Er lachte krächzend, es klang wie ein Husten. »Vermutlich eine Mär. Aber das hat mir meine Oma immer erzählt, und die ist siebenundneunzig geworden. So falsch können ihre Weisheiten also nicht gewesen sein.«

Lea schmunzelte. »Werde ich mir merken, versprochen. Ich wollte sagen … äh … Karl-Otto … Das, was du hier machst, ist wunderbar. Wie finanzierst du das alles? Wer hilft dir? Sicherlich ein Verein, oder?«

Wieder hustete Karl-Otto ein Lachen. »Ist mehr so ein Zwei-Mann-Verein.«

Lea Kruse verstand nicht.

»Hier entlang«, sagte Karl-Otto. Er führte sie über den Hof ins Haus. In der Wohnstube angekommen, blieb Lea Kruse wie angewurzelt im Türrahmen stehen. Entrüstet fixierte sie den Mann, der dort am Tisch saß. »Was …«

Karl-Otto zog sie herein und wies ihr einen Stuhl zu. »Setzen! Ich gehe mal den Schabau holen.« Damit verschwand der Alte in der Küche.

»Was soll das werden?«, fragte Lea Kruse wütend, als sie alle am Tisch Platz genommen hatten.

Andrea Lindenlaub streckte den Arm aus und ergriff ihre Hand. »Hör dir bitte an, was Thomas dir zu sagen hat.«

Lea Kruse zog ihre Hand zurück, verschränkte die Arme vor der Brust und schaute Gilles mit versteinerter Miene an. »Leg los. Umso schneller kann ich hier wieder weg.«

Thomas Gilles wischte sich den Schweiß von der Stirn und atmete einmal tief ein und aus, ehe er loslegte. »Karl-Otto ist mein Onkel.«

»Na und?«, fauchte Lea Kruse.

»Ich helfe ihm hier, soweit mein Dienst es mir erlaubt. Gut, es kommt schon mal vor, dass ich in einer Kneipe versacke, gerade dann, wenn wieder jemand bei einem Unfall –«

»Thomas«, sagte Andrea Lindenlaub freundlich, aber mit mahnendem Unterton. »Fass dich kurz.«

Gilles senkte den Kopf. »Also … von mir aus. Ich helfe hier, sooft ich kann, und unterstütze meinen Onkel. Die Tiere sind mir alle ans Herz gewachsen. Und ich habe gehört, dass du einen Platz für dein Pferd benötigst.«

»Für Fidda?« Lea Kruses Gesichtszüge erschienen jetzt wieder etwas weicher, sie öffnete zaghaft die Arme.

»Ja, den Fidda.« Gilles wies mit dem Kinn auf Andrea Lindenlaub und Fischbach. »Die beiden haben mir von deinem Pferd erzählt, und so kam ich auf die Idee … äh … Das heißt, eigentlich waren das Hotte und ich … Ja, also, mein Onkel hätte Platz für Fidda. Und ich wäre bereit, mich um ihn zu kümmern. Also, wenn du das nicht gerade selbst erledigst, meine ich. Dann kannst du mit …« Er stockte, sah hilfesuchend zu Fischbach, der ihm leise zuraunte: »Nick.« Thomas Gilles nickte. »Genau, also, wenn du mit Nick mal in Urlaub willst oder so, dann passe ich auf Fidda auf. Was hältst du davon?«

Fischbach sah Lea Kruse an, dass sie mit sich haderte. Dann streckte sie das Kinn vor. »Könnte ich mir das denn überhaupt leisten?«

»Du müsstest keinen Cent zahlen«, erwiderte Gilles. »Dein Fidda läuft hier auf dem Hof einfach mit. Auf ein Tier mehr oder weniger kommt es nicht an.«

Andrea Lindenlaub schaltete sich ein. »Lass dir Zeit, Lea. Du musst das nicht heute entscheiden.« Sie wandte sich an Gilles. »Du wolltest dich außerdem noch –«

»Ja, ja, ich weiß«, ereiferte sich Gilles. »Aber wenn ihr … Also, ich würde lieber kurz unter vier Augen mit Lea sprechen. Karl-Otto hat bestimmt einen Schnaps für euch in der Küche parat, wie ich ihn kenne.«

Andrea Lindenlaub fragte Lea: »Ist das in Ordnung, wenn Hotte und ich kurz verschwinden?«

Nach kurzem Zögern nickte Lea Kruse.

Fischbach schob den Stuhl zurück und ging mit Andrea zu Karl-Otto in die Küche.

Der Alte saß auf der Eckbank und winkte sie grinsend zu sich. »Nur herein, wenn es nicht der Sensenmann ist.«

Den Schnaps, den Karl-Otto bereits für sie eingekippt hatte, trank Andrea Lindenlaub auf ex.

Fischbach lehnte ab, als der Alte ihm ebenfalls ein gefülltes Glas hinhielt.

Karl-Otto zuckte bloß mit den Schultern, hob das Glas an die Lippen und den Kopf in den Nacken und leerte es selbst. »Ihr wisst schon, dass das irgendwie Bestechung ist, was ihr mit dem Mädel abzieht?«

»Ja«, gab Fischbach zu. »Aber uns war es wichtig, dass Lea auch den anderen Menschen sieht. Nicht nur Thomas Gilles, den Macho, sondern auch den Thomas, der fürsorglich und hilfsbereit ist.«

Karl-Otto schenkte sich noch einen ein. »Thomas geht das alles total an die Nieren, kann ich euch sagen. So reumütig habe ich ihn noch nie erlebt.«

Andrea Lindenlaub schob ihr Glas neben seins. »Hoffentlich gelingt es ihm, seine Gefühle auch zu zeigen. Hängt eine ganze Menge davon ab.«

»Na, wenn das so ist, sag ich Alaaf und Helau, darauf einen Schabau«, dichtete Karl-Otto mit einer Sorgenfalte auf der Stirn und goss nach.

34

Hermann Zingsheim wusste, dass er nach vier Bitburger Stubbis besser kein Auto mehr fahren sollte. Aber es blieb ihm gar nichts anderes übrig. Es war ein Notfall. Sein Kumpel Dirk hatte ihm am Telefon gerade aufgeregt von der Sichtung eines Braunbären auf dem Kalmuther Berg bei Mechernich berichtet. Das hatte Dirk von seiner Nichte erfahren, die einen Freund hatte, der beim Krewelshof in Obergartzem an der Kasse saß. Und dort hatte dieser Freund ein Gespräch aufgeschnappt, in dem die eine Kundin einer anderen Kundin das mit dem Bären gesteckt hatte.

Ein Bär in der Eifel!

Wenn das stimmte … Hammer. Es wäre eine Sensation!

Zingsheim fieberte der Begegnung entgegen. Er warf einen Blick auf die Rückbank des alten Renault 4. Schussbereit lag dort seine Polaroid-Sofortbildkamera, mit der er vor Jahren schon den legendären Eifelpuma abgelichtet hatte.

Gut, es gab Stimmen im Internet, die behaupteten, es sei bloß eine Hauskatze oder ein umtriebiger Luchs gewesen. Damit konnte Zingsheim umgehen. War nicht auch Jesus gekreuzigt worden, weil er den Menschen die Augen geöffnet hatte? So wie der Sohn Gottes stand Zingsheim zu dem, was er tat. Er war ein Mythenjäger, jemand, der Verschwörungstheorien nicht als Unfug abtat, sondern ihnen nachspürte, einer, der am liebsten mit einer Wahrheit *hinter* der klassischen Schulweisheit überraschte.

Inzwischen war er in der Eifel bekannt wie ein bunter Hund. Darüber freute er sich zwar, denn er genoss die Aufmerksamkeit und stand gern im Rampenlicht. Leider aber führte das mitunter dazu, dass er neben den gewünschten seriösen Informationen etliche Male das genaue Gegenteil erhielt. Die Menschen hielten ihn für gutgläubig und nutzten das aus, um sich auf seine Kosten zu amüsieren.

Neulich erst war er von einer Gruppe Angler zum Ulmener Maar gerufen worden. Angeblich hatten sie einen äußerst ungewöhnlichen Hecht aus dem Wasser gezogen. Ihrer Bitte, sich dieses seltsame Wesen einmal näher anzusehen, war er stante pede gefolgt. Denn schon länger vermutete er, dass in den Tiefen des Ulmener Maars eine Art Monster von Loch Ness lebte. Einer alten Legende zufolge starb jedes Mal ein Familienmitglied des Hauses Ulmen, wenn sich das Untier zeigte. Den entscheidenden Satz der Erzählung hatte Zingsheim sich sogar eingeprägt:

Im Marh zu Ulmen ist ein fisch wie den vil gesehen habenn,
auf dreissig schuch lang, und ein ander uff 12 schuch lang,
die haben Hecht gestalt.

Ein Schuch entsprach in etwa dem heutigen Längenmaß Fuß,
somit ergaben rund drei Schuch einen Meter. Der große Fisch
sollte also zehn Meter lang sein.

Was für ein Kaventsmann!

Bestimmt konnte das Vieh mit aufgerissenem Maul ohne
Probleme ein Kind verschlucken. Oder zumindest einen Säug-
ling.

In überlieferten Geschichten steckte im Kern nicht selten ein
Fünkchen Wahrheit, auch wenn Historiker das manchmal ab-
stritten. Zingsheim wusste es besser. Hatte man zum Beispiel
Heinrich Schliemann nicht ausgelacht, weil er Homers Epos
»Ilias« für bare Münze nahm und nach Troja suchte? Wenn der
gute Heinrich auf die Experten gehört hätte, läge die berühmte
mykenische Totenmaske heute noch unter Sand begraben.

Zingsheim gefiel der Gedanke, wie Schliemann zu sein. Irgendwann würde auch bei ihm der Durchbruch kommen, da
war er sich sicher. Und dann würde er es den Skeptikern heim-
zahlen, die bisher nicht müde wurden, ihn mit Hohn und Spott
zu überziehen.

Leider aber war es bei dem Monsterfisch aus dem Ulmener
Maar noch nicht so weit gewesen. Die Angelpartie hatte sich
als Junggesellenabschiedsparty herausgestellt. Der »Hecht« war
niemand anderes als der angehende Bräutigam gewesen, der nass
bis auf die Knochen am Ufer hockte, weil er zuvor angetrun-
ken ins Wasser gefallen war. Zingsheim hatte gute Miene zum
schäbigen Spiel gemacht, denn immerhin bewiesen die Männer
Anstand, indem sie ihn zur Feier einluden. Und zu Freibier hatte
Zingsheim noch nie Nein gesagt.

Dass er allzu oft zu tief ins Glas oder vielmehr in die Bierdose schaute, wusste er. Aber was sollte man auch sonst machen,
während man stundenlang in einem Wald hockte und auf die
Ankunft der Außerirdischen wartete? Dazu wärmte der Inhalt

eines mitgebrachten Flachmanns die steifen Glieder. Hier in der Eifel gab es immerhin noch winterliche Temperaturen unterhalb von null Grad, was manch einen verwöhnten Touristen aus der warmen Kölner Bucht überraschte.

Aus alter Gewohnheit fühlte Zingsheim über seine rechte Westentasche. Der Flachmann befand sich an Ort und Stelle. Derart gut gerüstet, konnte er nachher einige Stunden durch den Wald schleichen, um mit etwas Glück den Braunbären abzupassen.

Hinter Schwerfen trat Zingsheim das Gaspedal durch. Jetzt konnte er es kaum noch abwarten, dass die Jagd endlich begann. In der Ferne erkannte er ein Gefährt, das ungewöhnlich langsam auf der Bundesstraße 477 dahinrollte. Egal. Mit ordentlich Schwung würde sein klappriger Renault das Hindernis umso leichter überholen können.

Obwohl der Motor laut dröhnte, nahm der Wagen nur langsam Fahrt auf. Ein Öltanker ist ein Rennwagen dagegen, dachte Zingsheim.

Jetzt konnte er Einzelheiten an dem Gefährt erkennen. Es war ein Motorrad mit einem Beiwagen. Hinten auf der Jacke des Fahrers stand etwas. Zingsheim benötigte einige Sekunden, bis er den Schriftzug entziffert hatte. Sein Herz pochte freudig. »Mensch, das ist ja der Hotte!«, rief er. Sie waren alte Freunde aus Schulzeiten. Zudem hatten sie vor einiger Zeit gemeinsam in einem Mordfall ermittelt. Zingsheim erinnerte sich daran, als wäre es gestern gewesen. Das U-Boot im Urftsee. Mensch, was für ein Knaller! Wobei … zugegeben … Ermittelt hatte *er* nicht wirklich. Aber immerhin war er derjenige gewesen, der die Ermittlungen ausgelöst hatte. Jawohl! Das konnte ihm keiner streitig machen.

Der R4 schob sich näher und näher an das Gefährt heran.

Wer saß denn da im Beiwagen? Bestimmt Sigrid, Fischbachs Frau. Patentes Mädchen, wusste stets, wie der Hase lief, und kochte wie keine Zweite in der Eifel. Sie trug eine Lederkappe. Zingsheim sah auch einen Riemen am Hinterkopf. Sicherlich gehörte er zur Schutzbrille gegen den Wind.

Er setzte zum Überholen an. Auf gleicher Höhe angekommen, hupte er und winkte aus dem Beifahrerfenster.

Fischbach sah zu ihm herüber, nickte und tippte sich mit zusammengelegtem Zeige- und Mittelfinger grüßend an seinen Stahlhelm.

Zingsheim zog vorbei und scherte ein. Im Rückspiegel erhaschte er einen Blick auf die Person im Beiwagen.

Erschrocken trat er auf das Bremspedal, die Reifen quietschten. Nur gut, dass die Bremsen den Wagen nach rechts auf den Standstreifen zogen, sonst wäre Fischbach vielleicht noch aufgefahren. So zog der Kommissar unbeeindruckt von dem seltsamen Fahrmanöver an ihm vorbei.

Zingsheim stieß die Tür auf und sprang aus dem Renault.

Tatsächlich! Er hatte richtig gesehen und staunte nicht schlecht. Wenn das im Beiwagen wirklich Sigrid gewesen war, dann musste sie schwer krank sein. Doch welche Krankheit verunstaltete einen Menschen derart? Unwillkürlich dachte er an Joseph Carey Merrick, den Elefantenmenschen. Die Geschichte des armen, verformten Mannes hatte sogar Hollywood auf den Plan gerufen. Allerdings hatte Sigrid nicht wie ein Elefant ausgesehen, sondern wie ein …

Zingsheim schlug entsetzt eine Hand vor den Mund. Mit zittrigen Fingern zog er den Flachmann aus seiner Westentasche, schraubte den Deckel ab und nahm einen kräftigen Schluck. »Oje, oje, oje«, murmelte er, den Blick immer noch auf den in der Ferne kleiner werdenden Beiwagen gerichtet. Er beschloss, den Fischbachs so schnell wie möglich einen Besuch abzustatten. Er musste erfahren, was los war.

Wie schrecklich!

Sigrid hatte ausgesehen wie …

Rasch nahm er noch einen Schluck.

Sie hatte ausgesehen wie ein Schwein.

35

Es fühlte sich an, als hätte die Schwerkraft zugenommen. Wie auf einer Achterbahn, die durch einen Looping schoss. Selbst die Augenlider zu öffnen, strengte sie derart an, dass sie am liebsten sofort wieder zurück in die sie umfassende, tröstliche Schwärze geglitten wäre. Doch es gelang ihr nicht, stattdessen klärten sich ihre Sinne. Wie durch Watte gedämmt zunächst, nahm sie ihre Umgebung wahr.

Der Apparat summte und pulsierte neben ihr.

Die Umrisse des Fernsehers schälten sich langsam aus dem diffusen Grau des nur vom Display der Maschine beleuchteten Zimmers.

Das Fenster war schwarz, die Lampe vor den Rollläden schien aus zu sein.

Sie fröstelte, obwohl das Laken sie ganz bedeckte.

Es roch streng nach Schweiß, *ihrem* Schweiß, ihren Ausdünstungen. Eine Haarsträhne klebte auf ihrer Stirn. Sie wollte sie zur Seite wischen, doch die Bänder hielten ihre Arme unerbittlich ans Bett gefesselt.

Nichts hatte sich verändert, ihre Lage hatte sich nicht im Mindesten gebessert. Sie war gefangen. Immer noch.

Ihr Geist resümierte das fast gleichgültig. Sie fühlte sich derart erschöpft, niedergeschlagen und ausgelaugt zugleich, dass Freiheit ihr inzwischen kaum mehr als eine Lösung erschien. Sie war gewillt, sich ihrem Schicksal zu ergeben. Nicht einmal der wunde Hals und die angeschwollene Zunge störten sie. Warum sollte sie nach Wasser dürsten? Jeder Schluck würde nur ihre Qual verstärken und ihr Schmerzen bereiten.

Die Maschine pumpte und pumpte, gleichmäßig, monoton. Saugte an ihr wie ein Blutegel, entzog ihr all ihre Kraft und den Überlebenswillen. Ein teuflisches Gerät.

Aus der rechten oberen Zimmerecke, knapp unterhalb der Decke, fixierte sie das feuerrote Auge eines Ungeheuers.

Gleichgültig.

Keine Angst, keine Furcht, keine Regung.

Sollte das Ungetüm doch zuschnappen und sie fressen. Dann wäre sie endlich von ihrem Siechtum erlöst.

Ein bitteres Glucksen entrang sich ihrer Kehle, als sie erkannte, was sie mit dem Auge eines Ungeheuers verwechselt hatte.

Eine Kamera.

Warum war sie ihr nicht schon vorher aufgefallen?

Sie wurde tatsächlich observiert. Kontrolliert. Überwacht.

Selbst wenn sie sich erneut befreien könnte, es würde nichts bringen. Sie stand unter Beobachtung.

Erschöpft schloss sie die Augen; endlich drängte sich die tröstliche Schwärze wieder in den Vordergrund.

Nicht mehr ... lange, dachte sie schläfrig, dann ... wird die Kamera ... eine Leiche ... filmen.

Fasziniert und abgestoßen zugleich, hockte Max Brandt vor dem Monitor, der das Krankenzimmer zeigte.

Die junge Frau schien einige Minuten bei Bewusstsein gewesen zu sein. Es hatte den Eindruck gemacht, als hätte sie sich umgesehen. Jetzt schlief sie wieder. Oder war es eine Ohnmacht?

Diese Macht über Leben und Tod gottgleich selbst in den Händen zu halten, dafür musste er unbedingt treffende Worte finden.

Er blinzelte.

Tief in ihm rumorte etwas.

Er schloss die Augen, blendete seine Umgebung aus und suchte danach. Es versteckte sich, zierte sich, doch Max gab nicht auf. Endlich packte er zu, riss es ans Licht, raus aus dem Schatten.

Er erschrak über das, was er erkannte, was in ihm schlummerte. Schweiß rann ihm von der Stirn.

Sein Freund Tibor fiel ihm ein, ein ungarischer Journalist. Er sah ihn lachend vor sich, in der einen Hand ein Bier, im Arm eine Prostituierte. Gemeinsam waren sie während des Huthi-Konfliktes durch den Jemen gereist, auf der Suche nach Sensationen. Mehr als einmal waren sie dabei dem Teufel von der Schippe gesprungen. Tibors Leitspruch, ein ungarisches Sprichwort, hatte ihnen das Leben gerettet.

»Es ist besser, auf halbem Wege umzukehren, als auf dem falschen Weg zu bleiben.« Das war Tibors Devise gewesen, danach lebte er, davon ließ er sich führen. Und Max hatte gut daran getan, Tibor zu folgen.

Leider aber war sein Freund Jahre später ausgerechnet bei der Prostituierten, die er in einem Souk in Marokko aufgegabelt hatte, von seinem Instinkt verlassen worden. Die beiden waren kaum in dem schäbigen Hotelzimmer verschwunden, das Tibor extra für das Schäferstündchen angemietet hatte, da tauchte der wütende Ehemann auf. Wie ein Berserker war er mit einem Krummsäbel über die beiden hergefallen. Ein Gemetzel sondergleichen. »Wie Gulasch« hatte es später hinter vorgehaltener Hand geheißen.

Es ist besser, auf halbem Wege umzukehren, als auf dem falschen Weg zu bleiben.

Aber hieß es nicht auch: Erfolg hat, wer Regeln bricht?

Oder: Wer die Wahl hat, hat die Qual.

»Scheiße«, murmelte Max Brandt, sah ein letztes Mal auf den Monitor und verließ den Raum.

36

Warum Welscher am Dienstagmorgen nicht wie sonst zuerst zur Polizeibehörde, sondern direkt zum Haus der Reinnarths in Büdesheim fuhr, konnte er sich selbst nicht erklären. Vielleicht wollte er unterbewusst die Fahrt dorthin nutzen, um eine Weile allein zu sein. Seine Gedanken in Ruhe zu ordnen, war auf jeden Fall notwendig. Allerdings konnte er auch nicht ausschließen, dass er einfach drauflosgefahren war, um endlich Larissas ewiger Fragerei zu entgehen.

Gestern Abend hatte sie sich im Internet über die Visa-Möglichkeiten für eine Einreise in die USA informiert und jede Neuigkeit ausufernd mit Welscher besprechen wollen. Ihnen beiden war zuvor nicht klar gewesen, dass es nicht das *eine* Visum gab, sondern eine Vielzahl, abhängig vom Einreisegrund. Larissa schien dabei das große Los gezogen zu haben. Als »Person mit künstlerisch außergewöhnlichen Fähigkeiten« wurde sie von den Amerikanern mit offenen Armen empfangen. Bei Welscher sah es da schon anders aus. Da er kein Jobangebot vorweisen konnte, könnte er versuchen, eine Greencard basierend auf der Familienzugehörigkeit mit Larissa zu bekommen. Dafür müssten sie aber zunächst noch heiraten. Bis in die Nacht hinein hatten sie gerätselt, was Welschers Mutter beantragen könnte. Zu einem belastbaren Ergebnis waren sie dabei nicht gelangt. Erschöpft hatte Welscher am Ende vorgeschlagen, Larissa solle eine Agentur einschalten, die alles für sie regelte. Diese Idee hatte sie begeistert aufgenommen und war heute Morgen gleichzeitig mit ihm aufgebrochen, um Nägel mit Köpfen zu machen.

Welscher stellte den Porsche auf dem Parkplatz an der Pfarrkirche St. Peter und Paul ab. Er fühlte sich wie eingerostet und beschloss daher, ein paar Meter zu Fuß zu gehen. Mit ein wenig Glück traf er Nachbarn der Reinnarths in ihren Vorgärten an und konnte sie in ein Gespräch verwickeln, um mehr über das Unternehmerpaar zu erfahren. Er schlenderte durch den Schusterweg, bog dann rechts auf die Hillesheimer Straße ab. Wenig später erreichte er die Straße Auf Erden, dieser folgte er rund fünfzig Meter, dann stand er vor dem Haus der Reinnarths.

Wobei der Ausdruck »Haus« dem Anwesen nicht gerecht wurde. »Nicht kleckern, sondern klotzen« schien die Devise des Architekten gewesen zu sein, als er die Pläne dafür gezeichnet hatte. Auf dem Vorplatz des stylish-modernen Anwesens konnte spielend ein Hubschrauber landen. Und garantiert gab es genug Schlafzimmer, um die komplette Mannschaft des 1. FC Köln zu beherbergen. Das Einzige, was ein wenig störte, waren die Motorengeräusche der vorbeirauschenden Fahrzeuge auf der B 410. Aber garantiert besaß der Prachtbau dreifachverglaste Fensterscheiben und eine Hochleistungsklimaanlage. Damit konnte man auch im Sommer den Lärm draußen halten und selig im Inneren die Ruhe genießen.

»Schon beeindruckend, nicht wahr? Aber alles nur auf Pump«, hörte Welscher jemanden sagen.

Er drehte sich um. Vor ihm stand eine Frau in den Dreißigern, die ihren Mischling an der Leine ausführte. Sie trug einen olivfarbenen Bundeswehrparka, dazu eine schwarze Jogginghose, die an den Knien ausbeulte. Zwischen den Fingern ihrer rechten Hand glomm eine Zigarette.

»Woher wissen Sie das?«, fragte Welscher.

Die Frau gab ihrem Hund Leine. Der sauste davon und hob einige Meter weiter das Bein an dem Hinterreifen eines am Straßenrand geparkten SUV. »Mein Ex ist der zuständige Gerichtsvollzieher.«

Welscher verzog leicht brüskiert das Gesicht. »Und er redet mit Ihnen über seine Fälle?«

Sie winkte ab, im Luftzug glühte die Spitze ihrer Zigarette hellorange auf. »Ist doch nichts dabei. Hier in dem Nest weiß sowieso jeder über jeden alles. Die NSA ist ein Witz dagegen. Hier bleibt nichts geheim.«

»Das gilt auch für Zugezogene?« Er zeigte zum Anwesen.

»Jepp. Aber bei Daria trifft es nicht zu, die ist hier aufgewachsen. Ich bin früher mit ihr zur Schule gegangen.« Sie wies weit ausholend nach Süden. »Sie wohnte damals auf der anderen Seite des Dorfes, hat dann studiert. Nach dem Tod ihrer Eltern hat sie den Hof verkauft und ist in die USA gegangen.«

Innerlich verdrehte Welscher genervt die Augen. War es normal, dass gerade überall vom Auswandern die Rede war? Oder selektive Wahrnehmung, weil er sich zurzeit damit auseinandersetzte?

»Bei ihrem Mann haben Sie aber recht«, berichtete die Frau weiter. »Den hat Daria dort drüben aufgegabelt.« Sie spie es aus, als wäre David Reinnarth als US-Bürger ein Leprakranker.

»Hört sich an, als könnten Sie den Mann nicht ausstehen.«

Sie hob die Schultern und ließ sie mit abschätziger Miene wieder fallen. »Bin ihm nie persönlich begegnet.«

Aber eine schlechte Meinung von ihm haben, dachte Welscher. Die Frau bestätigte damit mal wieder seine Einschätzung: Was der Eifeler nicht kennt, dem steht er skeptisch gegenüber.

Der Mischling trottete heran und schnupperte an seinem Bein.

»Keine Sorge, der tut nichts«, beschwichtigte die Besitzerin sogleich in einem leiernden Singsang.

Welscher ahnte, dass sie diesen Spruch nicht zum ersten Mal aufsagte. »David Reinnarth ist also US-Amerikaner?«

»Soviel ich weiß.«

Der Hund sprang an ihm hoch, hielt mit den Vorderpfoten Welschers Oberschenkel umfasst und fing an zu kopulieren. Hechelnd hing der Mischling an seinem Bein.

»Aus!«, rief die Besitzerin barsch und zog den Rüden am Halsband zurück. Verlegen lachte sie und zeigte dabei nikotingelbe Zähne. »Geil wie Nachbars Lumpi, das Vieh. Was meinen Sie, wie die Sitzlehnen unseres Sofas aussehen.«

Welscher wollte sich das gar nicht vorstellen.

»Sind Sie von einem Inkassounternehmen?«, fragte die Frau und zog an ihrer Zigarette.

»Nein. Ich bin von der Polizei.«

Sie nickte, schien nicht überrascht zu sein. »Musste ja so kommen.«

»Sie haben damit gerechnet?«, fragte Welscher verdutzt.

»Klar. Wegen der Schläge.«

»Häusliche Gewalt?«

»Nee, die finanziellen Schläge. Sie sind doch von der Steuerfahndung, oder?« Sie wartete seine Antwort nicht ab, sondern redete einfach weiter. »Hm, jetzt wo Sie es ansprechen, wenn man den Kerl so ansieht … Der ist ein Brocken, dem traue ich so was zu. Und lautstark geht es dort schon gern mal zu. Gestern erst, am späten Abend.« Sie sah zum Haus. »War mit dem Hund raus und habe mich gewundert.«

»Warum?«

»Daria wohnt nicht mehr hier. Sie wollen sich trennen. Sie war aber dort, beide standen in der Einfahrt und stritten sich.«

»Haben Sie mitbekommen, warum sie aneinandergerieten?«

Sie schüttelte den Kopf. »Ich hatte meine Kopfhörer im Ohr. Sie sind dann auch rasch im Haus verschwunden. Habe nur noch gesehen, wie Daria ihren Mann wütend gegen die Brust stieß.« Die Frau beugte sich vor und tätschelte dem Hund den Kopf.

»Ich tippe darauf, dass es um das liebe Geld ging. Oder der Kerl schlägt sie tatsächlich … Meist kommen ja auch mehrere Dinge zusammen. Erst liefen die Baukosten für die Firma ins Uferlose, dann kam die Coronakrise. Hat den Reinnarths das Genick gebrochen.« Sie seufzte. »Ehrlich, Daria tut mir leid. Von klein an hat sie von einer eigenen Firma geträumt. Ob Sie es glauben oder nicht, schon im Kindergarten fand man sie fast immer hinter dem Tresen des Einkaufladens. Später, auf dem Schulhof, vertickte sie ihre Pausenbrote an den Meistbietenden. Daria war so ganz anders als wir. Die büffelte und paukte und hatte große Pläne. Klappte ja dann auch eine Weile. Dass jetzt alles den Bach runtergeht, hat sie nicht verdient.« Sie flitschte den Rest ihrer Kippe davon und sah ihr auf ihrer Flugbahn versonnen nach. »Ich kann Daria gut leiden. Sie hat mich immer abschreiben lassen.« Die Frau grinste Welscher an. »Ich muss jetzt aber weiter.« Sie entfernte sich ein paar Schritte, stoppte und wandte sich um. »Nehmen Sie Daria bitte nicht so hart ran. Sie ist eine ganz Liebe.« Sie winkte linkisch zum Abschied, dann zog der Mischling sie fort.

Welscher schoss noch ein paar Fotos von dem Anwesen und ging zufrieden zurück zu seinem Porsche. Die Fahrt nach Büdesheim hatte sich gelohnt, wie er fand, die Begegnung mit der Nachbarin war äußerst aufschlussreich gewesen. Auch wenn die Eifeler fremden Personen gegenüber im Allgemeinen zunächst eher skeptisch und verschlossen reagierten, erlagen sie doch hin und wieder dem morbiden Reiz des Tratschens.

Bei den Reinnarths stand also die Scheidung an, es gab finanzielle Probleme, und möglicherweise rutschte David Reinnarth schon mal die Hand aus. In solchen Ausnahmesituationen kam es vor, dass der eine dem anderen nicht mehr das Schwarze unter den Fingernägeln gönnte. Oder, schlimmer noch, schaden wollte.

Mal sehen, was sie noch alles über die Reinnarths herausfanden.

37

»Eins will mir nicht in den Kopf.« Lea Kruse legte ihr Tablet auf Welschers Schreibtisch ab und lehnte sich auf ihrem Stuhl zurück.

Fischbach löste den Blick vom Bildschirm und sah sie auffordernd an. »Lass mich daran teilhaben.«

»Also dieser Max Brandt. Er bricht vorzeitig die Recherchereise ab, weil sein Vater etwas mit ihm besprechen möchte. Dann folgt er aber nicht sofort dem Ruf aus der Eifel, sondern hängt noch einige Tage in Hamburg ab. Ist das nicht seltsam?«

»Er hatte zu tun. Das hat er zumindest ausgesagt.«

Lea Kruse spitzte die Lippen und überlegte. »Wann war er denn genau zurück?«

Fischbach stand auf, sah auf den Metaplan, auf dem sie alles zum Mordfall Viktor Brandt sammelten, und sagte: »Max Brandt, Ankunft in Hamburg gemäß eigener Aussage am Sonntag, dem 4. April«, las Fischbach vor. Er deutete auf einen auf der Karte klebenden roten Punkt. »Die Aussage müssen wir allerdings noch überprüfen.«

»Wenn er früher zurückgekommen ist, käme er in beiden Fällen als Täter in Frage.«

»Genau, daran haben wir gedacht, deswegen der rote Punkt.«

Lea Kruse griff erneut zum Tablet. »Wenn du nichts dagegen hast, gehe ich dem nach. Ich checke die Flüge, die an dem Tag in Hamburg gelandet sind. Außerdem könnte ich versuchen herauszufinden, mit wem Max Brandt in der Arktis unterwegs war. Dort können wir dann nachhören.« Sie hielt inne. »Oder sollen wir besser gleich die Handydaten abfragen? Bewegungsprofil und so weiter?«

»Hm«, brummte Fischbach abwägend. »Denke, das können wir immer noch beantragen. Vielleicht findest du ja, was wir brauchen. Ist höchstwahrscheinlich schneller von Erfolg gekrönt, als den bürokratischen Aufwand anzugehen.«

Lea Kruse nickte. »Bekomme ich raus.« Dann versank sie still in ihrer Recherche.

Patente Kollegin, dachte Fischbach und prophezeite ihr stumm eine erfolgreiche Karriere. Mit einem solchen Elan konnte es auf der Karriereleiter nur aufwärtsgehen.

Das Telefon schrillte. Er nahm ab und meldete sich. Es war der Kollege, der heute in der Notrufzentrale Dienst schob. »Schön, dass du wieder da bist, Hotte. Kannst du gerade mal runterkommen?«

»Was gibt's?«

Der Kollege lachte. »Meine Frau hat mir Monschauer Dütchen eingepackt. Wenn du willst –«

»Bin unterwegs«, schnitt ihm Fischbach das Wort ab. Bereits bei der Erwähnung lief ihm das Wasser im Mund zusammen. Wie nett, dass der Kollege an ihn dachte.

Lea Kruse war so in die Arbeit vertieft, dass sie noch nicht einmal aufschaute, als er an ihr vorbei aus dem Büro eilte.

»Das ist aber schön«, rief Fischbach, als er die Notrufzentrale im Erdgeschoss betrat. »Monschauer Dütchen esse ich für mein Leben gern.«

»Nun ja«, meinte der Kollege und hüstelte. »Eigentlich war das nur ein Trick, um dich schneller hier unten zu haben. Jeder weiß ja, dass du für Gebäck den Turbo einschaltest.«

Enttäuscht verzog Fischbach den Mund. »Wie jetzt? Kein Dütchen?«

»Ein Butterbrot kann ich dir anbieten.«

Fischbach winkte ab. »Lass mal. Warum sollte ich kommen?«

»Es sitzt eine junge Frau im Wartezimmer, ziemlich aufgelöst, weint die ganze Zeit. Sie will ihre Freundin als vermisst melden. Und weil ihr doch an der Sache mit dem anderen Mädchen dran seid, dachte ich mir, es könnte nicht schaden, wenn du dir das anhörst, falls es einen Zusammenhang gibt.« Er zeigte auf den Wartebereich in der Schleuse.

Die Frau, die dort in ein Taschentuch schnäuzte, schätzte Fischbach auf Anfang, Mitte zwanzig. »Name?«, fragte er.

Der Kollege zog einen Notizblock, der auf dem Empfangstresen lag, näher zu sich heran und las vor. »Pauline Hostert, zweiundzwanzig Jahre alt, studiert und wohnt in Bonn.«

»Was macht sie dann hier bei uns?«

Der Kollege zuckte mit den Schultern. »Weiter war ich noch nicht.« Er wies mit dem Daumen in Richtung Leitpult. »Ich muss so schnell wie möglich zurück an die Kiste, daher habe ich dir Bescheid gegeben.«

»Dann mach mal«, sagte Fischbach, riss das Blatt mit der Notiz vom Block, nahm einen Kugelschreiber und betrat den Wartebereich.

Die junge Frau sah erwartungsvoll auf.

»Pauline Hostert?«, fragte Fischbach.

Sie nickte heftig, brach dann in Tränen aus und vergrub ihre Nase im vom häufigen Benutzen ausgefransten Papiertaschentuch.

Fischbach setzte sich neben sie. Aus seiner Hosentasche fingerte er ein frisches Taschentuch hervor und reichte es ihr.

»Danke«, sagte sie mit erstickter Stimme.

»Wir haben hier unten auf der Etage einen recht brauchbaren Kaffeeautomaten«, sagte Fischbach. »Die Kiste hat unser Chef gesponsert. Er war es leid, immer nur eine leere Kanne vorzufinden, weil jemand anders wieder einmal schneller war. Darf ich Sie einladen?«

Pauline Hostert gluckste amüsiert inmitten ihres Heulkrampfs. »Auf einen Kaffee hat mich lange kein Mann mehr eingeladen. Die, die ich kenne, wollen mit mir feiern gehen. Kaffee ist total out.«

Fischbach schürzte die Lippen. »Sollten Sie lieber ein Bier mit mir trinken wollen, müssen Sie bis zu meinem Dienstschluss warten.«

Sie stand auf, wischte sich die Tränen mit dem Ärmel ihres Sweatshirts von den Wangen und lächelte. »Kaffee ist schon in Ordnung. Hauptsache, Sie haben Zeit für mich.« Ihr Gesicht verfinsterte sich wieder. »Denn ich fürchte, es kommt auf jede Minute an.«

38

Diesmal hatte Welscher sein Kommen telefonisch angekündigt, und so wurde er in der Empfangshalle der Forever Young GmbH von Dr. David Reinnarth bereits erwartet.

Freundlich begrüßte der Amerikaner ihn. »Gehen wir eine Runde durch den Park«, schlug er vor und steckte die Hände lässig in den Laborkittel. »Ich bin gespannt, wie ich Ihnen behilflich sein kann.«

Das war Welscher gestern schon aufgefallen: Der Wissenschaftler sprach ein ausgezeichnetes Deutsch.

Sie gingen nach draußen. Ein lauer Frühlingswind wehte ihnen entgegen, der geharkte Kies knirschte unter ihren Schuhsohlen, Bänke luden zum Verweilen ein. Frische Baumsetzlinge säumten den Weg, Vögel zwitscherten in den Gebüschen.

»Unsere Gäste sollen sich wohlfühlen«, erklärte David Reinnarth. »Nicht nur in ihren Zimmern, sondern auch im Freien.«

Welscher war nicht zu Small Talk aufgelegt und kam daher direkt zur Sache. »Werden Sie das nicht vermissen?«

»Wie meinen Sie das?«

»Nach der Scheidung. Sie werden doch sicher in die USA zurückkehren, oder?«

David Reinnarth stoppte und sah Welscher überrascht an. »Sie wissen davon?«

»Es ist unser Job, Informationen zu sammeln.«

»Auch solche?«

»Alles kann wichtig sein.«

Sie setzten ihren Weg fort. Welscher wich einer Eidechse aus, die sich auf dem Kies sonnte. »Darf ich nach dem Grund fragen?«

»Ich weiß zwar nicht, warum das wichtig für Sie sein sollte, aber gut. Daria und ich, wir haben uns auseinandergelebt. Sie war der Ansicht, dass es besser für uns wäre, wenn wir in Zukunft getrennte Wege gingen.«

»Es war also der Wunsch Ihrer Frau?«

»Ja. Da kann man wohl nichts machen.«

Welscher hörte einen Hauch von Wehmut und Schmerz aus

dem Gesagten heraus. Er fand, es war an der Zeit, David Reinnarth aus der Reserve zu locken. Er wollte wissen, ob der Doktor sich bei Stress im Griff hatte. »Vermutlich haben Sie recht. Ich frage mich nur ...«

»Ja? Was denn?«

»Ob Sie mir den wahren Grund genannt haben.«

»Warum sollte ich Sie anlügen?«

»Um sich selbst besser dastehen zu lassen.«

»Ich verstehe nicht, was Sie meinen.«

»Mir ist zu Ohren gekommen, dass Sie Ihre Frau schlagen.«

Abrupt blieb David Reinnarth stehen, sein Gesicht färbte sich rot. »Das ist eine infame Unterstellung!«, brüllte er ansatzlos. »Ich liebe meine Frau, ich würde ihr niemals etwas antun. Ich will sofort den Namen des Denunzianten erfahren. Ich werde ihm dermaßen eine Lektion erteilen, dass er nie wieder Lügen über andere in die Welt setzt.«

»Wollen Sie ihn auch schlagen?«, fragte Welscher kühl, um zu sehen, wie der Doktor auf die neuerliche Provokation reagierte.

David Reinnarth hielt die Fäuste geballt vor seinem Körper, die Fingerknöchel stachen weiß unter der Haut hervor. »Hören Sie, Herr Kommissar, mir ist bewusst, dass ich rein äußerlich den Eindruck erwecke, ich würde als Schwergewichtsboxer meinen Lebensunterhalt verdienen. Aber ich habe in meinem ganzen Leben noch nie jemanden geschlagen. Allein die Vorstellung ist mir zuwider.«

Welscher wiegte den Kopf. »Es ist nicht so, als würde ich Ihnen das nicht glauben wollen. Aber nehmen wir nur mal an, Sie binden mir einen Bären auf und sind doch nicht das Unschuldslamm, das Sie vorgeben zu sein.«

David Reinnarth plusterte sich auf, er schien eine harsche Erwiderung vorzubereiten.

Welscher beruhigte ihn mit einer abwehrenden Handbewegung. »Nur eine Annahme, mehr nicht.«

Der Doktor schnaufte schwer, ließ dann die Arme hängen und öffnete sogar die zu Fäusten verkrampften Hände. »Von mir aus«, presste er hervor.

»Danke. Also, eine Scheidung, die Sie nicht wollen. Und eine gekränkte Eitelkeit gepaart mit dem Gefühl, der Situation hilflos ausgeliefert zu sein. Das wäre eine Extremsituation, denke ich, und könnte bei einer gewalttätigen Person zur Folge haben, dass diese Person Vergeltung übt.«

Erneut ballte David Reinnarth die Fäuste. »Ich. Schlage. Daria. Nicht!«

»Oh, ich bin gedanklich schon weiter«, stellte Welscher richtig. »Ich sprach von ›Vergeltung‹. Die Firma ist das Lebenswerk Ihrer Frau, ihr Traum, ihr Ein und Alles. Das wissen Sie ganz genau und könnten daher auf die Idee gekommen sein, der GmbH zu schaden. Wie der Volksmund so treffend sagt: Rache ist süß. Nicht wahr?«

David Reinnarth lachte verächtlich. »Absurd, was Sie sich da zusammenreimen. Ich habe nichts unternommen –«

»Ich bin noch nicht fertig«, warf Welscher ein. Er hatte keine Lust, sich die Unschuldsbeteuerungen des Mannes anzuhören.

»Sie haben noch mehr von dem Blödsinn auf Lager?«

»Konzentrieren wir uns auf das Opfer, auf Melina Wegener.« Welscher sah über das Wasser zum Firmengebäude hinüber. Die Glasflächen reflektierten funkelnd die Sonnenstrahlen. »Die Todesursache war Blutverlust. Wir wissen, dass sie vor ihrem Tod hier bei Ihnen war. Nehmen wir einmal an, einer der Roboter wurde manipuliert, und es kam zu einem ... Unfall.« Er rahmte das letzte Wort durch mit den Fingern in die Luft geschriebene Anführungszeichen ein. »Käme das mit dem fehlgesteuerten Roboter heraus, dürfte es der Todesstoß für die Forever Young GmbH sein. Denn wer würde sich ihr bei einem solchen Risiko noch anvertrauen wollen? Oder sind Sie da anderer Ansicht?«

»Nein, aber –«

»Einen derartigen Unfall zu fingieren, wäre perfekt, um dem Unternehmen zu schaden.«

David Reinnarth raufte sich die Haare. »Was für ein Schwachsinn! Selbst wenn dem so wäre, warum wurde das Unfallopfer dann fortgeschafft?«

»Dafür könnte Ihre Frau verantwortlich sein.«

»Daria? Wieso das?«

»Sie fand zufällig Frau Wegener. Um Schaden von der Firma abzuwenden, schaffte sie die Leiche fort.«

»Checken Sie alle Systeme«, presste David Reinnarth hervor, »stellen Sie den ganzen Laden auf den Kopf. Ich verspreche Ihnen, Sie werden nichts finden. Im Übrigen bin ich Doktor der Medizin. Mein hippokratischer Eid verlangt von mir, menschliches Leben zu schützen und zu erhalten.«

»Ja, ja, die Ärzte und ihr Eid«, brummte Welscher. »Den hatte auch Josef Mengele abgelegt. So viel dazu.«

»Das ist die Höhe!«, brüllte David Reinnarth. Auf Welscher wirkte er jetzt wie ein aufgeplusterter Hahn. »Sie vergleichen mich mit diesem nationalsozialistischen Monster? Da fehlen mir die Worte. Das muss ich mir nicht bieten lassen.« Er machte auf dem Absatz kehrt und schritt davon.

Welscher hatte nicht vor, sich abschütteln zu lassen, und eilte ihm hinterher. »Kannten Sie Viktor Brandt näher?«

David Reinnarth lachte höhnisch auf. »Klar. Immerhin habe ich ihn umgebracht.« Böse ergänzte er: »Ich hoffe, Sie erkennen Sarkasmus.«

»Keine Sorge, ist mir nicht entgangen«, entgegnete Welscher. »Welchen Grund könnten Sie denn auch haben, Viktor Brandt zu töten?«

»Auch wenn Sie das mit ironischem Unterton sagen, inhaltlich trifft es trotzdem voll ins Schwarze.«

Sie waren am Hintereingang des Firmengebäudes angekommen. David Reinnarth wandte sich Welscher zu. »Darf ich jetzt wieder an die Arbeit? Oder wollen Sie mich verhaften?«

»Tun Sie sich keinen Zwang an. Ich weiß ja, wo ich Sie finden kann.«

David Reinnarth zückte seine Codekarte und hielt sie vor den Sensor. Die Tür schwang auf.

Welscher sah ihm nach, wie er im Inneren des Gebäudes verschwand. »Danke für das freundliche Gespräch«, murmelte er und grinste.

Sollte David Reinnarth tatsächlich der Täter sein, wusste er jetzt, dass ihm die Polizei im Nacken saß.

39

Der Kaffeeautomat röchelte einen letzten Schwall heißer Luft, dann war der Cappuccino fertig. Fischbach umfasste den Henkel und stellte die Tasse vor Pauline Hostert auf dem Stehtisch ab. »Der wird Ihnen guttun.«

Sie bedankte sich, machte aber keine Anstalten, zuzugreifen.

Für sich selbst brühte Fischbach einen Milchkaffee auf, den er stark süßte, und stellte sich ihr gegenüber. »Sie erreichen also Ihre Freundin nicht?« Er fand, es hörte sich sanfter an, als hätte er mit einem »verschwunden« oder »vermisst« angefangen.

Pauline Hostert nickte heftig. »Ja. Wir studieren beide in Bonn Psychologie und wohnen zusammen in einer WG.«

»Wie lange haben Sie denn Ihre Freundin nicht gesehen? Übrigens, Sie haben den Namen noch nicht erwähnt.«

»Caro«, platzte Pauline Hostert heraus, »Carola Kleve. Wir nennen sie aber nur Caro. Gesehen habe ich sie das letzte Mal vor ihrer Abreise.«

Fischbach notierte sich den Namen. »Wohin wollte sie?«

»Nach Urfey. Dort leben ihre Eltern. Die sind auf einer Urlaubsreise, und Caro sollte auf das Haus aufpassen.«

»Und in Urfey erreichen Sie Ihre Freundin nicht?«

»So ist es.«

»Wie lange schon nicht?«

»Ich versuche es seit drei Tagen. Sie reagiert auf gar nichts mehr, nicht auf WhatsApp, nicht auf Mails, nicht auf Anrufe. Und es kommt auch nichts von ihr, kein Insta, kein YouTube. Es ist, als wäre sie von dieser Welt verschwunden.« Wieder kämpfte sie mit den Tränen. Sie nahm die Tasse und wollte sie zum Mund führen, doch ihre Hand zitterte so stark, dass der Kaffee überschwappte. »Scheiße«, schimpfte sie und setzte ein verkrampftes Lächeln auf. »Ein Wasser wäre doch besser.«

Fischbach holte ihr eine Flasche aus dem Kühlschrank. Ehe er fragen konnte, ob sie ein Glas wünschte, hatte sie bereits den Drehverschluss geöffnet und trank gierig.

»Oh mein Gott, das war nötig«, stellte sie fest, nachdem sie abgesetzt hatte. »Jetzt geht es mir ein wenig besser.«

»Das freut mich. Hm, drei Tage, sagten Sie. Hört sich für mich noch nicht bedrohlich an. Vielleicht nimmt sie sich eine Auszeit, will abschalten, niemanden sehen.«

»Social detoxing? Caro? Würde sie niemals machen. Sie ist online-süchtig, funkt normalerweise alle drei *Minuten* was ins Netz.«

»Ihr Smartphone könnte defekt sein.«

»Sie besitzt zwei. Aber gut, ja, daran hatte ich auch gedacht. Auf dem Festnetz der Eltern habe ich sie allerdings ebenfalls nicht erreicht. Heute Morgen habe ich es dann nicht mehr ausgehalten und bin nach Urfey gefahren. Sturm habe ich geklingelt, doch Caro hat nicht geöffnet. Also habe ich bei den Nachbarn nachgefragt. Die haben sie länger nicht gesehen und dachten, sie sei schon wieder abgereist.« Sie trank noch einen Schluck Wasser. »Danach bin ich direkt hierhergekommen.«

»Hm. Von einem Urlaub hat Ihre Freundin nichts erwähnt? Zum Beispiel Mallorca, Ibiza, Malediven? Manchmal bucht man spontan, und dann ist man fort, bevor man es jemandem erzählen konnte.«

»Wir sind beste Freundinnen. Glauben Sie mir, *das* hätte sie mir erzählt. Und selbst wenn, erklärt das nicht ihr Schweigen. Es gibt nämlich noch einen anderen, absolut entscheidenden Hinweis, dass Caro etwas passiert sein muss.«

»Da bin ich gespannt«, sagte Fischbach und schaute auf das Smartphone, das Pauline Hostert auf den Tisch gelegt hatte.

»Caros Instagram-Profil.« Sie drehte das Smartphone so, dass Fischbach das Display betrachten konnte. »Dort postet sie unter dem Namen *carofatal2000*. Sehen Sie die Zahl der Follower?« Sie tippte auf eine Stelle unterhalb der Profilleiste.

»Knapp unter zehntausend«, stellte Fischbach fest, ohne zu wissen, was daran so entscheidend war.

»*Unter* zehntausend, ganz genau. Als Caro abreiste, war sie fest entschlossen, die freie Zeit bei ihren Eltern zu nutzen, um endlich die Barriere, wie sie es nannte, zu durchbrechen. *Über* zehntausend Follower.«

Fischbach wusste immer noch nicht, was es damit so Beweiskräftiges auf sich haben sollte. »Schön und gut, hat dann wohl nicht funktioniert. Ich bin kein Experte auf dem Gebiet der sozialen Plattformen. Aber selbst ich weiß, wie schwer es sein kann, Reichweite aufzubauen. Oder liege ich damit falsch?«

»Nein. Um neue Follower zu generieren, was Caro ja plante, muss man dranbleiben. Jeden Tag posten, Beiträge liken, Kommentare abgeben, einfach gesagt: aktiv sein. Und jetzt schauen Sie sich an, wann Caro das letzte Foto eingestellt hat.«

Fischbach sah nach. »Vor über einer Woche.«

»Vor über einer Woche«, echote Pauline Hostert aufgeregt. »Seitdem hat Caro ihr Instagram-Profil nicht mehr angerührt. Das ist noch nie vorgekommen, noch nicht einmal nach ihrer Blinddarm-OP. Da stimmt was nicht! O Gott, wenn ich nur eher versucht hätte, Caro zu erreichen, dann wäre es mir viel früher aufgefallen. Aber ich war zu beschäftigt mit Lernen. Ich muss eine Klausur nachholen und …« Sie brach ab und schlug sich die Hände vors Gesicht, ihre Schultern bebten.

»Machen Sie sich keine Vorwürfe«, tröstete Fischbach die junge Frau. »Mit so etwas rechnet doch niemand.« Nachdenklich nippte er an seinem Kaffee und verzog angewidert das Gesicht. Selbst ihm war das Gebräu zu süß. Dann kam ihm ein Gedanke. »Wissen Sie zufällig, ob Ihre Freundin Blut spendet?«

Pauline Hostert ließ die Arme auf den Tisch fallen und sah ihn erstaunt an. »Ja, tut sie. Warum fragen Sie?«

Fischbach ignorierte die Gegenfrage. »Wissen Sie, wo?«

»Allerdings. Nicht beim Roten Kreuz oder so, sondern bei einem Start-up für Verjüngungskuren. Sie meinte, ich solle mir überlegen, das auch zu machen. Dann könnte ich in meinem Nebenjob die Stunden reduzieren und mich auf meine Prüfungen konzentrieren. Aber mir war das dann doch ein bisschen zu suspekt. Wobei ich zugeben muss, die Bezahlung dort ist nicht übel.«

Fischbachs Puls beschleunigte sich. Bisher war ein Zusammenhang wenig offensichtlich gewesen. *Das* konnte jetzt aber kein Zufall mehr sein. »Hat Caro Ihnen gegenüber den Namen des Start-ups erwähnt?«

Pauline überlegte einen Moment, dann schüttelte sie den Kopf. »Fällt mir nicht mehr ein, sorry.«

»›Forever Young‹ vielleicht?«, half Fischbach aus.

Sie schlug sich die Hand gegen die Stirn. »Ja, klar, das war es. Eigentlich total einprägsam, aber wenn es darauf ankommt …« Sie sah zur Decke. »Wusch! Einfach fort. Woher kennen *Sie* denn den Laden?«

Fischbach überhörte erneut die Frage. Er zückte sein Smartphone, um Lea Kruse anzurufen. Doch ehe er die Büronummer wählen konnte, erschien sie im Türrahmen der Küche.

»Ich hab's!«, rief sie. Ihre Wangen leuchteten zartrosa.

Fischbach steckte das Handy zurück in die Hosentasche. »Was hast du?«, fragte er. »Das ist übrigens Pauline Hostert.«

Lea Kruse gab ihr die Hand. »Sehr erfreut. Kruse, Polizeianwärterin.« Sie wandte sich wieder an Fischbach. »Max Brandt ist bereits seit über zwei Wochen zurück. Mir kam vorhin die ›Polarstern‹ in den Sinn, also dachte ich mir, warum nicht als Erstes beim Alfred-Wegener-Institut nachfragen? Und bingo! Max Brandt war mit dem Forschungsschiff unterwegs. Normalerweise sind die zwar um diese Jahreszeit in der Antarktis. Aber wegen des Abschmelzens der Eismassen am Nordpol … naja, Klimaveränderung und so. Den Flug, mit dem Max Brandt zurückgekommen ist, habe ich dann auch rasch –«

Fischbach hob den Zeigefinger. »Stopp! Alles sehr interessant, aber bitte keine weiteren Details.« Er nickte in Richtung Pauline Hostert. »Nicht vor Außenstehenden.«

»Ja, klar … selbstverständlich. Blöd von mir«, haspelte Lea Kruse verlegen.

»Schon gut.« Fischbach schob ihr den Notizzettel hin und

tippte auf die Notizen, die er im Laufe von Pauline Hosterts Aussage ergänzt hatte. »Diese Person wird vermisst, eine junge Frau, die auch Kontakt zur Forever Young GmbH hatte. Bitte setze dich mit Frau Hostert zusammen und nimm ihre Aussage zu Protokoll, schreib alles auf, was wichtig für uns sein könnte. Je detaillierter, desto besser. In der Zentrale gibt es ein Musterformular für solche Fälle.« Er sah Pauline Hostert an. »Wenn Sie meiner Kollegin bitte noch mal all das erzählen würden, was wir gerade besprochen haben? Und Fotos wären gut. Haben Sie welche?«

»Kein Problem, kann ich mit dienen. Und auf Instagram finden Sie unzählige weitere. Aber was ist mit Caro?« Pauline Hostert war bleich geworden. »Sie wissen doch was. Caro ist in Gefahr, oder? Sagen Sie mir, was los ist!«

»Wir werden alles unternehmen, um Ihre Freundin zu finden, das verspreche ich Ihnen«, wich Fischbach aus. Zum einen wollte er Pauline Hostert nicht noch mehr beunruhigen, zum anderen wusste er ja nicht mit Gewissheit, ob Carola Kleve tatsächlich in Gefahr schwebte. »Wir bleiben in Kontakt«, sagte er daher und ließ die beiden Frauen in der Küche zurück.

Zielstrebig schlug er den Weg zu Bönickhausens Büro ein. Es wurde Zeit, die Ermittlungen auszuweiten.

40

Da er schon einmal vor Ort war, setzte sich Welscher nach dem Gespräch mit David Reinnarth noch kurz mit Lea Kruses Freund Nick zusammen.

»Ich helfe gern«, sagte Nick. »Trotzdem muss ich mir die Erlaubnis einholen.« Er bot Welscher einen Platz an seinem Arbeitsplatz an, der aussah, als wäre er mit der Frankfurter Börse verbunden. Drei riesige Monitore standen im Halbkreis nebeneinander, drei kleinere schwebten, von stabilen Aluminiumrohren gehalten, darüber. Über die Bildschirme zogen Zahlenkolonnen, zwei zeigten Aufnahmen von wechselnden Überwachungskameras. Durch die verglaste Außenwand hatte man zudem den Eingangsbereich und den Parkplatz im Blick.

»Klar«, äußerte Welscher Verständnis.

Während Nick mit Daria Reinnarth telefonierte, sah Welscher sich um. An der Wand stand ein rechteckiger Server, ein großer, grauer Klotz. Er summte wie ein Schwarm Bienen.

Die Arbeit in diesem klimatisierten Raum ist im Hochsommer vermutlich eine Wohltat, dachte Welscher. Er selbst warf bei Hitze einen altersschwachen Standlüfter an, ein Überbleibsel aus seiner ehemaligen Wohnung in Köln.

»Alles in Ordnung«, sagte Nick und ließ sich auf den Stuhl neben Welscher fallen. Er grinste und hob den Daumen. »Die Chefin hat ihr Okay gegeben. Also, was möchtest du wissen?«

Welscher rollte näher zum Schreibtisch, tippte auf einen der Monitore mit den Kamerabildern. »Ist die Überwachung lückenlos? Und wie lange werden die Daten gespeichert?«

Nick nahm einen Bleistift und trommelte damit lässig einen Rhythmus auf der Kante des Tisches. »Lückenlos? Nur im Außenbereich. Im Gebäude jedoch nicht. Das wollen wir auch gar nicht.«

»Ach so? Warum nicht?«

»Wir respektieren die Privatsphäre unserer Kunden. Die Krankenzimmer sind sowieso tabu. Aber auch die Angestellten sollen nicht den Eindruck haben, sie würden überwacht. Daher gibt es Kameras nur in den Fluren, im Empfangsbereich und seit einigen Wochen in den Lagerräumen und in der Blutbank. Demnächst werden wir auch die Kameras im Keller mit der Kryonikanlage in Betrieb nehmen können. Alle Daten werden ein halbes Jahr gespeichert.« Er deutete mit dem Bleistift auf den großen Serverklotz. »Das ist unser Speicherbiest. Ich vermute, in Silicon Valley beneidet man uns darum.« Er zwinkerte amüsiert. »Der allein frisst die Hälfte der Energie, die wir hier verbraten.«

»Beeindruckend«, sagte Welscher. »Und du hast Zugriff auf alles, was das … äh … das Biest so speichert?«

»Klar.«

»Haben die Kameras in den letzten Wochen etwas Ungewöhnliches aufgezeichnet?«

Nick schüttelte den Kopf. »Nein, nichts. Das wäre anders gewesen, hätten wir die Blutbank eher ans Sicherheitssystem angeschlossen.«

Erwartungsvoll beugte Welscher sich vor. »Was genau meinst du damit?«

Nick zog die Tastatur näher zu sich und gab einen Code ein. Auf dem mittleren Monitor in der unteren Reihe erschien ein Kamerabild. Es zeigte große Kühlschränke, alle mit Glastüren versehen. Dahinter hingen mit dunkler Flüssigkeit gefüllte Beutel. »Das ist die Blutbank«, erläuterte er. »Bevor wir die Kamera in Betrieb nahmen, verschwanden hin und wieder Blutkonserven.«

»Wie lange ist das her?«

»Gut vier Wochen, denke ich.«

»Sehr interessant«, murmelte Welscher. »Ich nehme an, dass niemand des Diebstahls überführt wurde?«

»So ist es leider. Mir persönlich ist schleierhaft, wer überhaupt auf eine so bescheuerte Idee kommt. Ich meine, hallo? Blut?« Er sah Welscher an und tippte sich an die Stirn. »Gibt es dafür einen Schwarzmarkt? Oder überhaupt irgendwelche Abnehmer?« Ohne Welschers Reaktion abzuwarten, beantwortete er die Frage selbst. »Eben, nein, gibt es nicht. Was macht derjenige also mit dem Zeug?«

»Google nachher mal den Namen ›Peter Kürten‹«, sagte Welscher. »Du wirst dich wundern, auf welche Ideen manche Menschen kommen … Wer hatte denn zum Zeitpunkt der Diebstähle Zugang zur Blutbank?«

Nick blies die Wangen auf und kratzte sich verlegen im Nacken. »Das ist jetzt etwas peinlich.«

»Warum?«

Er tippte auf die Codekarte, die, gehalten von einem Clip, am Hosenbund seiner Jeans baumelte. »Die Dinger sind gleichzeitig Schlüsselkarten. Das Gebäude ist in Abschnitte eingeteilt. Für jede Zone gibt es individuelle Berechtigungen. Die sind entsprechend dem Mitarbeiterstatus auf den Karten codiert und erlauben oder verweigern den Zugang.«

»Das beantwortet noch nicht meine Frage. Wer hatte Zugang? Ich nehme an, in die Blutbank dürfen nur wenige Angestellte.«

Nick machte ein zerknirschtes Gesicht. »Schon. Also … eigentlich.«

»Aber?«

»Die Bauarbeiten«, stieß er aus, als wäre damit alles erklärt.

»Okay … Welche genau?«

»Im Keller, die neue Anlage.«

»Die für das Einfrieren?«

»Ja, die.« Nick holte mit ein paar Klicks auf der Tastatur ein Bild auf den linken Bildschirm. Ein mit Technik vollgestopfter Raum. »Inzwischen ist alles erledigt. Nur noch wenige Tests, dann soll es losgehen. Die ersten Interessenten stehen schon auf der Matte.«

Im Hintergrund sah Welscher eine Stahltür. Er tippte darauf. »Ist das der Ausgang?«

»Nein. Dahinter befindet sich die Schlafhalle.«

»Schlafhalle?«

»So nennen wir es.« Nick grinste. »Die Handwerker haben es die ›Totenkammer‹ genannt«, raunte er. »Dort sollen die eingefrorenen Körper aufbewahrt werden.«

»Gibt es dort auch Kameras?«

»Nein. Die Pietät verbietet das, sagt die Chefin.«

»Okay, gut. Aber was ist denn jetzt mit den Codekarten?«

»Ach ja, stimmt.« Nick stützte sich an der Tischkante ab und wirbelte auf dem Drehstuhl zu Welscher herum. »Während der Bauarbeiten ging es hier zu wie abends in einem Glasfaserkabel, wenn alle Haushalte gleichzeitig streamen.«

Nerd, dachte Welscher und lächelte. »Du meinst: wie in einem Taubenschlag?«

Nick lachte. »Krudes Bild, wenn du mich fragst. Ich habe noch nie Tauben beobachtet, weiß also nicht, was die zu Hause so treiben. Es gab Probleme mit dem Datenbus. Der wurde bei den Arbeiten für die Kryonikanlage beschädigt. Das führte zu einer Überspannung, die einige Bauteile im Server durchbrutzeln ließ. Weitere Schäden kamen hinzu, ich will dich aber nicht mit Details überfrachten. Entscheidend ist, dass es während dieser Zeit nur eine Zone gab, die Zone 0. Es dauerte Wochen, bis ich das wieder im Griff hatte.«

»Verstehe ich das jetzt richtig: Während dieser Zeit konnte jeder, der eine Karte besaß, im Gebäude überall hin?«

»Theoretisch schon. Es wusste aber eigentlich niemand davon. Die Chefin entschied, den Betrieb weiterlaufen zu lassen und darauf zu vertrauen, dass alle gemäß ihren Freigaben handelten. So, wie sie es eben gewohnt sind.« Nick zuckte mit den Schultern. »Nicht ganz optimal, das gebe ich zu, aber doch recht effektiv. Alles ging weiter seinen üblichen Gang.«

Sieht man mal von den Blutdiebstählen ab, dachte Welscher sarkastisch. »Wer wusste sonst noch darüber Bescheid?«

»Offiziell nur die Chefin und ich. Vermutlich hat sie es auch ihrem Mann erzählt. Es ist natürlich nicht auszuschließen, dass einer der Angestellten es zufällig herausgefunden hat. Du weißt ja, wie so was abläuft. Er flüstert es einem Kollegen weiter, der probiert es ebenfalls aus … Und zack, hat man einen Buschbrand.«

»Aber eine Codekarte musste man schon besitzen, oder?«, versicherte sich Welscher. »Niemand konnte von der Straße einfach so in die Blutbank spazieren und einen Beutel stehlen.«

»Da kann ich dich beruhigen. Eine Codekarte war notwendig. Zumindest das konnte ich sicherstellen.«

»Ich brauche eine Liste aller Personen, die während dieser Zeit eine Karte besessen haben. Inklusive der Handwerker, die hier gearbeitet haben. Ist das möglich?«

»Kein Problem. Können wir sofort erledigen«, sagte Nick. Er schnappte sich seine Tastatur und gab Befehle ein. Kaum eine Minute später zog er drei beschriftete Blätter aus dem Ausgabeschacht des Druckers und reichte sie Welscher.

Der bedankte sich und überließ Nick wieder seinen Aufgaben.

Auf dem Parkplatz angekommen, lehnte Welscher sich an den Kotflügel seines Porsches und überflog die Liste, auf der neben den Namen sogar die Kontaktdaten standen. Auf der zweiten

Seite blieb er bei einem Eintrag hängen, den er nicht erwartet hatte. »Das ist ja ein Ding«, murmelte er.

Rasch rollte er die Seiten zusammen, steckte sie in die Innentasche seiner Jacke und stieg in den Wagen.

Mal sehen, was die anderen dazu meinen, dachte er und gab Gas.

41

Müde rieb Fischbach sich die Augen. Er schaltete die Schreibtischlampe ein und die grelle Deckenbeleuchtung aus.

Welscher löste seinen Blick von den Metaplänen. »Machen wir es uns jetzt gemütlich?«

»Haben wir uns das nicht verdient?«, entgegnete Fischbach.

Seit Welschers Rückkehr am frühen Nachmittag hatten sie gemeinsam mit Lea Kruse ihre Informationen neu sortiert, Theorien entwickelt, mögliche Motive gesucht und nicht zuletzt die Fahndung nach Carola Kleve ausgelöst. Es herrschte inzwischen eine Stimmung wie bei einer Bombenentschärfung. Jeder von ihnen spürte, dass sie dicht an einem Durchbruch waren. Die Anwärterin war vor einer halben Stunde gegangen, nachdem sie Luca Gerber, Max Brandt, Daria Reinnarth und deren Mann telefonisch für den morgigen Tag zu einem Gespräch in die Dienststelle eingeladen hatte.

»Was denkst du, wo wir morgen Abend um diese Zeit stehen werden?«, fragte Welscher.

Fischbach tigerte zum Fenster und lehnte sich an die Fensterbank. Das Licht der Straßenlaternen erhellte die Kölner Straße. Sah man von Welschers Porsche ab, zeigte sich der Parkplatz verwaist. Er schaute seinen Kollegen an und verzog das Gesicht. »Bin ich ein Orakel? Zumindest haben wir alle hier vor Ort. Das spart Zeit.«

»Zeit, die Carola Kleve vielleicht das Leben retten wird?«

»Bestenfalls ja.«

Fischbachs Magen knurrte vernehmlich.

Welscher lachte. »Hört sich an, als ob ein Alien in deinem Bauch heranwächst. Würde mich nicht wundern, wenn Sigourney Weaver gleich hier auftaucht.«

»Wer?«

»Die Schauspielerin? ›Alien‹, der Film? Musst du doch kennen. Ist Kult.«

Fischbach kramte in seinem Gedächtnis und konnte sich vage an irgendwelche Filmplakate erinnern. »Ich bin nicht so ein Kinogänger. Und wenn doch mal, habe ich mir Bud Spencer und Terence Hill angeschaut.«

Er rechnete mit einem abfälligen Kommentar, doch Welscher überraschte ihn: »Okay, auch kultig.«

Wieder grummelte Fischbachs Magen. »Sollen wir für heute unsere Zelte hier abbrechen? Kannst mit zu mir kommen. Sigrid hat vorhin gesimst, dass sie einen Eifeler Topfkuchen vorbereitet hat.«

Welscher sprang auf und riss enthusiastisch die Jacke von der Rückenlehne seines Stuhls. »Na, worauf warten wir dann noch?«

»Und Larissa?«

»Die ist bei Freunden in Luxemburg und wird dort übernachten. Bin heute also Strohwitwer.«

Zusammen verließen sie das Büro.

Sigrid kratzte den Rest aus der Auflaufform und legte ihn Welscher auf den Teller. »Iss, Jung. Gute Hausmannskost. Bald gibt es für dich nur noch Hamburger.«

»Erinnere mich nicht daran«, beschwerte sich Welscher.

»Wieso? Bereust du deine Entscheidung etwa schon?«, fragte Sigrid.

»Natürlich nicht.« Welscher stopfte sich einen Happen in den Mund.

Fischbach spitzte die Ohren. Das war eine Spur zu hastig über die Lippen des Kollegen gerutscht, so als müsste er sich selbst überzeugen.

»Nichts gegen die amerikanische Küche, doch für ihre Vielfältigkeit ist sie nicht gerade bekannt. Und immer nur Hamburger oder Steaks ... Bäh, das muss nicht sein. Ist mir dann doch zu fleischlastig.«

»Deine Mutter kann doch für dich etwas Anständiges kochen«, sagte Fischbach. »Döppekochen zum Beispiel. Auch Fleisch, aber die Kartoffeln überwiegen.«

Welscher schob sich den letzten Bissen in den Mund und legte das Besteck auf den Teller. »Wir werden sehen«, sagte er mit vollem Mund.

Sigrid holte Schnapsgläser und goss für sich und Fischbach einen Schlehenbrand ein. Sie prosteten sich zu und tranken.

»Wie kommt ihr voran?«, fragte sie.

Fischbach schob ihr das Glas zum Nachfüllen hin. Heute musste er nicht mehr fahren. Nach dem mächtigen Essen mit Bauchspeck und Kartoffeln half ein doppelter Schabau dem Wohlbefinden. »Wir haben vier Personen im engeren Kreis«, berichtete er. »Die werden wir morgen vernehmen.«

Sigrid nickte anerkennend und goss nach. »Hört sich vielversprechend an.«

»Nun ja, man kann es auch anders interpretieren«, wandte Welscher ein. »Wir haben nichts Konkretes, agieren aufgrund von Indizien, Vermutungen und Bauchgefühl.«

»Trotzdem denke ich, dass wir auf dem richtigen Weg sind«, sagte Fischbach.

Das Telefon läutete.

Sigrid stand auf und ging in den Hausflur. Sie meldete sich, hörte ein paar Sekunden lang stumm zu und kam dann mit dem Hörer in der Hand in die Küche zurück. »Ist für dich, Schnäuzelchen.«

Fischbach warf ihr einen bösen Blick zu, sagte aber nichts und nahm das Gerät entgegen. »Ja?«

»Lea hier. Entschuldige die späte Störung, Hotte. Aber Jan geht nicht ans Telefon, daher dachte ich ...«

»Schon gut«, sagte Fischbach. »Er ist hier bei mir. Wir haben gerade gegessen, und dabei hat er sein Handy ausgeschaltet.«

Er bemerkte, wie Welscher das Gerät aus der Tasche holte und einschaltete.

»Nick will euch sprechen«, sagte Lea Kruse. »Ich gebe dich weiter.«

Es raschelte, dann war Nicks Stimme zu hören. »Lea hat mir von dieser Carola Kleve erzählt.«

Im ersten Augenblick wollte Fischbach Lea Kruse zurechtweisen. Wie konnte sie nur im trauten Heim über ihre Ermittlungen reden? Dann fiel sein Blick auf Sigrid. Wie oft hatte er Fälle mit seiner Frau diskutiert? Das letzte Mal war keine fünf Minuten her. Gott, Sigrid kannte vermutlich die Details aus *all seinen* Mordfällen. Er war also keinen Deut besser. Daher entschied er sich, darüber hinwegzugehen. »Sie ist Blutspenderin bei Forever Young. Das wissen wir«, sagte er zu Nick.

»Weißt du auch, dass die Kundin, die ihr Blut erhalten sollte, ihre Behandlung bei uns abgesagt hat?«

»Nein, das wusste ich tatsächlich nicht. Und warum?«

»Tja, das ist die entscheidende Frage. Von Lea weiß ich, dass Viktor Brandt seinen Termin ebenfalls kurzfristig gecancelt hatte. Ich habe daher einfach mal einen Report geschrieben –«

»Einen was?«

»Ich habe die Datenbank ausgewertet.«

»Ach so, klar.«

»Dabei ist herausgekommen, dass es in den letzten Wochen insgesamt sieben solcher Absagen gab.«

»Interessant.«

»Finden wir auch. Lea hat die Liste und bringt sie morgen mit ins Büro.«

»Gut.« Fischbach trommelte aufgeregt mit den Fingern auf dem Tisch, Welscher und Sigrid beobachteten ihn aufmerksam. »Sag mal, Nick …«

»Ja?«

»Die Kundin, für die Carola Kleve Blut spendete, wie erreiche ich die?« Mit einem hastigen Winken bat er Sigrid, ihm ein Notizblatt und einen Stift vom Küchenschrank zu geben. Sie reichte ihm das Gewünschte.

Nick gab ihm Namen und Adresse durch. »Wohnst du nicht in der Nähe? Lea hat so etwas erwähnt.«

»Ja. Ist nicht weit weg«, antwortete Fischbach und wunderte sich, wie klein die Welt manchmal war.

»Kann ich sonst noch etwas für euch tun?«, wollte Nick wissen.

»Ja«, sagte Fischbach und räusperte sich.

»Was denn?«

»Bitte kein Wort zu irgendjemandem. Das bleibt unter uns, verstanden?«

Nick lachte. »Selbstverständlich, bin ja nicht blöd. Könnte mich meinen Job kosten, und den liebe ich. Da gehe ich kein Risiko ein. Sonst noch was?«

»Auch wenn ich nerven sollte, kann ich Lea noch mal sprechen?«

»Kein Problem.« Wieder raschelte es, dann meldete sich Lea Kruse mit hoher Stimme. »Ich weiß, Hotte, dass ich nicht mit Nick über die Ermittlung –«

»Ist schon in Ordnung.«

Einen Moment lang blieb es still in der Leitung. Dann fragte Lea Kruse: »Echt jetzt?«

»Ja, Schwamm drüber«, bestätigte Fischbach. »Ich habe Nick um Stillschweigen gebeten. Du hältst dich bitte auch daran.«

»Klar.«

Nach der Verabschiedung legte Fischbach das Telefon auf den Tisch und berichtete. Als er damit fertig war, drückte er sich von der Bank hoch. »Komm mit«, wies er Welscher an.

Erstaunt runzelte der die Stirn. »Wohin?«

»Wir gehen spazieren.«

42

Welscher folgte Fischbach. Insekten umschwirrten die Straßenlaternen, irgendwo in weiter Ferne bellte ein Hund. Zusammen betraten sie das Foyer des Altenheims an der Kölner Straße in Kommern.

»Moment mal«, sagte Welscher. »Dieses Heim kenne ich doch. Wohnt hier nicht deine Mutter? Und hier treffen wir die Kundin, die Carola Kleves Blut bekommen sollte?«

Fischbach buckelte und machte mit den Händen eine beschwichtigende Geste. »Nicht so laut.«

»Warum? Hast du Sorge, dass deine Mutter deine Anwesenheit bemerkt?« Welscher wusste, dass Fischbach seine Mutter liebte. Er hatte ihr vor einiger Zeit während einer Entführung sogar selbstlos das Leben gerettet. Doch mit den Besuchen bei ihr hielt er sich zurück, obwohl sie keinen Kilometer voneinander entfernt wohnten.

Eine Tür rechts von ihnen schwang auf, und ein junger Mann erschien. Verdutzt sah er sie an. »So spät noch? Eigentlich haben wir keine Besuchszeit mehr.«

»Es ist ein Notfall«, sagte Fischbach und zückte seine Messingmarke.

Der junge Mann beäugte skeptisch die Marke. »Was ist das? Ein Chip für einen Einkaufswagen?«

Welscher seufzte und holte den Dienstausweis aus seiner Innentasche. »Polizei. Wir möchten bitte mit Frau Gertrude Leinenweber sprechen.«

Der Mitarbeiter trat einen Schritt näher, studierte Welschers Ausweis und sagte dann: »Die Gräfin?«

Welscher steckte den Ausweis wieder ein. »Dass Frau Leinenweber adelig ist, wussten wir nicht.«

»Nein, nein, ist sie auch nicht.« Der Pfleger lachte. »Wir nennen sie so, weil sie ein wenig … hm … überkandidelt ist. Aber machen Sie sich selbst ein Bild. Sie spielt Backgammon im Kaminzimmer, den Flur runter und dann links.« Damit ließ er sie allein und stürmte die Treppe hinauf in eins der Obergeschosse.

»Die Jugend von heute«, brummte Fischbach und ging voraus. »Kennt nicht einmal mehr eine Kripomarke.«

»Dann nimm halt endlich deinen Dienstausweis.«

»Zu sperrig.«

»Oder zu uncool?«, stichelte Welscher.

Fischbach ging nicht darauf ein. Stattdessen klopfte er an der besagten Tür und trat ein. »Oh!«, entfuhr es ihm, als er sah, wer mit Gertrude Leinenweber am Spielbrett saß.

Welscher griemelte. Der Kollege war seiner Mutter direkt in die Arme gelaufen.

»Jung?«, rief Frau Fischbach überrascht, stand auf und umarmte ihren Sohn. »Was machst du denn hier?« Sie hielt ihn etwas auf Abstand. »Habe ich heute etwa Geburtstag? In meinem Alter ist ja jeder Tag wie der andere, und man kommt rasch durcheinander.«

Verlegen tänzelte Fischbach von einem Bein auf das andere. »Nein, nein, Mama. Wir waren nur gerade in der Nähe und dachten uns … äh … dachten uns …«

»Wir müssen mit Frau Leinenweber sprechen«, sagte Welscher, ehe Fischbach sich um Kopf und Kragen redete. Er wandte sich an die andere Dame, die kerzengerade am Spieltisch saß. »Habe ich das Vergnügen, Frau Gertrude Leinenweber gegenüberzustehen?«

Die ältere Dame sah ihn aus grauen, listig blitzenden Augen an. Ihr fast weißes Haar fiel ihr bis auf die Schultern, das hellgraue Kostüm saß wie angegossen. Sie sah aus, als wartete sie auf ihren Verehrer, der sie zu einer Tanzveranstaltung eingeladen hatte.

»Das haben Sie, junger Mann«, sagte Gertrude Leinenweber mit einer kräftigen Stimme, wie Welscher sie aufgrund ihres zierlichen Körpers nicht erwartet hätte.

»Mama«, sagte Fischbach, »würdest du uns eine Weile allein lassen?«

Missmutig schaute Fischbachs Mutter zu ihrem Sohn auf. »Und ich hatte gehofft, du kommst *mich* besuchen.« Sie hob die Nase und schnupperte. »Gesoffen hast du auch wieder.«

Fischbach lief rot an. »Mama, ich habe nur einen Schnaps nach dem Essen –«

»Zwei«, warf Welscher ein, der nicht widerstehen konnte, Öl ins Feuer zu gießen.

Fischbachs Mutter löste sich von ihrem Sohn. »Jetzt lügst du

mich also auch noch an. Jung, wie tief bist du nur gesunken?«
Dann rauschte sie davon und knallte die Tür hinter sich zu. Eine
Vase auf dem Sims des elektrisch betriebenen Kamins wackelte.

»Nehmen Sie es ihr nicht übel«, sagte Gertrude Leinenweber.
»Ihre launische Art ist legendär. Was verschafft mir denn die
Ehre?«

Welscher setzte sich an den Spieltisch. Der Duft nach 4711,
eine Mischung aus Zitrusfrüchten, Lavendel, Rosmarin und Ber-
gamotte, lag in der Luft und rief angenehme Kindheitserinne-
rungen an seine Großeltern bei ihm hervor.

Fischbach zog sich vom Nebentisch einen Stuhl heran. »Wir
möchten Sie nicht lange vom Spielen abhalten, Frau Leinenweber.
Daher und aufgrund der vorgerückten Stunde komme ich direkt
zur Sache.«

Die alte Dame verschränkte ihre Hände auf dem Tisch. Welscher bemerkte die fein manikürten Fingernägel. »Ich erhalte
nur noch selten Herrenbesuch. Ihr Interesse an meiner Person
schmeichelt mir. Sie müssen sich nicht beeilen.«

Fischbach schaute verdattert. »Ja, dann … gut, also … äh …
trotzdem. Frau Leinenweber, Sie wollten sich kürzlich einer
Behandlung unterziehen, die von der Forever Young GmbH
angeboten wird?«

»So ist es«, sagte Gertrude Leinenweber und setzte sich in
Pose. »Ich zähle neunzig Lenze und fühle mich trotzdem noch
zu jung, um alt auszusehen.« Sie kicherte kokett.

Welscher beugte sich vor. »Das haben Sie aber noch lange nicht
nötig«, sagte er ernst.

Gertrude Leinenweber legte ihm kurz die Hand auf den
Unterarm. »Sie Charmeur, Sie. Wenn ich nur vierzig Jahre jün-
ger wäre …« Sie wandte sich wieder an Fischbach. »Ich hoffe,
ich habe nicht gegen ein Gesetz verstoßen. Mir wurde versichert,
dass an der Behandlung alles rechtens sei.« Sie winkte ab. »Aber
eigentlich spielt das keine Rolle mehr, denn ich habe den Termin
ohnehin abgesagt.«

»Das wissen wir«, verkündete Fischbach. »Darum sind wir
hier.«

Zum ersten Mal seit ihrem Eintreffen wich das Lächeln aus Gertrude Leinenwebers Gesicht. »Sie sehen mich überrascht.«

»Warum haben Sie sich letztendlich gegen eine Behandlung entschieden?«, fragte Fischbach.

Sie hob das Kinn, es wirkte abweisend. »Nun, weil ich sie nicht nötig habe. Oder sind Sie anderer Meinung?«

Fischbach fasste sich verlegen in den Nacken und lief erneut rot an. »Nein, nein, ich … äh … ganz sicher nicht.«

Stumm amüsierte sich Welscher. Im Umgang mit dem weiblichen Geschlecht war sein Kollege so unbeholfen wie eine auf dem Rücken liegende Schildkröte. Dabei war es so einfach: Mit ein wenig Charme und gestelztem Tun konnte man Gertrude Leinenweber um den Finger wickeln. »Ich bin da ganz bei Ihnen«, sagte er. »Ihre Haut gleicht einer frisch gepflückten Aprikose.«

Sie nickte ihm huldvoll zu. »Vielen Dank. Damit ist diese Sache geklärt. Wäre das alles?«

Welscher schüttelte den Kopf. »Leider nein. Es ist so, Frau Leinenweber, dass wir in zwei Mordfällen ermitteln. Sie können uns womöglich helfen, den oder die Täter zu überführen. Und nicht nur das. Es gilt, eine vermisste Person zu finden. Dabei kommt es auf jede Minute an, es geht um Leben und Tod.«

Ihre Augen wurden größer, und sie schlug erschüttert eine Hand vor den Mund. »Mord? Ich wusste ja nicht …«, hauchte sie.

»Selbstverständlich nicht«, beteuerte Welscher.

Sie ließ den Arm fallen, ruckte einmal auf dem Stuhl hin und her und straffte sich. »Also gut! Was möchten Sie wissen?«

»Wie mein Kollege schon sagte: warum Sie sich gegen eine Behandlung entschieden haben.«

»Hm, ›gegen eine Behandlung‹«, sagte sie, »das stimmt so nicht. Vergangene Woche erhielt ich einen dubiosen Anruf. Der Anrufer –«

»Ich bitte um Entschuldigung«, warf Welscher ein. »Wissen Sie noch den genauen Tag?«

Sie überlegte, sagte dann: »Es war Sonntag. Der 4. April.«

»Ganz sicher?«

»Zu einhundert Prozent. Ich habe mit einigen Bewohnern den Tatort geschaut. Wegen des Anrufs habe ich die Auflösung verpasst.«

»Ein ausgezeichnetes Gedächtnis«, schmeichelte Welscher. Gertrude Leinenweber lächelte. »Nicht wahr?«

»Kannten Sie den Anrufer?«

»Eine Antwort darauf fällt mir schwer.«

»Warum?«

»Die Stimme war so seltsam, irgendwie wie ein Roboter.«

»Bestimmt elektronisch verfärbt«, murmelte Fischbach.

»Ja, kann sein«, stimmte Gertrude Leinenweber zu. »Man bot mir die Anti-Aging-Behandlung für die Hälfte an.«

»Haben Sie zugestimmt?«, fragte Welscher.

»Nicht sofort, vor allem, weil ich Vorkasse leisten sollte. Jedoch versprach man mir die gleiche Qualität und Güte bei der Behandlung. So wurde ich am Ende schwach. Wir reden hier immerhin über rund fünfzigtausend Euro. Was hätten Sie an meiner Stelle getan?«

»Ich hätte auch so entschieden«, log Welscher. »Wie haben Sie bezahlt?«

»Eine Auslandsüberweisung mit Best Western.«

»Western Union«, korrigierte Welscher.

»Oder so.«

»Den Termin bei Forever Young haben Sie daraufhin abgesagt?«

»So ist es.«

»Wie ging es weiter?«

Gertrude Leinenweber wirkte jetzt verärgert. Sie schubste einen Backgammonstein, dann einen weiteren. »Wenn ich das nur wüsste. Zwar besuchte mich gestern Abend diese Frau und redete mit mir. Aber konkret ist sie nicht geworden. Eine Unverfrorenheit! Als hätte ich alle Zeit der Welt.«

»›Diese Frau‹?«, hakte Fischbach nach.

»Na, die von der Firma, diese Frau Doktorin.«

»Meinen Sie Daria Reinnarth?«

Gertrude Leinenweber nickte heftig. »Ja, so heißt sie, genau die meine ich. Als sie hier erschien, wurde mir alles klar.«

»Nämlich?«

»Ein Geschäft an der Steuer vorbei. Schwarz halt. Was zunächst wie ein Konkurrenzangebot klang, war dieselbe Firma, die ihre eigene Leistung unterbot.«

Welscher wechselte einen vielsagenden Blick mit Fischbach. Sie dachten dasselbe. Daria Reinnarth war irgendwie in die ganze verworrene Sache involviert. »Worüber haben Sie geredet?«

»Über dies und das. Sie war sehr nett, aber sie erschien mir zugleich angespannt und zerstreut. Sie fragte mich doch glatt nach dem Anruf. Ich meine, sie wird wohl wissen, was besprochen wurde. Schließlich muss sie irgendjemanden damit beauftragt haben«, erklärte Gertrude Leinenweber entrüstet. Dann gewann sie ihre gewohnte Fassung zurück. »Frau Reinnarth hat immerhin versprochen, sich wieder zu melden. Warten wir also ab, wie es weitergeht.«

Welscher zog eine Visitenkarte aus seinem Portemonnaie. »Bitte geben Sie uns Bescheid, sobald Frau Reinnarth Kontakt zu Ihnen aufnimmt.«

Gertrude Leinenweber hielt die Karte ehrfürchtig mit beiden Händen und las, wobei sie die Arme durchstreckte und sich etwas nach hinten lehnte. »›Hauptkommissar Jan Welscher‹.« Sie strahlte ihn an. »Ich werde dieser Bitte gern nachkommen, wenn Sie mir versprechen, mich zum Tanzen auszuführen.«

»Auch wenn ich mich ungern erpressen lasse, es wäre mir eine große Ehre«, erwiderte Welscher lächelnd.

Sie bedankten sich bei Gertrude Leinenweber und verließen das Altenheim. Auf dem Weg nach draußen sah Fischbach sich einige Male gehetzt um. Sicherlich fürchtete er, wieder seiner Mutter in die Arme zu laufen.

43

Sie kämpfte. Wehrte sich mit Händen und Füßen gegen die grauen Tentakel, die sie zurück in das Vergessen ziehen wollten. Ihr Herz raste, sie kam sich vor, als würde sie in einem Meer aus Tinte dahingleiten. Unter ihr lag eine undurchdringliche, angsteinflößende Schwärze. Sie blickte nach oben. Dort lockte ein warmes Licht, angenehm wie eine Nachmittagssonne im Frühling am wolkenlosen Himmel. Dorthin musste sie. Sie bewegte die Arme, schaufelte die Schwärze zur Seite, die sie an Ort und Stelle zu halten schien, als wäre es Klebstoff. Wild schlug und trampelte sie um sich wie eine Ertrinkende, die alles daransetzte, zurück an die Wasseroberfläche zu kommen. Doch sosehr sie sich auch bemühte, sie kam nicht vom Fleck. Panik ergriff sie. Das Licht wurde schwächer, entfernte sich.

»Ganz ruhig«, hörte sie eine sanfte Stimme sagen.

Sie hielt inne, lauschte. Mama? Sprach sie zu ihr? Waren ihre Eltern zurück, herbeigeeilt, um sie zu retten?

»Es wird alles gut. Lass dir Zeit.« Die Stimme summte ein Lied.

Die aufflackernde Zuversicht verlieh ihr neue Kräfte. Sie konzentrierte sich auf ihre Bewegungen, koordinierte Arme und Beine, klappte sie auf und zu wie beim Brustschwimmen. Das Licht wurde wieder intensiver, schien jetzt durch sie hindurchzuscheinen und sie zu wärmen. Vor Freude brach sie in Tränen aus. Nur noch wenige Züge, kräftig, gleichmäßig, konzentriert …

Sie schlug die Augen auf. Und schloss sie sofort wieder. Es ging nicht anders. Ihr war übel, der bittere Geschmack in ihrem Mund ließ sie würgen. In ihrem Schädel hämmerte es schmerzhaft im Takt ihres Pulses, ihre Ohren schienen mit Watte ausgestopft zu sein. Die Federn der Matratze drückten unangenehm in ihr Fleisch.

»Da bist du ja«, hörte sie wieder die Stimme.

Sie strengte sich an, öffnete die Augen einen Spaltbreit und schaute nach rechts. Eine Gestalt … nein … Ihr Blick klärte sich, aus den anfänglichen Schemen formten sich Details.

Eine Frau saß an ihrer Seite und lächelte sie an. Sie tunkte einen Waschlappen in ein Glas und drückte den Stoff sanft an ihren Mund. Ihre Bewegungen waren fließend und routiniert, sie schien zu wissen, was sie tat.

Die Feuchtigkeit an ihren rissigen Lippen dämpfte den stechenden Schmerz.

»Du musst trinken«, sagte die Frau. »Saug.«

Sie versuchte es. Spürte, wie Wasser an ihrem Kinn hinabrann, aber auch, wie es kühlend die Zunge benetzte. Es tat so unglaublich gut. Die Gier übermannte sie, sie saugte wild, lechzte nach jedem Tropfen.

Die Frau lachte und zog den Lappen weg. »Langsam.«

Caro wimmerte wütend.

»Ja, ja, schon gut, ich verstehe dich«, sagte die Frau. »Es kommt sofort mehr davon. Du darfst aber nicht zu viel auf einmal zu dir nehmen, sonst erbrichst du alles.« Wie versprochen tunkte sie den Stoff erneut in das Wasserglas und hielt ihn an Caros Lippen.

Caro nuckelte daran, gab sich dem Rhythmus hin, den die Fremde ihr vorgab. Was blieb ihr auch anderes übrig? Hauptsache, sie musste nicht verdursten. Wie viel Zeit auf diese Weise verging, konnte sie nicht sagen. Aber als die Frau sagte, es würde für den Anfang reichen, war der schlimmste Durst gestillt. Und obwohl sie sich immer noch schwach und müde fühlte, spürte sie doch, dass ein Funken Lebensgeist in ihrem Innersten entfacht worden war. Sie mobilisierte alle Kraft, die sie aufbringen konnte, und drehte sich auf die Seite, auch um die Frau besser betrachten zu können.

Die Fremde saß auf der Bettkante und blickte aus grünen Augen zu ihr herab. Sie lächelte zuversichtlich. Ihr roter Zopf hing …

Caro stutzte. Moment! Etwas drängte sich in ihr Bewusstsein. Es dauerte einige Sekunden, bis ihr vollends klar wurde, dass sie nicht mehr am Bett festgeschnallt war. Sie lag auf der Seite, Beweis genug, oder? Vorsichtig zog sie ihre Beine an, blieb in Embryonalhaltung liegen und seufzte selig. Was für eine Wohltat. Die Erkenntnis, nicht mehr an die Maschine angeschlossen zu sein, machte das Glück perfekt. Dort, wo bisher die Nadel durch die Haut stach, klebte ein Pflaster in ihrer Armbeuge.

»Weißt du, wer ich bin?«, fragte die Frau.

Caro betrachtete sie eingehender. Es strengte sie an. Wenn sie doch nur nicht so erschöpft wäre. Jeder Wimpernschlag kostete sie übermenschliche Anstrengung. Vor ihr schwebte das schmale Gesicht, die perfekte Nase … Ja, irgendwoher kannte sie die Frau. Doch woher nur?

»Ich bin Mitgesellschafterin der Forever Young GmbH, mein Name ist Dr. Daria Reinnarth. Du spendest Blut bei uns. Nenn mich Daria, auf Förmlichkeiten müssen wir jetzt keinen Wert legen.«

»Der Flyer«, murmelte Caro heiser. Auf der Rückseite war ein Porträt der Frau abgedruckt gewesen.

Daria Reinnarth nickte. »Persönlich begegnet sind wir uns bisher nicht, soweit ich das in Erinnerung habe.«

Da das Sprechen schmerzte, schüttelte Caro nur den Kopf.

Daria Reinnarth beugte sich vor und zog die Decke fürsorglich bis zu ihrem Kinn hinauf. »Wie fühlst du dich?«

»Wie … ausgekotzt.« Ein unkontrolliertes Glucksen entrang sich ihrer Kehle, was ihr strapazierter Körper sofort mit einem heftigen Schwindel quittierte.

»Verständlich«, sagte Daria Reinnarth. »Du hast viel Blut verloren.«

Jetzt, da es ihr besser ging – obwohl … es so zu nennen, war eine maßlose Übertreibung … eher: weniger schlecht –, keimte in ihr die Angst auf. Was wollte die Ärztin von ihr? Warum kümmerte sie sich um sie, päppelte sie auf, redete mit ihr? Deutete der unmaskierte Auftritt darauf hin, dass Caro nicht am Leben bleiben sollte? Gönnte man ihr einen Moment Pause, um wieder etwas zu Kräften zu kommen, nur um später weiter Blut abzusaugen? Caros Magen krampfte sich zusammen, und fast hätte sie das Wasser erbrochen. Nur unter größter Anstrengung konnte sie es verhindern.

Daria Reinnarth schien es bemerkt zu haben, denn sie strich

ihr eine Haarsträhne aus dem Gesicht. »Siehst du? Deswegen die Vorsicht beim Trinken.«

Caro hätte am liebsten die Hand weggeschlagen, doch auch dazu fühlte sie sich zu schwach. Sie sammelte alle Kraft, die sie in sich finden konnte, und fragte: »Warum ich?«

Daria Reinnarths Hand erstarrte. Sie zog den Arm zurück und wirkte auf einmal unnahbar. »Du hast die Blutgruppe AB negativ?«

Caro nickte.

»Deswegen«, sagte Daria Reinnarth jetzt fast schroff. »Es gibt keinen anderen Grund.«

»Die Blutgruppe?«, lallte Caro und kämpfte gegen die Müdigkeit an, die so stark war, dass sie sogar ihre Angst verdrängte.

Wieder strich Daria Reinnarth ihr über das Haar, versöhnlich diesmal. »Ja, die Blutgruppe.«

Caro hörte es kaum noch. Der Schlaf übermannte sie und zog sie zurück in das Meer aus dunkler Tinte.

44

Langsam schien die Grippewelle nachzulassen. Heute Morgen parkten bereits deutlich mehr Wagen vor dem Dienstgebäude. Fischbach stellte die Harley auf den Ständer und nahm den Stahlhelm ab. Sein Smartphone klingelte. Es war Andrea Lindenlaub.

»Ich wollte dir nur mitteilen, dass Lea über das Angebot von Thomas nachdenkt. Sie hat mir vorhin eine Mail geschrieben«, sagte Andrea nach der Begrüßung.

»Immerhin etwas.«

»Ja. Sie will sich allerdings Zeit nehmen und gründlich abwägen. Erwarte also kein schnelles Ergebnis.«

»Alles klar. Danke für deinen Anruf.«

Sie verabschiedeten sich, und Fischbach steckte sein Handy

wieder ein. Ein seltsames Motorengeräusch ähnlich einer hoch-
drehenden Kreissäge drang lauter werdend an seine Ohren.

»Nanu?« Verwundert sah er sich um. Schon lange hatte er keinen PS-starken Zweitaktmotor mehr gehört, und nichts anderes
erzeugte diesen infernalischen Krach. Da tauchte das Gefährt
auch schon auf der Straße auf, eine blaue Abgaswolke hinter sich
herziehend. Zu Fischbachs Überraschung bog die Maschine auf
den Parkplatz ein und kam direkt neben ihm zum Stehen. Der
Fahrer steckte in einem rot-weißen Lederanzug, das Helmvisier
spiegelte. Fischbach fragte sich, wer sich wohl dahinter verbarg.

Der Fahrer schaltete den Motor aus und lehnte die Maschine
auf den Seitenständer. Dann löste er den Kinnriemen und zog
den Helm vom Kopf.

Fischbach staunte. »Du?«, rutschte ihm ungläubig heraus.

Maila Aalto grinste frech und strich sich mit der Hand durch
die Haare. »Warum nicht ich?«

»Habe dich einfach nicht für einen Zweiradfan gehalten«,
stellte Fischbach klar. Er wollte nicht, dass sie dachte, er würde
Frauen das Motorradfahren nicht zutrauen. Er schlenderte um
ihre Maschine herum. Rot-weiße Vollverkleidung, kompakte
Bauform, bestens für eine Runde auf dem Nürburgring geeignet. Nicht sein Geschmack, er zog hubraumstarke Motoren vor,
doch dass viele dem Reiz einer solchen Rennmaschine erlagen,
verstand er schon. »Eine Yamaha.«

»RD 500. Vierzylinder-Zweitakter.«

Fischbach nickte. »Aus den Achtzigern. Schöne Maschine.«

Maila Aalto beugte sich zum Rückspiegel hinunter und strich
mit dem Zeigefinger ihre Augenbrauen glatt. »Gehörte mal
meinem Vater. Hat eine Stange Geld gekostet, sie wiederaufzu-
bauen.«

»Aufzubauen?«

»Ja. Nach dem Unfall. Mein Vater ist mit ihr verunglückt. Er
konnte sie nicht mehr fahren, hat es aber auch nicht übers Herz
gebracht, sie zu entsorgen.«

Fischbach hatte Verständnis für dieses Verhalten. Er selbst war
ja Jahrzehnte um das unter einer Plane versteckte Wrack seines

Ford Capri in der Werkstatt herumgeschlichen. »Hat sich dein Vater bei dem Unfall verletzt? Geht es ihm gut?«

Maila Aalto richtete sich auf. »So gut, wie es jemandem ohne Unterschenkel gehen kann.«

»Ach du Sch… schlimme Sache, meine ich.« Fischbach verdrängte die auf ihn einströmenden Bilder. Als junger Polizist hatte er oft Opfer von Motorradunfällen gesehen. Auch wenn er leidenschaftlich gern Motorrad fuhr, machte er sich nichts vor. Selbst bei größter Vorsicht war dieses Hobby gefährlich.

Maila Aalto zuckte gleichmütig mit den Schultern. »Scheiße, ja. Aber immerhin hat er es trotzdem fertiggebracht, sein Leben zu leben und mich zu zeugen.«

Sie gingen nebeneinander zum Seiteneingang.

»Hast du deine E-Mails schon gecheckt?«, fragte sie beiläufig.

Fischbach hielt ihr die Tür auf. »Wir sind doch gerade erst angekommen.«

»*Meine* Generation vernetzt das Smartphone mit dem Dienstrechner.«

»Das fehlte mir gerade noch«, echauffierte sich Fischbach. »Um dann beim morgendlichen Kaffee zu Hause die Mails zu lesen, oder was?«

»Klar«, sagte Maila Aalto, als wäre es das Selbstverständlichste auf der Welt.

Vermutlich ist es das für sie auch, dachte Fischbach und beruhigte sich. »Warum fragst du?«

»Die Spritze, du erinnerst dich?«

»Natürlich. Wir warten auf die Ergebnisse.«

»Eben die liegen in deinem E-Mail-Postfach.« Sie nahm den Helm in die andere Hand und grüßte eine vorbeikommende Kollegin, die ebenfalls gerade den Dienst aufnahm. »Die Rechtsmedizin hat kein Gift analysieren können.«

»Vielleicht hat es sich zu rasch abgebaut.«

»Hm, daran hatten Jutta und ich zunächst auch gedacht«, sagte sie und ergänzte frech: »›Frau Dr. Jacobs‹ für dich. Aber sie hat in der Spritze *gar nichts* analysieren können. Keine Rückstände von irgendwas. Und das war letztlich der entscheidende Hinweis.«

Ich mache es kurz: Viktor Brandt starb an einer Embolie. Ihm wurde mit der Spritze Luft injiziert. Jutta stieß bei der Ultraschalluntersuchung der Herzkranzgefäße darauf.« Maila Aalto stopfte ihre Lederhandschuhe in den Helm. »Ein Profi war dabei eher nicht am Werk.«

»Warum nicht?«

»Ganz einfach. Entgegen der landläufigen Meinung besteht eine gute Chance, einen solchen Anschlag zu überleben. Wer sichergehen will, dem wäre das viel zu unzuverlässig.«

»Du meinst also, das war alles nicht geplant?«

Maila Aalto wiegte den Kopf. »Eher nicht. Wahrscheinlicher ist eine Affekthandlung. Aber man weiß ja nie. Ich muss jetzt mal los.«

»Termine?«

»Nee. Ich brauche unbedingt einen Kaffee. Ein Gespräch mit dir ist derart einschläfernd …« Sie gähnte demonstrativ.

Fischbach lief rot an. »Ich habe doch gar nichts …«

Sie puffte mit ihrem Helm gegen seinen und grinste frech. »Mann, Hotte, entspann dich. War nur ein Scherz. Du bist aber auch empfindlich.« Sie lachte und verschwand in Richtung Teeküche.

45

Knapp zwei Stunden später goss Fischbach Wasser in ein Glas und schob es Luca Gerber über den Tisch. Der junge Mann kaute unablässig an seinen Fingernägeln und tippelte mit einem Fuß auf den Boden.

Die Tür des Verhörzimmers schwang auf, Welscher erschien im Türrahmen und winkte Fischbach zu sich.

»Entschuldigen Sie mich bitte einen Moment«, sagte der, verließ den Raum und schloss die Tür hinter sich.

»Bis auf eine Person haben Lea und ich all diejenigen erreichen können, die ihre Behandlungstermine laut Nicks Report abgesagt haben«, sagte Welscher.

»Und?«

»Teilweise mussten wir ein wenig Druck ausüben, aber am Ende haben sie alle das bestätigt, was Frau Leinenweber uns gestern erzählt hat. Der gleiche Ablauf: ein Anruf mit verzerrter Stimme, das Angebot einer Behandlung zum halben Preis, Zahlung über Western Union, so gut wie nicht nachverfolgbar. Ganze fünf von sieben haben aufgrund dieses Anrufs Vorkasse geleistet und bezahlt. Jetzt warten sie auf weitere Nachricht.«

Fischbach schüttelte entgeistert den Kopf. »Wie kann man eine solche Summe nur einfach ins Blaue hinein überweisen? Aber gut, die Motivation dahinter muss ich nicht erforschen. Was ist mit Daria Reinnarth? Hat sie diesen Leuten ebenfalls Besuche abgestattet?«

»Nein.«

»Hm, seltsam. Warum sucht sie Gertrude Leinenweber auf, die anderen aber nicht?«

»Sie könnte bei Viktor Brandt gewesen sein.«

»Stimmt. Etwas daran kommt mir dennoch seltsam vor. Aber jetzt kümmern wir uns erst mal um unseren Gast.« Fischbach drückte die Klinke, doch Welscher hielt ihn am Arm zurück.

»Warte. Noch etwas.«

»Ja?«

»Hans-Dieter ist wieder da.«

»Der Päffgen?«

»Jepp. Sieht immer noch furchtbar aus. Er hat mir aber versichert, auf dem Weg der Besserung zu sein. Da wir bisher beide nicht dazu gekommen sind, habe ich ihn an die Bilanz der Forever Young GmbH gesetzt. Er schaut sich alles an, spricht mit der Buchhaltung, dem Steuerbüro und so weiter und so fort. Lea hilft ihm. Mal sehen, wie die Finanzlage des Unternehmens tatsächlich ist.«

Fischbach zupfte sich verlegen am Ohr. »Entschuldige bitte. Das wollte ich ja eigentlich übernehmen. Aber irgendwie … äh … ein Anfall von Prokrastination?«

Welscher winkte ab. »Hans-Dieter ist dafür sowieso der bessere Mann. Ich weiß ja, dass du es nicht so mit Zahlen hast. Sollen wir dann loslegen?«

»Nach Ihnen, Herr Kollege.«

Sie betraten den Raum und setzten sich Luca Gerber gegenüber.

»Warum bin ich hier?«, legte der los. »Warum verfolgen Sie mich?«

Fischbach hob beschwichtigend die Hände. »Wir haben nur ein paar Fragen.«

»Wer's glaubt«, murmelte Luca Gerber. Er griff zum Wasserglas und hob es mit zittriger Hand an, trank es zur Hälfte leer und knallte es zurück auf den Tisch. Einige Tropfen schwappten über und spritzten auf die Oberfläche. Er sah sich um. »Ist das ein Verhörraum? Wo ist der Spiegel, wo sind die Kameras? Wird das alles aufgezeichnet?«

Welscher legte beide Hände auf den Tisch und verschränkte die Finger ineinander. »Herr Gerber, wir sind hier nicht in einer Fernsehserie. Dies ist ein fensterloser Raum, in dem wir in Ruhe mit Besuchern reden können. Mehr nicht.«

»Wie schön, wir sitzen in der Besenkammer«, murrte Luca Gerber.

»Genug geplaudert.« Fischbach straffte sich. »Herr Gerber, wir haben Ihren Namen auf einer Liste der Forever Young GmbH gefunden. Sie haben vor einigen Wochen als Handwerker für das Unternehmen gearbeitet?«

Luca Gerber runzelte die Stirn. »Ja, und? Mein Onkel ist Bauunternehmer. Trockenbau, Elektro, Gas, Wasser, Scheiße. Halt alles, was beim Innenausbau ansteht. Ich helfe hin und wieder aus. So komme ich auf einigen Baustellen herum.«

»Im Moment interessiert uns nur Ihre Tätigkeit bei der eben erwähnten GmbH. Sie besaßen einen Firmenausweis für Gäste?«

»Das stimmt.«

»Und mit diesem Ausweis konnten Sie das Gebäude betreten?«

»Wofür soll so ein Ding denn sonst gut sein? Mein Name

stand gut leserlich drauf, und wir mussten ihn offen sichtbar an der Kleidung tragen. Dafür war da ein Clip dran.«

»Ihr täglicher Weg führte Sie demnach ins Gebäude und ohne Umwege direkt zu der Baustelle?«

Die Falten auf Luca Gerbers Stirn vertieften sich. »Hä? Natürlich. Oder glauben Sie, mein Onkel bezahlt mich fürs Spazierengehen?«

Welscher stand auf und stellte sich hinter den jungen Mann. »Wussten Sie, dass der Ausweis einen Defekt aufwies?«, fragte er.

Luca Gerber zuckte zusammen, als hätte Welscher ihm einen Nackenschlag verpasst. »Was … Nein!«, rief er, wobei seine Stimme sich fast überschlug.

Eine Lüge, dachte Fischbach. Ein Unwissender hätte nachgefragt, was denn mit der Karte nicht stimmte.

»Verkaufen Sie uns nicht für dumm.« Welscher trat einen Schritt zurück und lehnte sich lässig mit der Schulter gegen die Wand. »Die Fehlfunktion der Karte erlaubte es jedem, sich frei im ganzen Gebäude zu bewegen. Und Sie wussten das.«

Luca Gerber wandte sich zu Welscher um. Schweißperlen standen ihm auf der Stirn. »Ich? Wieso sollte ich das wissen?«

Welscher drückte sich von der Wand ab, schoss auf Luca Gerber zu und stützte sich mit den Fäusten direkt vor ihm auf dem Tisch ab. »Sie haben es herausgefunden.«

Luca Gerber lehnte sich nervös zurück, im Versuch, Abstand zwischen sich und Welscher zu bekommen. »Wie –«

»Herr Gerber!«, fuhr Welscher ihm über den Mund. »Spielen Sie hier nicht das Unschuldslamm. Warum sagen Sie nicht einfach die Wahrheit? Oder haben Sie etwas zu verbergen?«

Luca Gerber wand sich auf seinem Stuhl. »Blödsinn! Was soll ich denn zu verbergen haben?«

»Dass Sie in der Blutbank der Firma waren«, sagte Welscher schroff. »Dort haben Sie sich mit Blut eingedeckt. Ein Fetisch von Ihnen, Blut, Blut, Sie wollten immer mehr davon. In Ihrem Rausch gefangen, konnten Sie bald keinen klaren Gedanken mehr fassen, Sie lechzten nach immer mehr Blut. Ihnen brannten alle

Sicherungen durch. Und als Sie später aus dem Rausch erwachten, lag Melina Wegener tot vor Ihnen. War es nicht so, Herr Gerber?«

Fischbach zollte seinem Kollegen für die schauspielerische Leistung Respekt. Welscher tat, als wüsste er alles und als ginge es nur noch um ein Geständnis. Tatsächlich hatten sie kaum etwas gegen den jungen Mann in der Hand. Aber ein wenig Druck brachte mitunter Erstaunliches hervor.

Entsetzt starrte Luca Gerber Welscher an. »Sie sind ja krank«, krächzte er. »Absolut krank.«

Welscher hieb mit der Faust auf den Tisch. »Wer hier krank ist, wird sich noch zeigen«, drohte er und setzte sich wieder.

Eine Weile blieb es still. Fischbach gab Luca Gerber die Gelegenheit, sich zu sammeln. Dann fragte er: »War es so, wie mein Kollege sagt, Herr Gerber? Jetzt ist der richtige Zeitpunkt, auszupacken. Sagen Sie uns die Wahrheit.«

Luca Gerber warf Welscher einen vernichtenden Blick zu. »Verdammt, ja. Ja, ich wusste das mit der Karte. Wir haben ganz oben Kabel gezogen –«

»Oben?«, warf Fischbach ein. »Ich dachte, die Baustelle mit der neuen Anlage sei im Keller gewesen.«

»Auch. In den Verwaltungsräumen wurden aber weitere Datenleitungen benötigt. Und da ich gelernter Elektriker bin, war ich an dem Tag oben in der vierten Etage. Jedenfalls, als ich mal pieseln musste, bin ich ins Treppenhaus, wir waren angewiesen, die Toiletten im noch leer stehenden zweiten Stock zu benutzen. Die waren zwar noch nicht fertig, keine Fliesen, keine Waschbecken, aber für uns Handwerker reichte es. Wir sind es ja gewohnt. Auf dem Rückweg war ich in Gedanken, hielt die Karte bereits in der dritten Etage an den Ausgangsscanner … und schwups, stand ich vor den Patientenzimmern. Alles roch neu, die Betten und die anderen Möbel waren noch mit Folie abgedeckt.«

Welscher rappelte sich aus seiner lässigen Haltung auf. »Die Büchse der Pandora war damit offen. Sie versuchten hier, probierten dort und landeten dann irgendwann in der Blutbank.«

»Ach Quatsch!«, zischte Luca Gerber. »Wer ist hier eigentlich besessen von einem Fetisch? Sie mit Ihrer Blutbank, ich kann es nicht mehr hören. Wissen Sie, was ich tatsächlich getan habe? Wie ich das mit dem defekten Ausweis ausgenutzt habe?«

Fischbach beugte sich vor. »Erzählen Sie es uns, Herr Gerber. Wir sind ganz Ohr.«

»Geschissen habe ich«, rief Luca Gerber laut, »jeden Tag, auf den schönen, neuen, sauberen Klos der Patientenzimmer! Ich fühlte mich wie der Gesegnete und habe das vor den anderen Handwerkern geheim gehalten. Wollte ja nicht, dass wir auffliegen und mir dadurch der goldene Thron weggenommen wird. So, jetzt wissen Sie Bescheid.« Er hob die Finger zum Schwur. »Das ist die heilige Wahrheit! Und jetzt ist es genug. Sollten Sie mir nicht glauben oder mir weiter etwas anhängen wollen, schalte ich einen Anwalt ein.« Er verschränkte die Arme vor der Brust und sah trotzig von einem Kommissar zum andern.

Fischbach wechselte einen Blick mit Welscher, der die Hände in die Hosentaschen steckte und die Schultern hob, was so viel hieß wie: »Von mir aus kann er gehen, keine weiteren Fragen.«

Fischbach führte Luca Gerber nach draußen auf den Gang und verabschiedete sich von ihm. Zurück im Verhörraum, sahen sie sich an und fingen an zu lachen.

»Ach du Scheiße«, presste Fischbach atemlos hervor.

Welscher rieb sich Lachtränen aus den Augenwinkeln. »Aber im wahrsten Sinne.«

46

Katarzyna Kaczmarczyk schaute unter der Decke hervor und richtete sich auf. »Was los mit dir?«, fragte sie und formte einen Schmollmund. »Ich saugen stärker als ein Staubsauger, doch bei kleinem Max ist tote Hose! Hallo?«

Max Brandt schreckte zusammen. Er war ganz in Gedanken gewesen. Erst jetzt registrierte er seine Katze, die nackt zwi-

schen seinen Beinen hockte und beleidigt dreinschaute. »Was …
wie …«, stotterte er, dann erinnerte er sich vage daran, warum
sie bereits mittags wieder im Bett lagen. »Ach so, *das*!«

Sie ergriff eins der Kopfkissen und schlug es ihm auf die Brust.
»Bin ich dir nicht mehr hübsch genug? Hängen meine Lulus zu
sehr?« Sie hob ihre Brüste an und betrachtete sie abwechselnd.

Max Brandt musste lachen. »Du nennst sie ›Lulus‹?«

»Lulus, Bubus oder Balonskys, ist doch egal. Lenk nicht ab.«
Sie rutschte über sein Bein an seine Seite und streckte sich neben
ihm aus.

Max Brandt schwieg und sah nachdenklich zur Decke. Was mit
ihm los war, konnte er ihr unmöglich erzählen. Die junge Frau,
die hilflos in dem Patientenbett lag, neben ihr die Maschine, die
Schläuche. Sie ging ihm nicht mehr aus dem Kopf. Es war nur
noch eine Frage der Zeit, bis ihr Kreislauf kollabieren würde.
Wie sich das wohl anfühlte, auf der Schwelle zwischen Leben
und Tod? Wenn die gebeutelte Seele auf dem schmalen Grat ent-
langwanderte? Gab man irgendwann einfach auf? Oder endete
der Kampf ums Überleben niemals, so aussichtslos auch alles
erscheinen mochte?

»Mäxchen, du bist doch schon wieder bei den Sternen«, flüsterte Katze. Sie kuschelte sich an ihn, Haut auf Haut.

Die Berührung ließ ihn erschaudern. Die Wärme ihres Atems,
der sich in seinen Brusthaaren verfing. Seine Katze war derart
präsent und lebensfroh, dass er sich nicht vorstellen konnte, dass
auch sie irgendwann kalt und tot in einem Sarg liegen würde.

»Sag schon, Mäxchen, woran denkst du?«, hauchte sie.

Er wusste, dass sie keine Ruhe geben würde, also sagte er: »An
eine Reportage, die ich schreiben werde.«

Keck schleckte sie über seine Brustwarze. »Und das ist wich-
tiger als dein Kätzchen?«

Max spürte einen Kitzel. Normalerweise mochte er das. Heute
jedoch hätte er sie am liebsten zur Seite gestoßen. Doch dann
wäre sie erst recht beleidigt, und so ließ er sie gewähren. »Du
bist und bleibst meine Nummer eins«, beteuerte er. »Trotzdem
habe auch ich schon mal einen … Durchhänger.« Er grinste.

Sie drehte sich kichernd auf den Rücken und klatschte ihre Hand strafend auf seinen Oberschenkel. »Ich hoffe aber, das wird kein Dauerzustand«, drohte sie.

»Verstehe. Lieber Dauerständer als Dauerzustand.«

Jetzt prustete seine Katze los. »Du bist so albern, Mäxchen.« Als sie sich wieder beruhigt hatte, sagte sie: »Das mit der Reportage ist doch nicht alles. Du hast Sorgen wegen Termin bei der Polizei nachher.«

»So ist es«, log Max, damit sie Ruhe gab. Später konnte er ihr immer noch alles erklären.

»Das verstehe ich. Wenn der Kopf Blut benötigt beim vielen Denken, fehlt es an anderer Stelle.« Sie sprang aus dem Bett. »Da hier im Moment sowieso nichts läuft, kann ich auch duschen.« Neckisch warf sie ihm einen Handkuss zu und verschwand im angrenzenden Bad. Er hörte sie ein Lied auf Polnisch trällern, wenig später rauschte das Wasser.

Max schob sich nach oben und lehnte sich mit dem Oberkörper gegen die Wand. Umständlich fummelte er eine Zigarette aus der Packung, die auf dem Nachttisch lag, und zündete sie an. Der erste Zug brannte in der Lunge, dann setzte die Wirkung des Nikotins ein. Schon um einiges entspannter, schaute er dem Rauch nach, der zur Decke stieg.

Seine Katze sang jetzt so laut, dass ihre Stimme sogar das Rauschen des Wassers überlagerte.

Was für eine unbändige Lebensfreude. Er liebte sie abgöttisch.

Was wäre, wenn sich jemand an ihr vergreifen würde? Wenn sie von jetzt auf gleich von der Bildfläche verschwände und nie wieder auftauchte?

Er würde durchdrehen!

Keiner durfte sich an seiner Katze vergehen, niemand gewaltsam Hand anlegen!

Sein schlechtes Gewissen, das ihn schon länger quälte, holte ihn ein. Er zog an der Kippe, doch jetzt schmeckte der Tabak bitter und schal. Halb geraucht drückte er sie im Aschenbecher aus, schwang die Beine über die Bettkante und fing an, sich anzukleiden.

Für eine sehr gute Story würde er seine Eltern ans Messer liefern. So raunten es sich die Kolleginnen und Kollegen hinter vorgehaltener Hand gegenseitig zu. Er hatte es so oft gehört, dass er inzwischen selbst daran glaubte. Bis heute, bis jetzt, bis zu dieser Sekunde.

Wie hieß es so treffend: Es war niemals zu spät, neu anzufangen. Er konnte über Leben und Tod entscheiden. Und das würde er jetzt tun.

Max Brandt machte sich auf den Weg.

47

Fischbach hielt nichts mehr auf seinem Platz. Ärgerlich sprang er auf, knallte den Bürostuhl gegen den Schreibtisch und tigerte zwei Schritte zur einen Seite, dann zwei zur anderen. Am liebsten hätte er weit ausgeholt und Strecke gemacht, um sich zu beruhigen. Aber im vollmöblierten Zimmer, in dem neben Welscher, ihm und Lea Kruse jetzt auch noch Hans-Dieter Päffgen saß, war dafür kein Platz. »Eine Frechheit«, stieß Fischbach aus. »Eine bodenlose Sauerei! Was erlauben die sich?«

Er konnte es immer noch nicht fassen. Sowohl Daria Reinnarth als auch ihr Mann David hatten sie trotz ihrer gestrigen Zusagen versetzt. Und nicht nur das. Jegliche Versuche, sie zu erreichen, um ihnen ihre Versäumnisse vorzuhalten, waren kläglich gescheitert. Bei Daria Reinnarth meldete sich nur die Künstliche Intelligenz, die nicht wusste, wo sich ihre Chefin aufhielt. Und bei David Reinnarth wurden alle Anrufe auf die Mailbox umgeleitet.

Auf Nachfrage von Lea Kruse hat ihr Freund Nick preisgegeben, den Doktor heute zumindest schon gesehen zu haben, die Chefin aber nicht.

»Komm wieder runter«, sagte Welscher. »Es hilft doch nichts, wenn du hier das HB-Männchen gibst.«

»Das was?«, fragte Lea Kruse unschuldig.

»War vor deiner Zeit«, krächzte Päffgen. »Google das mal. Ist ganz lustig.« Er drehte sich auf dem Hocker zu Welscher. »Soll ich jetzt?«

»Ja, klar. Leg los.«

Fischbach hielt kurz inne und nickte. Dann setzte er seine Wanderung fort.

»Ich könnte euch jetzt eine Menge Zahlen an den Kopf werfen«, begann Päffgen. »Die Aktiva und Passiva der Forever Young GmbH auflisten, über Reserven, Cashflow und Aktiendepots fabulieren. Doch ich mache es kurz und bündig.«

»Das kann nur eins bedeuten«, sagte Welscher. »Die sind tatsächlich pleite.«

»Arm wie eine Kirchenmaus«, bestätigte Päffgen. »Alles von Wert ist über das gesunde Maß hinaus mit Hypotheken und Krediten belastet. Die Gläubiger warten schon seit Monaten auf ihr Geld. Eine vertrauensvolle Quelle, die ich angezapft habe, sprach sogar von Insolvenzverschleppung.« Päffgen reichte Welscher zwei ausgedruckte Seiten. »Das ist alles, was Lea und ich in der Kürze der Zeit herausfinden konnten, aber es sollte aussagekräftig genug sein. Die haben sich schlicht und einfach verkalkuliert.«

»Danke.« Welscher überflog die Seiten, legte sie auf den Schreibtisch. »Gute Arbeit. Gibt es eine Chance, dass die Reinnarths die Firma retten können?«

Päffgen lachte lahm. »Wunder geschehen ja angeblich. Aber realistisch …? Nein. Es ist nur noch eine Frage der Zeit, bis der Laden abgewickelt wird. Zumal weiteres Ungemach droht.« Er entnahm der Kladde auf seinen Oberschenkeln ein Blatt Papier und übergab Welscher auch das. »Es könnte sein, dass deren Geschäftätigkeit strafbar ist. Die Staatsanwaltschaft prüft derzeit, ob es sich bei der Bluttransfusionstherapie zum Zwecke des Anti-Agings um eine Form der Körperverletzung handelt, die nicht durch Einwilligung legalisiert werden kann.«

»Moralisch zweifelhaft ist es in meinen Augen auf jeden Fall«, brummte Fischbach. »In Deutschland gibt es einen Mangel an

Blutspendern, und die verhökern das Zeug zu horrenden Preisen an reiche Greise. Dabei versprechen sie ihnen eine Wirkung, die ich bezweifeln möchte. Für mich gleicht das einer dubiosen Kaffeefahrt, bei der überteuerte Töpfe und Decken verkauft werden.«

»Nick sagt aber, die Therapie sei erforscht und es würde wirken«, warf Lea Kruse ein.

Nachsichtig sah Fischbach die Anwärterin an. Leas Freund war von der Technik beeindruckt, die die Forever Young GmbH einsetzte. Er arbeitete selbstbestimmt und besetzte eine Schlüsselposition im Unternehmen. Hinzu kam, dass Daria Reinnarth es verstand, für ein angenehmes Arbeitsklima zu sorgen und die Belegschaft auf die Firmenziele einzuschwören. Wer würde unter diesen Umständen nicht als Fürsprecher für seinen Arbeitgeber auftreten und negative Aspekte dabei liebend gern ausblenden? Nein, Nick war eindeutig kein objektiver Betrachter der Situation.

Päffgen legte die Kladde auf den Boden. »Für mich sieht es so aus, als schafften die Reinnarths mit den alternativen Behandlungen für leichtgläubige Schnäppchenjäger Geld ins Ausland. Die sind bestimmt bald über alle Berge.«

»Könnte sein«, stimmte Welscher zu.

»Ihr habt euch jetzt aber ganz schön auf die Reinnarths eingeschossen«, sagte Lea Kruse. »Was ist denn mit Max Brandt?«

»Den haben wir nicht vergessen«, sagte Welscher. »Deswegen haben wir ihn ja zu einem Gespräch eingeladen.«

Fischbach nickte zustimmend. »Genau. Wir werden Max Brandt nachher auseinandernehmen. Mal sehen, was dabei herauskommt.« Er blieb stehen. »Ich weiß ja nicht, wie es euch so geht, aber ich hätte Lust, den Reinnarths persönlich auf den Pelz zu rücken.« Er blickte auf die Uhr. »Wir hätten dafür noch genug Zeit.«

Den Außeneinsatz schlug Fischbach nicht ohne Grund vor. Er musste endlich raus, etwas unternehmen. Er hatte das Gefühl, als jagte eine Armee von Boten in seinem Kopf herum, jeder mit einer wichtigen Nachricht. Im Moment passte keine zur anderen.

Aber er hatte den Verdacht, dass am Ende alles aufgehen und sich eine stimmige Geschichte ergeben würde.

»Können wir machen«, erklärte Welscher und nickte. »Wir teilen uns auf. Du übernimmst den David Reinnarth, ich die Chefin.« Er wandte sich an Lea. »Hast du die Adresse zur Hand?«

Lea Kruse tippte auf ihrem Tablet. »Habe ich dir gerade auf dein Handy geschickt.«

Welscher zückte es und schaute auf das Display. »Ich weiß, wo das ist. Hans-Dieter, Lea, ihr informiert die Staatsanwaltschaft. Sollte sich etwas Neues bei der vermissten Carola Kleve ergeben, gebt ihr uns sofort Bescheid. Und versucht, die Schmitz-Ellinger zu erreichen. Je nachdem, wie sich das alles entwickelt, könnte ein Durchsuchungsbeschluss notwendig werden.«

»Oder ein Haftbefehl«, ergänzte Fischbach, während er die Lederjacke überstreifte. Er würde David Reinnarth schon beibringen, einen Termin bei der Polizei nicht auf die leichte Schulter zu nehmen. Versetzt zu werden, war für ihn kein Kavaliersdelikt, sondern Ausdruck der Geringschätzung seiner Arbeit. Da verstand er keinen Spaß.

Welscher machte sich ebenfalls zum Aufbruch bereit. »Einverstanden mit dem Vorgehen?«

Da niemand Einwände erhob, legten sie los.

48

Fischbach betrat die Eingangshalle der Forever Young GmbH und blieb abrupt stehen. Auf der Fahrt hierher hatte er sich zurechtgelegt, wie er David Reinnarth die Leviten lesen würde. Keinen Gedanken hatte er allerdings daran verschwendet, wie er den Doktor ohne Zugangsberechtigung im Gebäude auffinden könnte. Ein Versäumnis, das Fischbach jetzt ärgerte. Wie machte man sich in einer hochmodernen Einrichtung bemerkbar, die niemanden am Empfang beschäftigte?

»Hallo!«, rief er, weil ihm nichts Besseres einfiel. Zu seiner Überraschung funktionierte es. Ein Summen ertönte, kurz darauf schoss eins der Segwaydinger, mit denen sie auch schon bei ihrem ersten Besuch zu tun gehabt hatten, hinter der Ladestation hervor und flitzte auf ihn zu. »Herzlich willkommen«, plärrte eine Stimme. »Ich helfe Ihnen gern weiter. Darf ich nach dem Grund Ihres Besuches und nach Ihrem Namen fragen?«

»Du darfst«, brummte Fischbach.

»Bitte?«, fragte das Segwayding. Das stilisierte Gesicht auf dem Tablet zeigte einen irritierten Ausdruck.

Fischbach räusperte sich, beugte sich vor und sagte laut in eine winzige Öffnung am oberen Ende des Displayrahmens: »Fischbach, Polizei. Ich möchte mit David Reinnarth sprechen.«

Das Segwayding rollte einige Zentimeter zurück, fast schien es so, als hätte es sich erschreckt. »Sie können in normaler Lautstärke reden, Herr Polizei. Ich verstehe Sie sehr gut.«

»Ich heiße nicht …«, hob Fischbach an, doch das Segwayding sprach einfach weiter.

»Der Doktor ist im Gebäude. Leider aber ist er nicht lokalisierbar. Kann ich sonst noch etwas für Sie erledigen, Herr Polizei?«

Genervt rieb Fischbach sich die Nasenwurzel. »Nicht ›Polizei‹. *Fischbach* heiße ich, Hotte mit Vor… obwohl, nein … eigentlich Horst. Aber egal, ich *komme* von der Polizei. Mein *Name* ist Fischbach, Horst.«

Auf dem Display erschien über dem Gesicht zuerst ein Fragezeichen, dann ein Ausrufezeichen. »Ich verstehe, Herr Horst also. Haben Sie einen Termin?«

Fischbach hätte sich am liebsten die Haare gerauft. Kannte die verdammte Maschine denn nicht die Eifeler Gepflogenheit, den Nachnamen zuerst zu nennen? Er beschloss, es zu ignorieren. Am Ende war es egal, wie das Computerdings ihn nannte, solange es ihn zu David Reinnarth brachte. »Ich ermittle in einem Fall. Einen Termin benötige ich daher nicht. Ich will den Doktor sprechen.«

»Einen Moment bitte, ich versuche, Dr. David Reinnarth zu

erreichen.« Auf dem Display erschien ein Telefon, darunter stand der Name des Anzurufenden. Ein Tuten ertönte. Es klingelte eine Weile, doch niemand meldete sich. Das Telefon verschwand, und das Gesicht tauchte wieder auf. »Tut mir leid, ich hatte keinen Erfolg. Kann ich sonst noch etwas für Sie erledigen?«

»Das wird mir zu blöd«, zischte Fischbach. Er versuchte, an dem Segwayding vorbeizugehen, um auf eigene Faust sein Glück zu versuchen. Doch das Gerät flitzte behände um ihn herum und versperrte ihm den Weg.

»Was soll das?«, fragte Fischbach.

»Sie haben keine Zugangsberechtigung.«

Fischbach zog seine Messingmarke und hielt sie vor den Bildschirm. »Ich bin von der Polizei.«

»Ich erkenne einen Chip. Dieser wird verwendet, um einen Einkaufswagen auszuleihen. Möchten Sie einkaufen? Ich kann Ihnen die Route zum nächsten Supermarkt zeigen.«

»Nein, verdammt noch mal!«, brüllte Fischbach und schubste das Segwayding von sich fort. »Geh mir aus dem …«

Das Display färbte sich rot, ein Countdown von sechzig Sekunden startete. Die Stimme sagte: »Herr Horst, Sie zeigen ein aggressives Verhalten. Bitte verlassen Sie sofort das Gebäude. Sollten Sie sich meiner Aufforderung widersetzen, werde ich die Polizei in jetzt noch genau fünfzig Sekunden benachrichtigen.«

Fassungslos schaute Fischbach auf den Countdown. Er machte einen Schritt zurück, sofort rückte das Segwayding nach. In seiner Verzweiflung tat Fischbach das Einzige, was ihn jetzt vielleicht noch vor dem Rauswurf retten konnte – er rief: »Nick? Nick? Hörst du mich? Melde dich bitte. Eins eurer … Dinger … bedroht mich!«

Seine Stimme verhallte im Eingangsbereich.

Der Countdown auf dem Display hatte die Zahl Dreißig erreicht.

49

Er war zu früh. Oder zu spät? Das würde sich noch zeigen.

Max Brandt klingelte. Nach einigen Sekunden summte der Türöffner. Er betrat den Wartebereich und ging zur Anmeldung. Eine Polizistin hinter Glas begrüßte ihn und fragte, wie sie helfen könne.

»Ich möchte einen der beiden Kommissare sprechen.«

Die Polizistin lächelte nachsichtig. »Wen genau meinen Sie?«

»Kommissar Welscher. Oder den anderen, den beleibteren, Kommissar Fischbach. Ich habe einen Termin um siebzehn Uhr.«

Die Polizistin schaute auf ihre Armbanduhr. »Das ist ja noch eine Weile hin. Sie sind zu früh.«

»Ganz genau. Und aus gutem Grund. Ich habe eine wichtige Aussage zu machen.«

Das Lächeln verschwand aus dem Gesicht der Polizistin. »Okay, verstehe. Nun, wenn das so ist … Setzen Sie sich bitte einen Moment. Ich werde Sie anmelden.«

Widerwillig nahm Max Brandt im Wartebereich Platz. Jetzt, da er sich entschieden hatte, dauerte ihm alles viel zu lange. Auf der Fahrt hierher hatte er jede rote Ampel verflucht. Er nahm eine abgegriffene Zeitschrift von einem kleinen Beistelltisch, rollte sie zusammen und schlug sich locker damit in die freie Hand. Stumm zählte er mit. Bei einhundertsiebenundneunzig schwang die Tür zum Wartebereich auf. Eine junge Frau in blauer Dienstmontur stand im Türrahmen. Das Namensschild auf der Brusttasche wies sie als »Kruse« aus. »Sind Sie Herr Brandt?«

Er legte die Zeitung zurück auf den Tisch und stand auf. »Ja.«

Die Frau gab den Weg frei. »Kommen Sie bitte mit.«

Sie führte ihn in einen fensterlosen Raum, in dem nur ein Tisch und vier Stühle standen. »Bitte nehmen Sie Platz. Leider sind Herr Welscher und Herr Fischbach noch unterwegs. Ich bin aber zuversichtlich, dass die Kommissare rechtzeitig zum angesetzten Termin zurück sein werden und Sie nicht warten lassen.«

Max schüttelte heftig den Kopf. »Das geht so nicht. Wer vertritt die beiden?«

Die Frau überlegte. »Hm, eine wirkliche Vertretung ... Nein, die gibt es leider nicht.«

»Welche Funktion haben Sie?«, fragte Max.

Auf einmal wirkte sie verschlossen. »Das ist für Sie vollkommen ohne Belang.«

Er hob beschwichtigend die Hände. »Entschuldigen Sie bitte, ich wollte Ihnen nicht zu nahetreten. Aber was ich zu sagen habe, duldet keinen Aufschub. Ich *muss* mit jemandem sprechen, der befugt ist, Maßnahmen zu ergreifen. Jetzt.«

Die Frau zögerte.

»Es ist dringend«, insistierte Max Brandt. »Bitte. Wenn Sie in der Lage sind –«

»Ich hole jemanden«, unterbrach sie ihn. »Warten Sie einen Moment.« Sie rannte los.

Max atmete erleichtert durch. Diese Hürde wäre genommen. Er zog einen Stuhl unter dem Tisch hervor und ließ sich auf den Sitz fallen. Lehnte sich zurück und genoss die Ruhe vor dem Sturm, wohl wissend, dass er hier gleich eine Bombe platzen lassen würde.

50

Zehn, neun ...

»Nick? Nick!« Das Segwayding drängte Fischbach immer weiter in Richtung Ausgang. Versuchte er einen Ausfallschritt, reagierte die Maschine postwendend und versperrte seinen Fluchtweg.

... acht, sieben ...

Fischbach schwitzte am ganzen Körper. So etwas hatte er noch nie erlebt. Da gab es doch mal einen Film, soweit er sich erinnerte. Ein Raumschiff mit einem durchgedrehten Computer, der ein unberechenbares Eigenleben entwickelte. So machtlos wie der Kommandant in dem Film fühlte sich Fischbach gerade.

… sechs, fünf … vier …

Gleich war es so weit, das Segwayding würde den Notruf wählen und die Kollegen alarmieren, die ihn hier in dieser misslichen Lage … Das durfte auf keinen Fall passieren! »Nick! Zu Hilfe!«

… drei, zwei …

Plötzlich färbte sich das Display des Monitors grün, und das Gesicht kehrte zurück. Die Stimme sagte: »Selbstzerstörungssequenz angehalten.«

»Was?«, rief Fischbach. »Selbst… Was? Das Ding wäre …«

»Nur ein Spaß.« Ein Lachen kam über die Lautsprecher. »Ich bin es, Nick. Was machst du denn für Sachen?«

Fischbach atmete tief durch. »Können wir das bitte später aufarbeiten? Ich muss dringend mit Herrn Reinnarth sprechen. Oder mit seiner Frau, falls sie inzwischen hier ist.«

»Ganz wie du meinst. Hört sich ja spannend an. Die Chefin ist leider nicht greifbar. Herr Reinnarth teilte mir vorhin mit, dass sie überraschend zu einer Auslandsreise aufbrechen musste.«

»Verstehe ich jetzt nicht«, grummelte Fischbach. »Sie sollte heute um zwölf bei uns auf der Dienststelle erscheinen. Der Termin war von dem KI bestätigt worden.«

»Kai? Den kenne ich nicht. Wie heißt der denn mit Nachnamen?«

»K-I!« Fischbach betonte die Buchstaben überdeutlich.

»Ach so, das meinst du. Vielleicht hat sie vergessen, ihren Kalender rechtzeitig zu aktualisieren. Ist zwar ungewöhnlich, denn sie achtet da genau drauf. Aber jedem geht mal etwas durch, oder?«

»Trotzdem ärgerlich, aber gut, kann man jetzt wohl nicht ändern. Ist denn wenigstens ihr Mann zu sprechen?«

»Ich checke mal die Daten, Moment.«

Fischbach nutzte die Zeit, holte ein Taschentuch aus seiner Hosentasche und wischte sich den Schweiß von der Stirn. Dabei warf er einen skeptischen Blick auf das Segwayding. Wenn das die Zukunft sein sollte, dann hoffte er, sie nicht mehr miterleben zu müssen.

»Ich kann Dr. Reinnarth nicht lokalisieren«, sagte Nick.

»Verdammt!«, entfuhr es Fischbach.

Nick lachte. »Nein, nein, alles gut. Wenn er nicht von Aliens entführt wurde, dann weiß ich, wo er ist.«

»Das ergibt für mich keinen Sinn.«

»Ganz einfach: Zurzeit gibt es im Gebäude nur einen Raum, der ohne Zugangsterminal auskommen muss. Du wirst es nicht glauben, aber wir hatten ein Ameisenproblem. Die Viecher haben einen Kurzschluss in dem Gerät verursacht. So was habe ich noch nie gesehen. Die haben sich wie zu einer Polonaise hintereinander aufgereiht –«

»Welcher Raum, Nick?«

»Ach so, ja. Unten im Keller, bei der Kryonikanlage.«

»Kannst du mich hinführen?«

»Kein Problem.« Das Segwayding nahm Fahrt auf, Fischbach folgte erleichtert. Endlich kam er hier weiter.

Mit dem Aufzug ging es in den Keller. Dort angekommen, betraten sie einen Raum, der mit Technik ausgefüllt war. Silbrig glänzende Leitungen verliefen unter der Decke und verschwanden in unbeleuchteten Ecken, Flachbildschirme hingen an Halterungen. Sie folgten dem vor ihnen liegenden Gang, bogen nach rechts ab. Eine Handvoll gläserner Särge stand dort in Reih und Glied.

»Eindrucksvoll«, sagte Fischbach.

»Ich verrate dir ein Geheimnis«, flüsterte Nick über das Segwayding. »Vieles ist Blendwerk, dient nur dazu, um die Kunden zu beeindrucken.«

»Ist nicht wahr!«

»Doch, doch. Bitte behalte das für dich. Ist Dr. Reinnarth irgendwo zu sehen?«

Fischbach ging einige Schritte weiter bis zu einer T-Kreuzung. Er blickte nach links. Und tatsächlich, am Ende des Ganges saß der Wissenschaftler auf einem Hocker und stützte den Kopf in die Hände. »Herr Dr. Reinnarth!«, rief Fischbach.

Der Mann schreckte zusammen und sah auf. »Ja?«

»Nun, dann werde ich wohl nicht mehr benötigt«, sagte Nick. »Viel Erfolg mit dem ... was auch immer du planst.« Das Segwayding machte einen U-Turn und verschwand in Richtung Aufzug.

Fischbach baute sich vor Dr. Reinnarth auf. »Wir hatten einen Termin, Herr Reinnarth. Erinnern Sie sich? Wir waren um vierzehn Uhr bei uns in der Dienststelle verabredet.«

David Reinnarth stand auf. Er überragte Fischbach um einen ganzen Kopf. Die Hände hatte er in dem weißen Laborkittel versteckt, seine Lippen waren zu einer schmalen Linie zusammengepresst. Dass er noch nicht mal den Ansatz einer Entschuldigung äußerte, ließ Fischbachs Ärger neu auflodern. Gerade als er Reinnarth harsch zurechtweisen wollte, klingelte sein Handy. »Bin gleich wieder bei Ihnen.«

Er wandte sich um und entfernte sich einige Schritte, bevor er das Gespräch annahm. Es war Lea Kruse.

»Was gibt es denn so Wichtiges?«, fragte Fischbach. »Ich bin gerade bei Dr. Reinnarth und –«

»Hotte, pass auf!«, fiel Lea Kruse ihm aufgeregt ins Wort. Dann sprudelte sie ohne Punkt und Komma los.

Mit wachsendem Entsetzen hörte Fischbach zu. Da spürte er auf einmal einen schmerzhaften Stich in seinem Hals, und alles um ihn herum wurde schlagartig schwarz.

51

Die Fahrt nach Wershofen hatte länger gedauert als erwartet. Welscher war hinter einem Schwerlasttransporter hergezuckelt, der fast die gesamte Breite der Straße einnahm.

Jetzt, endlich, schritt er auf das Haus von Daria Reinnarth zu. Es stand unweit der Waldakademie, eine Einrichtung, die der bekannte Eifeler Förster und Buchautor Peter Wohlleben gegründet hatte. Ein kalter Wind wehte aus Westen und bauschte Welschers

Jacke auf. Eine Katze huschte an ihm vorbei und versteckte sich unter einem Busch nahe der Haustür.

Auf den ersten Blick sah das Haus verlassen aus, nichts rührte sich hinter den Fenstern, die Rollläden im Obergeschoss waren heruntergelassen. Das Garagentor stand offen, die Stellplätze waren leer.

Welscher klingelte.

Ein satter Gong ertönte im Inneren des Hauses, mehr geschah nicht.

Er versuchte es erneut, wieder ohne Erfolg.

So schnell wollte Welscher jedoch nicht aufgeben. Er umrundete das Gebäude und betrat die Terrasse. Ein Gasgrill stand rechts, links luden Rattanmöbel zum Verweilen ein.

Er spähte durch das Fenster ins Innere. Laminatboden, so weit das Auge reichte, Möbel von einem schwedischen Einrichtungshaus. »In der Villa gab es bestimmt mehr Prunk«, murmelte Welscher und klopfte. Doch auch hier rührte sich nichts.

Sein Smartphone vibrierte in der Hosentasche.

Es war Hans-Dieter Päffgen. »Wo bist du?«, röchelte der Kollege in die Leitung.

»Weißt du doch«, erwiderte Welscher. »In Wershofen.«

»Wie schnell kannst du zurück sein?«

»Mensch, Hans-Dieter, frag nicht so blöd. Du bist doch aus der Eifel. Eine halbe Stunde etwa. Was ist denn los?«

»Max Brandt ist hier.«

Welscher zog unwillig die Augenbrauen zusammen. »Jetzt schon? Dann muss er eben warten.«

»Er ist aber nicht zu früh«, sagte Päffgen bestimmt. »Sondern sogar viel zu spät.« Dann führte er aus, was Max Brandt ihm und Lea Kruse soeben erzählt hatte. Als er fertig war, benötigte Welscher einige Sekunden, um sich darüber klar zu werden, was er gerade gehört hatte.

»Was sollen wir tun?«, fragte Päffgen.

»Sofort alles mobilisieren!«, sagte Welscher und rannte los, zurück zum Wagen. »Wer steht zur Verfügung?«

»Du weißt doch, die Grippe. Es ist zwar etwas besser, aber …

nun ja. Dazu gibt es einen schweren Unfall auf der A 61. Fast alle Streifenhörnchen sind dort.«

»Wer, Hans-Dieter, wer kann helfen?«, rief Welscher ins Handy und riss die Tür seines Porsches auf.

»Thomas Gilles hat gerade den Dienst aufgenommen. Ich kann mit ihm –«

»Nehmt Lea mit. Sie kann euch, wenn nötig, Rückendeckung geben.«

»Okay. Treffen wir uns vor Ort?«

»Nein. Ich fahre zur Firma. Du weißt doch, Hotte ist dort.«

»Ach du Scheiße, stimmt ja. Ah, warte, Jan, Lea will was von mir. Scheint wichtig zu sein …«

Welscher hörte die Stimme von Päffgen wie aus weiter Ferne. Ganz schwach konnte er auch Leas Erwiderung vernehmen. Sie klang aufgeregt. Dann war Päffgen wieder am Apparat.

»Jan, fahr sofort los. Lea hat mit Hotte telefoniert, und dann ist die Verbindung abgebrochen. Jetzt meldet er sich nicht mehr.«

»Bin unterwegs!« Welscher warf sein Smartphone auf den Beifahrersitz, startete den Motor, setzte das Blaulicht auf das Dach und raste los.

52

Diesmal war es nicht wie ein Auftauchen, sondern als hätte sie jemand eingeschaltet.

Sie lag immer noch in dem Bett.

Frau Reinnarth, Daria, saß nach wie vor an ihrer Seite.

Die Maschine stand stumm im Raum.

Doch etwas war anders. Caro kam nicht sofort darauf. Erst als sie sich aufsetzte, fiel es ihr auf. Sie fühlte sich kräftiger, nicht mehr so furchtbar ausgelaugt.

»Wie geht es dir?«, fragte Daria Reinnarth.

»Besser.« Selbst ihre Stimme hörte sich lebhafter an.

Daria Reinnarth lächelte zufrieden. »Das ist wunderbar.«

Caros Magen grummelte hörbar. »Ich könnte einen Bären verschlingen.«

»Ich würde dir einen zubereiten«, sagte Daria Reinnarth. »Aber mir ergeht es nicht viel besser als dir. Nur gut, dass noch genug Wasser da ist. Ein, zwei Tage wird es noch reichen, wenn wir sparsam sind.« Sie deutete auf den Boden.

Caro streckte sich und sah über den Rand des Bettes. Auf dem Linoleum stand ein großer Eimer, zur Hälfte mit Wasser gefüllt.

»Das meiste davon habe ich dir gegeben. Du hattest es nötig«, sagte Daria Reinnarth. Als sie den rechten Arm ein wenig anhob, rasselte etwas metallisch gegen das Gestell.

Erst jetzt sah Caro die Handschellen, die Daria Reinnarth an ihr Bett fesselten. »Du auch? Warum? Ich dachte, du wärst … Also, ich dachte, *du* würdest hinter dem Ganzen hier stecken. Ich verstehe das alles nicht.«

»Ich versichere dir, ich habe nichts davon gewusst, bis …« Daria Reinnarth stockte. »Ach, weißt du, wir haben Zeit. Ich kann also ein wenig ausholen. Fühlst du dich kräftig genug, um zuzuhören?«

Caro nickte.

»Das freut mich. Es scheint dir tatsächlich besser zu gehen.« Sie drückte ihren Unterarm. »Es wird alles gut. Du musst keine Angst haben, denn du stehst unter meinem Schutz. Er wird dir nichts mehr antun können.«

»Er?«

»Ja, gestern eskalierte es, hör zu.«

Daria Reinnarth bebte vor Wut. Am liebsten hätte sie irgendetwas zerstört. »Du warst das! Du hast unsere Kunden angerufen und hast ihnen angeboten, sie zu behandeln! Die gleiche Behandlung, dahinter kannst nur du stecken. Gib es zu!«

David stand mit hängenden Schultern und gesenktem Kopf an der Terrassentür und schaute in den Garten.

»Rede mit mir!«, forderte Daria. »Was soll das alles? Warum hintergehst du mich?«

David zuckte zusammen, als hätte sie ihn geschlagen. »Das würde ich niemals tun, Schatz«, flüsterte er.

»Ach nein? Dann erkläre mir dein Verhalten. Für mich sieht es nach Verrat aus.«

Wieder zuckte er zusammen. Drehte sich um, ein Blick wie ein geprügelter Hund. »Es war doch alles nur für dich«, jaulte er auf. »Nur für dich mache ich das, Daria.« Tränen rollten ihm über die Wangen.

Das letzte Mal hatte sie ihren Mann weinen sehen, als sie ihm mitteilte, dass sie die Scheidung wolle. Sie konnte seine Nähe einfach nicht mehr ertragen. David war ihr während ihrer Ehe auf Schritt und Tritt gefolgt, stets darauf bedacht, ihr jeden Wunsch von den Lippen abzulesen. Er wollte ihr alles rechtmachen. Krankhaft. Am Anfang ihrer Beziehung hatte es ihr geschmeichelt, so umworben und verwöhnt zu werden. Doch über die Jahre hatte es sie erdrückt.

Daria stieß einen Fluch aus und schenkte sich aus dem Barwagen einen doppelten Whisky ein. Den konnte sie jetzt vertragen. »Wie soll es mir helfen, wenn du Kunden abwirbst? Das ist alles Bullshit!«

»Die Forschung! Das ist es doch, was du willst. Das liebst du. Das Forschen.« Händeringend stand er vor ihr.

Einen Augenblick lang fürchtete Daria, er würde weinend zusammenbrechen. Sie goss ein weiteres Glas ein und reichte es ihm. Eher ertrug sie es, dass er sich einen ansoff, als dass er hier heulte wie eine Memme. »Die Blutkonserven … Das geht ebenfalls auf deine Kappe, nicht wahr? Du hast sie gestohlen.«

Er nahm ihr das Glas ab und nickte. Seinen Versuch, ihr das Gesicht zu streicheln, unterband sie, indem sie seine Hand wegschlug. »Lass das!«

Er hielt den Arm dicht an den Körper gepresst, als hätte er sich verbrannt. »Aber Daria … Ich liebe dich. Abgöttisch. Warum willst du nicht mehr mit mir leben? Was habe ich getan?«

»Zu viel«, gestand Daria. »Viel zu viel. Ich habe dich so oft gebeten, mir Luft zu lassen, auch mal Abstand zu halten. Doch du … Ach, du verstehst es ja sowieso nicht.« Sie nahm einen

Schluck. Der Alkohol brannte in ihrer Kehle. »Es ist aus. Gewöhn dich daran.«

»Das kann ich nicht.« Seine Stimme hob an, Ärger lag darin. Daria lachte verächtlich. »Du musst es aber. Denn ich werde die Polizei informieren. Und dann fährst du ein.«

»Mach das bitte nicht. Daria, ich flehe dich an. Das Geld ist doch für uns beide.« Er strahlte sie an. »Wir beide, als wissenschaftliches Team wiedervereint. Wir könnten endlich weiterforschen. Du darfst dir ein Land aussuchen, Südafrika, Australien oder egal wo. Es reicht für einen Neuanfang.«

Fassungslos schüttelte sie den Kopf. »Du denkst wirklich, ich würde ...« Zornig warf sie das Glas gegen die Wand. Es zersprang, die Scherben fielen klirrend auf die Fliesen, der Whisky hinterließ einen feuchten Fleck auf der Raufasertapete. »Was redest du für einen Schwachsinn? Du hast eine junge Frau auf dem Gewissen! Und jetzt leugne es ja nicht, untersteh dich, mir ins Gesicht zu lügen. Glaubst du, du kannst abhauen und so tun, als wäre das alles nicht geschehen?«

Er senkte den Blick. »Die Kunden sollten das bekommen, was sie bestellt hatten. Dafür benötigte ich doch Blut. Wie sollte ich es denn sonst beschaffen? In die Blutbank kam ich ja nicht mehr ungeschoren.« Er machte eine abrupte Geste, Whisky spritzte aus dem Glas. »Nein, nein, die Kunden sollten doch bekommen, wofür sie bezahlt hatten«, wiederholte er. »Das war mein Plan. Ich bin kein Betrüger!«

Daria schnaubte verächtlich. »Kein Betrüger. Aber ein Mörder!«

Er machte ein Gesicht, als hätte er in eine Zitrone gebissen. »Sag das nicht. Es war ein Unfall, Daria, ein Versehen. Ich habe nicht aufgepasst, habe das Mädchen zu lange an der Maschine gelassen. Ich wollte das nicht.«

Eiskalt lief es Daria den Rücken runter. Was sie bisher nur vermuten konnte, hatte David soeben gestanden. Sie stand einem Mörder gegenüber. »Du hättest dich stellen sollen. Eine Tote, David, und du bist daran schuld.«

Wieder senkte er den Blick, fast demütig. »Aber ich musste

doch weiter ... Ich hatte für unseren Neuanfang noch nicht genug Kapital zusammen.« Er sah auf. *»Es hätte doch nichts geändert. Es war passiert. Ich habe sie im Wald versteckt, in der Hoffnung, dass es dauern wird, bis sie gefunden wird. Damit ich weiter ... Für uns, Daria, für uns mache ich das alles.«*

»Musste deswegen auch der alte Mann sterben, der ihr Blut bekommen sollte? Für uns?*«, zischte sie zornig.*

David leerte sein Glas in einem Zug und stellte es auf dem Wohnzimmertisch ab. »Der Dreckskerl hat mich erpresst, er fand irgendwie heraus, wer hinter dem Anruf steckte, und wollte mich auffliegen lassen. Ich bat ihn um ein Gespräch, hoffte, ihn umstimmen zu können. War sogar bereit, die Behandlung kostenlos durchzuführen. Von der Firma bin ich spät direkt zu ihm, noch nicht einmal umgezogen hatte ich mich. Ein widerlicher Mensch, Daria, ganz in seiner Meinung gefangen. Egal, welche Argumente ich auch vortrug, er war nicht empfänglich dafür. Da ertastete ich eine Spritze in meiner Kitteltasche, eine von denen, mit denen wir die Mäuse –«

»Schon klar.«

»Daria, du musst mir glauben! Er ließ mir keine andere Wahl.« Er machte einen Schritt auf sie zu, sie wich zurück. *»Er wollte unser Lebenswerk zerstören, Daria! Ich* musste *handeln!«*

Angewidert musterte sie ihren Mann. »Unser Lebenswerk?*«*

»Gott, Daria, ich liebe dich so sehr. Mein einziger Wunsch ist, dass es dir gut geht. Und dafür musst du forschen, das ist deine Leidenschaft. Ohne das bist du unglücklich, und das könnte ich nicht ertragen. Ich habe alles nur für dich getan.«

Daria war es müde, ihm die Absurdität seines Handelns vor Augen zu führen. David war verblendet von seiner Liebe zu ihr, er würde die Wahrheit nicht erkennen und erst recht nicht akzeptieren können. Schlimmer noch: Wie sich gezeigt hatte, war er bereit, aus Liebe zu ihr zu töten. Und aus Angst vor Entdeckung. Das machte ihn äußerst gefährlich und unberechenbar.

»Es wird nicht wieder vorkommen«, sagte er und lächelte. »Ich passe jetzt besser auf. Es läuft alles wie geplant.«

Zuerst wusste Daria nicht, was er meinte. Dann keimte eine Befürchtung in ihr auf. »Du hast doch nicht noch jemanden entführt?«

»Keine Sorge. Es geht ihr gut.«

Darias Beine zitterten. »Wo ist sie?«

»Willst du sie sehen?«, fragte er glücklich. »Du könntest mir helfen. Zusammen sind wir stark, ein Team.«

Sie wog ihre Optionen ab. Wenn sie jetzt die Polizei einschaltete, könnte David nach der Festnahme auf stur schalten und die Aussage verweigern. Damit wäre diese arme Person dem Tode geweiht. Besser, sie ließ sich zunächst ihren Aufenthaltsort zeigen und ging dann zur Polizei. »Ja, gut, von mir aus«, sagte sie so beiläufig wie möglich. Er sollte unter keinen Umständen misstrauisch werden.

»Gern«, rief er und strahlte sie an. »Komm mit.« Er rannte voraus. Daria hatte Mühe, ihm zu folgen.

Sei auf der Hut, ermahnte sie sich, denn dein Mann ist, wie es scheint, durchaus ein Kandidat für einen erweiterten Suizid.

Daria Reinnarth hob ihren Arm, soweit die Handschellen es zuließen. »Und jetzt sieh dir an, was passiert ist. Als ich ihm sagte, dass ich zur Polizei gehen werde, hat er mich überwältigt und hier angekettet.«

Caro setzte ein tröstendes Lächeln auf. »Immerhin kein erweiterter Suizid.«

»Ja. Darüber sollte ich wohl froh sein.«

Trotz der misslichen Situation lachten sie.

53

Im Einsatzwagen war es warm. Max Brandt lehnte sich in den Rücksitz und genoss es. Er hatte in der Arktis genug für ein ganzes Leben gefroren. Interessiert beobachtete er, wie dieser

Fettsack, der sich als »Päffgen« vorgestellt hatte, seinen vorausgehenden Kollegen mit vorgehaltener Waffe sicherte. Das Mädchen stand am Kotflügel, bereit, über Funk weitere Unterstützung anzufordern. Zwei Rettungswagen waren auf dem Weg hierher, ein Einsatzwagen war von dem Unfall auf der A 61 zurückbeordert worden und würde jeden Moment zu ihnen stoßen. Es konnte sich nur noch um Minuten handeln, bis hier die Hölle losbrach.

Die beiden Polizisten verschwanden in der Halle. Max wusste, wie es darin aussah. Er hatte es ihnen beschrieben.

Als er vor gut drei Wochen seinen Vater besuchte, hatte der ihm von der Sache mit dem Anti-Aging erzählt. Und von dem seltsamen Angebot des anonymen Anrufers, die Behandlung unter der Hand durchzuführen. Max hatte seinem Vater nicht groß ins Gewissen reden müssen, damit der darauf nicht einging. Gleichzeitig hatte er eine Story gewittert und ihn gebeten zu versuchen, den Namen des Anrufers herauszubekommen. Das war seinem Vater zu Max' großer Überraschung tatsächlich gelungen. Keine Ahnung, wie der alte Fuchs das fertiggebracht hatte. Vermutlich hatte er jemanden bei seinem Funknetzanbieter bestochen, der ihm die Daten lieferte.

Dr. David Reinnarth.

Nach dem Mord an seinem Vater hatte Max Brandt eins und eins zusammengezählt. Nur Reinnarth könnte einen Grund gehabt haben, seinen Vater zu töten. So, wie Max seinen alten Herrn kannte, war der nämlich nicht still und stumm geblieben, nachdem er herausgefunden hatte, von wem dieses unmoralische Angebot stammte. Sicher war er bei Reinnarth übers Ziel hinausgeschossen. Max wollte nicht denselben Fehler begehen. Er hatte Reinnarth kurzerhand angerufen und unter Druck gesetzt. Entweder er bekam vollen Einblick in die Sache und eine Exklusivstory, oder er würde schnurstracks zur Polizei gehen und auspacken.

Reinnarth willigte ein und hatte ihn schließlich hierhergeführt, zu der Ruine einer ehemaligen Imprägnierfabrik in einem Wäldchen zwischen Tondorf und Langscheid. Vor einiger Zeit, so erzählte er Max, hatte sich in dem Keller einer der Hallen eine Musikband einen Proberaum eingerichtet. Doch schon kurz danach überwarfen sich die Musiker und lösten die Combo auf. Eines der Mitglieder war Blutspender bei der Forever Young GmbH und hatte David Reinnarth davon erzählt. Der Raum war perfekt für dessen Vorhaben. Er musste nur einen diesel-betriebenen Generator anschließen, ein paar kleine Änderungen vornehmen wie zum Beispiel ein Krankenbett aufstellen und eine Vorrichtung für das simulierte Außenlicht anbringen, und fertig war das vermeintliche Krankenhaus. Solange die »Patienten« ans Bett gefesselt waren, würde es ihnen schwerfallen, hinter den Betrug zu kommen. Reinnarth hatte sogar daran gedacht, anonym zu bleiben, damit er seine »Patienten« wieder freilassen konnte. Dafür diente ein Schutzanzug aus einem Hochsicherheitslabor. Denn der gute Doktor hatte nie die Absicht gehabt, jemanden zu töten.

Max Brandt rappelte sich hoch, spähte durch die Windschutz-scheibe. Gleich würden sie wieder auftauchen.

Er hoffte, dass die junge Frau noch lebte. Sie war der Grund dafür, dass sie hier waren.

Für eine coole Story war er bereit gewesen, eine Weile zu schweigen, selbst wenn er damit den Mörder seines Vaters deckte. Schließlich wäre sein Vater auch dann nicht mehr lebendig ge-worden, hätte Max Brandt frühzeitig die Polizei eingeschaltet. Genauso verhielt es sich mit Reinnarths anderem Opfer, dieser Melina Wegener, von der die Kommissare geredet hatten.

Aber die junge Frau hier, die er bei seinem Besuch hilflos und benommen im Bett liegen sah, hatte das Leben noch vor sich. Mit ihrem Tod wollte er nichts zu tun haben, dieser Preis war ihm zu hoch. So hatte ihn am Ende das schlechte Gewissen zur Polizei getrieben.

Ah, jetzt rührte sich was.

Eine große Frau stolperte ins Freie, hübsch, rote Haare, Typ Gazelle. Wenn ihn nicht alles täuschte, war das Daria Reinnarth, die Chefin der Forever Young GmbH, deren Fotos er im Internet gesehen hatte. Sie stellte sich ins Sonnenlicht, hob das Gesicht und ließ sich von der Sonne wärmen. Hinter ihr tauchten die Polizisten auf. Sie trugen jemanden und setzten diese Person vorsichtig im Gras ab.

Das war sie!

Die junge Frau.

Gott sei Dank, sie lebte!

Die Polizistin am Kotflügel rannte los, um zu helfen.

Max Brandt seufzte erleichtert und ließ sich wieder in den Sitz sinken. Zufrieden lächelnd dachte er an Goethes Worte, die Reinnarths Motiv so treffend auf den Punkt brachten.

Liebe: eine schwere Geisteskrankheit.

54

Welscher parkte den Porsche direkt vor dem Haupteingang der Forever Young GmbH. Er sprang aus dem Wagen, zog seine Sig Sauer aus dem Holster und stürmte in die Eingangshalle.

Ein Segway rollte heran. »Ich bin es, Nick. Lea hat mich informiert. Du musst in den Keller.«

Im Aufzug sagte Nick: »Die Überwachungskameras sind nicht online, das weißt du ja. Ich kann dir daher leider nicht sagen, was dich dort unten erwartet.

»Okay«, murmelte Welscher. Er duckte sich hinter den Segway und achtete darauf, den Roboter genau zwischen sich und der Tür zu haben. Mehr Schutz gab es leider nicht. Das Adrenalin putschte ihn auf, er fühlte sich hellwach und bereit für einen Angriff. Wenn Fischbach auch nur ein Haar gekrümmt worden war, dann konnte Reinnarth was erleben.

»Wir sind da«, verkündete Nick.

Welscher duckte sich noch einige Zentimeter tiefer und spähte über das Tablet der Maschine. Die Tür schob sich auf, ein langer, leerer Gang lag vor ihnen.

»Langsam vor«, flüsterte Welscher.

Der Segway ruckte an, im Schneckengang rollte er in den Kellerraum, Welscher schlich hinterher.

Mit der Waffe im Anschlag sicherte er nach links und rechts. Weder Reinnarth noch Fischbach waren zu sehen.

»Die Gänge bilden eine Acht«, teilte ihm Nick leise mit. »Sollen wir sie abfahren?«

»Wie viele Ausgänge gibt es?«

»Den Aufzug und das Treppenhaus. Das befindet sich links neben dem Lift.«

Welscher blickte dorthin. Eine Stahltür, darüber ein beleuchtetes Notausgangsschild. Er überlegte. Wenn er in diesem Gang blieb, konnte Reinnarth nicht unbemerkt entkommen. Allerdings fanden sie so auch nicht den Kollegen.

Nick stoppte den Segway. »Warte!«, zischte er.

»Was ist?«

»Verdammter Mist. Ich war zu abgelenkt, um es früher zu bemerken. Der Server zeigt an, dass eine Kältekammer aktiviert wurde.«

»Und das heißt?«

»Sie kann nur in Betrieb genommen werden, wenn sich eine Person darin befindet.«

»Meinst du …«

»Ja.«

»Los«, forderte Welscher. »Bring mich dorthin.«

»Dazu müssen wir diesen Gang verlassen.«

»Ist okay. Ich will sehen, wer in dieser Kältekammer liegt.«

»Vernünftig. Die Temperatur darin sinkt rasch, sie fällt gerade unter null Grad.«

»Dann sollten wir keine Zeit verlieren!«

Der Segway rollte an, Welscher folgte. Sie bogen nach rechts ab. Zehn Meter weiter standen sargähnliche Gebilde. In einem brannte Licht, das diffus durch den Glasdeckel schien, an dem sich Eiskristalle bildeten.

»Das ist sie«, verkündete Nick.

Welscher drehte sich einmal um sich selbst und sicherte so die Umgebung ab, dann ging er zu dem Sarg mit dem Licht. Er wischte mit dem Ärmel den Beschlag ab. Und obwohl er ahnte, was er sehen würde, erschrak er doch, als er in Fischbachs Gesicht blickte. Reif hing ihm in den Haaren und in den Augenbrauen. Fast schien es, als wäre Fischbach ergraut. Seine Haut wirkte wächsern.

»Nick, ruf einen Krankenwagen. Schnell!« Welscher suchte nach einem Mechanismus, um den Deckel zu öffnen, doch fand nichts. »Wie bekommt man das Ding auf?«

»Gar nicht.«

»Was?«

»Nun ja, zumindest nicht, bis der Einfriervorgang abgeschlossen ist. Ansonsten könnte der Proband Schaden nehmen. Der Sarg wird dann später in den Lagerraum gebracht und dort an flüssigen Stickstoff angeschlossen. Erst wenn die Aufwachprozedur eingeleitet wird, öffnet sich der Sarg wieder.«

»Was ist das für ein Mist? Jede Maschine hat doch einen Notfallknopf.«

»Tut mir leid, diese hier nicht. Die Temperatur im Inneren beträgt übrigens schon minus dreißig Grad, rasch fallend.«

Welscher hatte genug gehört. Kurz entschlossen trat er vor, stellte sich aufrecht hin und zielte auf eins der Scharniere. Er feuerte. Der Schuss knallte ohrenbetäubend. Das Glas des Deckels splitterte in einem Spinnennetzmuster, aber es hielt. Das Scharnier dagegen war aufgesprungen. Welscher positionierte sich neu und schoss auf das zweite. Hier benötigte er drei Schüsse, bis es endlich zerstört war. Der Deckel sprang einige Zentimeter hoch, eiskalte Luft entwich dem Zylinder und raubte Welscher den Atem.

Er legte seine Pistole auf den Boden und hob den Deckel an. Der war schwerer als erwartet. Welscher musste all seine Kräfte mobilisieren, um ihn zu bewegen, bis der Deckel endlich vom unteren Teil der Konstruktion rutschte und auf den Boden polterte.

Welscher legte Zeige- und Mittelfinger an Fischbachs Hals und spürte einen langsamen, jedoch gleichmäßigen Puls. »Gott sei Dank«, stieß er aus. In dem Moment hörte er schnelle Schritte. Er hob seine Pistole auf und wirbelte herum.

David Reinnarth spurtete mit wehendem Laborkittel im Gang, der zum Aufzug führte, an ihnen vorbei.

Welscher nahm die Verfolgung auf; hinter sich hörte er das hohe Summen der Antriebsräder des Segways.

»Bleiben Sie stehen, Herr Reinnarth!«, rief Welscher, als er um die Ecke bog. Doch Reinnarth stand bereits im Aufzug, die Tür schloss sich vor Welschers Augen.

»Verflucht!«, polterte der.

»Ich habe eine Idee!«, rief Nick. »Nimm die Treppe, ich sorge dafür, dass er nicht entwischt.«

Ohne Nicks Plan zu hinterfragen, riss Welscher die Stahltür auf und spurtete die Stufen hinauf. Was anderes blieb ihm ohnehin nicht übrig, wollte er David Reinnarth stoppen.

Oben angekommen, drückte er die Tür auf und zielte mit der Waffe im Anschlag in die Eingangshalle.

Reinnarth hatte einige Meter Vorsprung, er lief zum Ausgang.

»Stehen bleiben oder ich schieße!«, rief Welscher.

Reinnarth gehorchte nicht.

Plötzlich summte es in der Halle, als wäre ein aufgebrachter Bienenschwarm am Werk. Ehe Welscher herausfinden konnte, was das Geräusch hervorrief, schossen neun Segways hinter der Ladestation hervor und rollten mit hoher Geschwindigkeit in Richtung Ausgang.

Reinnarth strauchelte nur kurz beim Anblick des ferngesteuerten Armeekorps, dann rannte er umso schneller. Seine Füße schienen über den Boden zu fliegen.

Doch er hatte keine Chance. Fünf Segways schnitten ihm den Weg ab, postierten sich zwischen ihm und dem Ausgang. Die vier übrigen umzingelten ihn und griffen an.

Reinnarth versuchte mit einem wilden Slalomlauf auszuweichen. Als Welscher bereits fürchtete, der Flüchtende könnte die Segways doch noch ausmanövrieren, rollte diesem ein Gerät genau zwischen die Beine. Er stolperte und schlug der Länge nach hin.

Bevor er sich wieder aufrappeln konnte, war Welscher bei ihm und zielte auf seine Brust. »Keine Bewegung!«

Alle neun Segways rollten heran und umzingelten sie.

Eine moderne Form der Wagenburg, dachte Welscher irgendwie amüsiert, ohne Reinnarth aus den Augen zu lassen.

»Hotte erwacht gerade«, sagte Nick über eins der Geräte. »Er sieht aus wie Väterchen Frost, aber er scheint in Ordnung zu sein.«

Welscher durchströmte eine Welle der Erleichterung. Das war knapp gewesen.

Reinnarth hob abwehrend beide Hände. Er verzog das Gesicht, wütend spuckte er aus. »Mit den Segways war ich nie einverstanden. Das war eine Idee von Daria. Scheißdinger!«

»Ansichtssache«, sagte Welscher und legte ihm Handschellen an. »Ich habe gerade gedacht, dass die Roboter ausgezeichnet für den Polizeidienst geeignet wären.«

Er zog Reinnarth hoch und stieß ihn in Richtung Ausgang.

Epilog

Zwei Monate später

Welscher schaltete das Licht im ehemaligen Wohnzimmer aus und ging nach unten. Er war allein. Larissa und seine Mutter waren bereits vor einigen Tagen nach New York geflogen, kurz nach der Party, mit der sie sich von ihren Freunden verabschiedet hatten. Fast minütlich ploppten Statusänderungen bei WhatsApp auf, und einige Male hatten sie telefoniert. Die Stimmung der beiden als euphorisch zu bezeichnen, wäre eine Untertreibung gewesen.

Auf der vorletzten Treppenstufe setzte Welscher sich und blickte wehmütig in das leere Atelier. Alles, angefangen bei den Möbeln bis hin zu den Socken, war verpackt und abgeholt worden und befand sich vermutlich inzwischen in irgendeinem Hochseecontainer auf dem Atlantik.

Es roch dezent nach Farbe und Verdünner, obwohl Larissa bereits seit Wochen kein Bild mehr gemalt hatte. Zu sehr war sie mit den Vorbereitungen der Auswanderung beschäftigt gewesen. Neben dem Papierkram und der Organisation des Umzugs hatte sie sich auch um den Verkauf des Hauses gekümmert. Da war keine Zeit für die Kunst geblieben.

Durch die Fenster fiel Tageslicht auf den Boden. In den hellen Quadraten konnte man vereinzelt Farbklecksser entdecken. Ein Deckenbalken knarrte, im Garten hinter dem Haus strich der Wind durch die Baumkronen, die Blätter raschelten.

Vertraute Geräusche.

Welscher seufzte.

In diesem Haus hatte er sich zum ersten Mal in seinem Leben in der Eifel angekommen gefühlt. Dieses Haus war für ihn ein Ort der Sicherheit geworden, in den er sich zurückziehen und in dem er einfach er selbst sein konnte. Er schluckte gegen den größer werdenden Kloß in seinem Hals an. Tränen sammelten sich in seinen Augenwinkeln, zogen stumm ihre Bahnen über die Wangen.

Hier hatten sie gefeiert, gekocht, gestritten, geweint, geplaudert, gelacht und geliebt. Es war so lebendig, so … richtig gewesen.

Das traf es!

Von der Sekunde an, als er das erste Mal über die Schwelle getreten war, hatte es sich *richtig* angefühlt.

Amerika dagegen …

Ein Hupen riss ihn aus seinen Gedanken.

Das Taxi.

Welscher strich sich mit dem Ärmel über das Gesicht und drückte sich hoch. Er nahm das Kuvert, in dem sich seine Bitte um Entlassung aus dem Beamtenverhältnis befand, und steckte es in die Innentasche seiner Jacke.

Ein letzter Anflug von Zweifel wühlte in seinem Bauch. Hatte er sich richtig entschieden?

»Hör mit dem Scheiß auf. Fang nicht wieder mit der Grübelei an!«, maßregelte er sich selbst.

Im leeren Raum hallte seine Stimme. *Das* hörte sich *nicht* richtig an. Das Befremdliche vertrieb sein Zaudern.

Nein, das hier war nicht mehr sein Zuhause, sein Rückzugsort, seine Höhle, in der er Schutz fand, wenn alles um ihn herum stürmte. Und das würde es auch nie wieder werden, sosehr er es sich auch wünschte.

Hier gab es kein Zuhause mehr für ihn.

Entschlossen öffnete er die Tür und zog den Koffer hinter sich her nach draußen. Den Schlüssel warf er in den Briefkasten. Den würden die neuen Eigentümer sich später holen.

Stumm wünschte er ihnen, hier genauso glücklich zu werden, wie er es gewesen war.

Fischbach und Sigrid saßen vor der Werkstatt auf Campingklappstühlen. Sie beobachteten die Schweine dabei, wie sie sich in der Erdkuhle suhlten, die Fischbach für die beiden mit ein wenig Wasser gefüllt hatte. Das zufriedene Grunzen der Rüsseltiere wärmte Fischbachs Herz, und er freute sich, was das anging, alles richtig gemacht zu haben.

Sigrid nahm seine Hand und drückte sie.

Fischbach spürte einen Kloß im Hals vor lauter Glück. Er blinzelte einige Male, damit der Tränenfilm von seiner Hornhaut wich.

»Was ins Auge bekommen, Schnäuzelchen?«

Diesmal wies er Sigrid nicht zurecht. Eigentlich mochte er es, wenn sie ihn mit diesem Kosenamen ansprach. »Leider, ja«, antwortete er. »Vermutlich aufgewirbelt von unseren Dreckschweinchen.«

»So wird es wohl sein.« Sie lächelte spitzbübisch. »Echt ein fieser Schlamm. Wirbelt ausgezeichnet herum, die klatschnasse Erde, nicht wahr?«

»So ist es.«

Sigrid stand auf und drückte ihm einen Kuss auf die Wange. »Ich bereite das Essen vor. Magst du noch ein Bier?«

Fischbach hob den Arm und betrachtete die leere Flasche in seiner Hand. »Wenn du so lieb bist.«

»Bring ich dir. Ich setze nur die Pfanne schon mal auf den Herd.«

»Was gibt es denn?«

»Ich dachte, ein Eifelburger würde heute passen.«

»Burger? Wegen Jan?« Er sah zum Himmel. Ein Flugzeug zog einen Kondensstreifen. »Ob er dort drinsitzt?«

»Wenn ja, bin ich sicher, dass er uns sieht.« Sie winkte nach oben und ging ins Haus.

Kurz darauf hörte Fischbach Töpfe klappern. Während Sigrid in der Küche hantierte, sang sie den alten Schlager von Gitte: »Ich will ’nen Cowboy als Mann«.

Fischbach lächelte und murmelte: »Verrücktes Huhn.«

Sein Smartphone meldete sich summend. Er zog es aus der Hosentasche. »Andrea, du störst. Ich bin gerade in behaglicher Stimmung«, sagte er und lachte.

»Dauert nicht lange«, entgegnete sie. »Lea hat sich Zeit gelassen, doch die Entscheidung ist nun gefallen: Sie sagt, dass sie

Gilles' Absichten inzwischen anders beurteilt und keine Beschwerde gegen ihn einlegen will.«

Fischbach kratzte sich die Wange. »Sehr schön. Ich hoffe nur, sie fühlt sich ehrlich wohl damit. Denn das ist zwar das, was wir erreichen wollten. Aber es wäre mir gar nicht recht, wenn Lea das Gefühl hätte, es würde von ihr erwartet werden.«

»Ich glaube, da kann ich dich beruhigen. Sie scheint es ihm wirklich nicht nachzutragen. Thomas gibt sich auch große Mühe. Er kümmert sich nicht nur um Leas Schimmel, sondern hat sich für diverse Seminare angemeldet. Das zum Thema ›Herausforderung Gleichberechtigung‹ hat er bereits erfolgreich hinter sich gebracht. Es folgen ›Diversität im Arbeitsalltag‹ und ›Frauen im Dienst der Polizei‹.« Sie lachte. »Ich vermute, bei letztgenanntem wird er der einzige männliche Teilnehmer sein.«

»Vom Saulus zum Paulus«, meinte Fischbach.

»Das bleibt abzuwarten. Die Seminare waren übrigens die Idee von Lea.«

»Oder eine Bedingung?«

Andrea Lindenlaub lachte. »Die einen sagen so, die anderen so. Schließen wir einfach das Kapitel. Ich wünsche dir einen schönen Abend.«

Fischbach verabschiedete sich ebenfalls und steckte das Handy zurück in die Hosentasche.

Schnüffel wetzte heran, packte mit dem Maul einen Apfel, der neben Fischbachs Stuhl lag, und rannte damit zu Lady Grunz. So hatten sie die andere Sau getauft, die er an jenem Abend auf Karl-Otto Gilles' Gnadenhof ins Herz geschlossen und kurzerhand in seinem Beiwagen mit nach Hause genommen hatte. Nicht weil sie schweinische Laute von sich gab, sondern weil sie für eine Sau ziemlich untypisch herumstelzte. Sie erweckte stets den Eindruck, als befände sie sich auf einem Catwalk.

Fischbach grinste, als er sich an den entgleisten Gesichtsausdruck seines Kumpels Zingsheim erinnerte, dem er bei der Fahrt von Karl-Ottos Bauernhof hierher nach Kommern begegnet war. Was der sich bei der ungewöhnlichen Fracht im Beiwagen wohl zusammengereimt hatte?

Von der Straße schallte das Brummen eines Motors zu ihm herüber. Wenig später knallte eine Autotür ins Schloss, dann entfernte sich der Wagen wieder. Das alles lenkte Fischbach nicht von den Schweinen ab. Erst das Quietschen des Tors und das Klackern von Kunststoffreifen auf den Pflastersteinen erregten seine Aufmerksamkeit.

Er schaute auf, um zu ergründen, wer ihn heute, am heiligen Sonntag, störte. Hätte er gerade Bier getrunken, er hätte sich garantiert daran verschluckt.

Sigrid kam mit offen stehendem Mund aus dem Haus, die Hände in ein Geschirrtuch vergraben.

»Nimm Platz«, sagte Fischbach zu dem Besucher.

Der Campingstuhl neben ihm knarrte.

»Willst du darüber reden?«

Welscher schüttelte den Kopf. Er nahm ein Kuvert aus der Jacke und zerriss es.

Fischbach nickte. Manche Dinge benötigten einen zeitlichen Abstand, bevor man sie in Worte packen konnte. Er beugte sich etwas vor und lächelte Sigrid glücklich an. »Schatz, wir haben doch noch Fanta da, oder?«

Rezepte

Russische Quarktörtchen
Ein Rezept von Maria Gruntfest

150 g Butter (nicht gekühlt)
300 g Mehl
1 Pck. Backpulver
3 Eier
250 g Quark (Magerstufe)
4 EL Zucker

Butter, Mehl und Backpulver durchkneten, dann Eigelb und Quark zufügen und wieder kneten. Aus dem Teig drei Kugeln formen. Diese für mindestens 3 Stunden in den Kühlschrank legen.
Eiweiß und Zucker zu Eischnee schlagen.
Die gekühlten Kugeln 1 cm dick zu einem Rechteck ausrollen und mit dem Eischnee bestreichen.
Den Teig aufrollen und in Scheiben schneiden. Diese auf einem mit Backpapier gedeckten Blech verteilen.
Die Törtchen im auf 160 Grad vorgeheizten Backofen ca. 20–30 Minuten backen, bis sie leicht gelb werden.

Eifeler Mokkacremetorte

Für den Teig:
4 Eier
110 g Zucker
5 g Vanillezucker
3 EL Wasser
280 g Mehl
8 g Backpulver
2 TL Kakaopulver

Für die Creme:
40 g Puddingpulver
375 ml Milch
125 g Zucker
160 g Butter (ungekühlt)
5 TL Instant-Kaffeepulver

Mokkabohnen zur Zierde

Ofen auf 180 Grad vorheizen. Eier mit Zucker, Vanillezucker und Wasser etwa 5 Minuten sehr cremig schlagen. Mehl mit Backpulver und Kakaopulver vermischen.
Die Mehlmischung nach und nach zur Eiermasse sieben und sehr vorsichtig unterheben. Den Boden (nicht die Ränder!) einer Springform (Ø 26 cm) einfetten. Teig in die Form geben und im Ofen ca. 35 Minuten backen. Vollständig abkühlen lassen.
Aus dem Puddingpulver, der Milch und dem Zucker einen Pudding kochen. Diesen rühren, bis er abgekühlt ist.
Die Butter cremig schlagen, löffelweise den Pudding und das Kaffeepulver hinzufügen.
Tortenboden in drei gleich große Scheiben schneiden. Die Creme auf die Scheiben streichen und anschließend schichten. Mit der restlichen Creme die Torte ringsum bestreichen.
Mit den Mokkabohnen verzieren.

Appeltaat vom Blech

Für den Teig:
200 g Butter
200 g Zucker
1 Prise Salz
3 Eier
1 EL geriebene Zitronenschale
250 g Mehl
1,5 Pck. Backpulver
125 g Haferflocken

Für den Belag:
1,5 kg Äpfel (z.B. Boskoop)
100 g Mandelstifte
2 Eier
80 g Zucker
125 ml saure Sahne

Puderzucker

Butter und Zucker schaumig schlagen, Salz und Eier zufügen. Zitronenschale, Mehl, Backpulver und Haferflocken mischen und nach und nach unterrühren. Den Teig auf einem gefetteten Backblech verteilen.
Äpfel schälen, entkernen, vierteln, die Apfelstücke der Länge nach leicht einritzen und auf den Teig legen. Mandelstifte darüber verteilen und im vorgeheizten Backofen (Umluft 180 Grad) ca. 10 Minuten backen.
2 Eier trennen und das Eiweiß steif schlagen. Eigelb und Zucker cremig rühren, die saure Sahne hinzufügen und zum Schluss den Eischnee unterheben. Diesen Guss auf dem Apfelkuchen verteilen und nochmals 25–30 Minuten backen. Den Kuchen abkühlen lassen und mit Puderzucker bestäuben.

Eifeler Knudeln

Für den Teig:
500 g Mehl
1/2 Teelöffel Salz
4 Eier
Wasser

Für die Soße:
1 Zwiebel
1 EL Butter
120 g Speck
450 g Milch
2 EL Sahne

Ein Glas Apfelmus

Mehl und Salz in einer Schüssel vermischen, dann die Eier zugeben. Die Masse unter Hinzugabe von lauwarmem Wasser rühren, bis ein fester Teig entsteht. Den Teig 1 Stunde lang im Kühlschrank ruhen lassen.
Für die Soße die gewürfelte Zwiebel mit der Butter anschwitzen. Sobald die Würfel glasig sind, den gewürfelten Speck hinzugeben und anbraten. Mit der Milch ablöschen, Sahne einrühren und köcheln lassen, bis die Soße sämig wird.
Wasser in einem größeren Topf zum Kochen bringen, Salz hinzufügen. Mit Hilfe eines Teelöffels kleine Stücke vom Teig abstechen und in das kochende Wasser geben. Sobald sie aufschwimmen, sind die Knudeln gar und können mit einem Schaumlöffel entnommen werden. Anschließend abtropfen lassen und im kalten Wasser abschrecken.
Die Knudeln mit der Soße übergießen und servieren. Dazu schmeckt Apfelmus.

Eifeler Buureschlaat

6 Kartoffeln
400 g magerer Räucherspeck
1 Zwiebel
1 Endiviensalat
Petersilie, Schnittlauch
Essig
Salz und Pfeffer

Die Kartoffeln schälen, in mundgerechte Stücke schneiden und
kochen. Den Speck und die Zwiebel in kleine Würfel schneiden
und in einer Pfanne auslassen. Den Salat waschen, in feine Streifen schneiden und mit den Kartoffeln und der Specksoße in eine
große Schüssel geben. Petersilie und Schnittlauch hacken, zum
Salat geben und alles vermischen. Mit Essig, Salz und Pfeffer
abschmecken.

Schoko-Kirsch-Kuchen

1 Glas Kirschen
75 g Zartbitterschokolade
150 g Butter
1 Prise Salz
1 Pck. Vanillinzucker
240 g Zucker
4 Eier
160 g Mehl
1/2 TL Backpulver
30 g Kakaopulver
80 ml Milch
130 g Kokosraspel
300 g Crème fraîche

Kirschen abtropfen lassen. Schokolade fein hacken und im Wasserbad schmelzen. Butter, Salz, Vanillinzucker und 160 g Zucker cremig rühren. 3 Eier einzeln unterrühren. Mehl, Backpulver und Kakao mischen. Abwechselnd mit der Milch hinzufügen und verrühren. Danach die Schokolade unterrühren. Teig in eine gefettete Springform (Ø 26 cm) füllen. Kirschen und 50 g Kokosraspel mischen und gleichmäßig auf dem Teig verteilen. Im vorgeheizten Ofen (Umluft 175 Grad) ca. 30 Minuten backen. In der Zwischenzeit den restlichen Zucker, 1 Ei und 80 g Kokosraspel zur Crème fraîche geben und verrühren. Kuchen aus dem Ofen nehmen und mit der Kokosmasse bestreichen. Bei gleicher Temperatur nochmals ca. 25 Minuten backen.

Golabki (polnische Kohlrouladen)

Für die Rouladen:
1 Weißkohl
250 g Reis
1 Zwiebel
Öl
500 g Hackfleisch
Salz und Pfeffer
Nelkenpfeffer
250 ml Brühe
3 Lorbeerblätter
2 EL Butter

Für die Soße:
50 g Tomatenmark
etwas Brühe
1/8 l Sahne
2 EL Mehl

Die Weißkohlblätter vorsichtig vom Kopf abtrennen. Die Blätter in einem Topf mit kochendem Salzwasser ca. 6–7 Minuten garen. Herausnehmen, abtropfen und abkühlen lassen.
Den Reis ca. 10 Minuten in Salzwasser kochen. Die gewürfelte Zwiebel in Öl anbraten, mit dem abgetropften Reis und dem Hackfleisch vermischen, salzen und pfeffern. Nach Geschmack Nelkenpfeffer hinzugeben.
Jedes gegarte Weißkohlblatt mit der Füllung belegen und einwickeln. Bei Bedarf mit Küchengarn umwickeln. Die Rouladen in einen Bräter legen und mit der Butter anbraten, dann Brühe und Lorbeerblätter hinzugeben. Im Backofen bei 180 Grad etwa 1 Stunde braten.
Für die Soße das Tomatenmark in einem Topf mit einem Schuss Brühe und ein wenig Wasser verrühren. Aufköcheln lassen und dann Sahne unterrühren. Mit dem Mehl abbinden und zu den fertigen Golabki servieren.

Eifelburger

Für das Brot:
500 g Mehl
20 g Hefe
1 TL Salz
1/3 l Mineralwasser
100 g Käse (pikant, geraspelt)
100 g Schinkenwürfel
50 g Röstzwiebeln

Für die Pattys:
1 kg Rindergehacktes
1 Ei
1 Zwiebel
Salz und Pfeffer
Paprikagewürz
1/2 TL Öl

Für die Burgersoße:
1 Schalotte
1 Knoblauchzehe
1 Gewürzgurke
150 ml Mayonnaise
1 EL Ketchup
1 EL Senf
Paprikagewürz

Für den Belag:
6 Scheiben Käse (z.B. Vulkankäse vom Gröner Hof: www.eifel-groener.de)
frische Rauke
frische Rotkohlstreifen

Den Backofen auf 100 Grad Ober-/Unterhitze vorheizen.
Mehl in eine Schüssel geben. Die frische Hefe in eine Tasse brö-

ckeln und das Salz dazugeben. So lange verrühren, bis die Hefe flüssig geworden ist. Zusammen mit dem zimmerwarmen Mineralwasser sowie dem geraspelten Käse, den Schinkenwürfeln und den Röstzwiebeln zum Mehl geben. Alle Zutaten so lange zu einem Hefeteig verkneten, bis sich dieser vom Rand der Schüssel löst, dabei evtl. je nach Bedarf entweder noch etwas Mehl oder Mineralwasser dazugeben. Die Schüssel nun mit einem Tuch zudecken und den Teig im warmen Backofen ca. 10 Minuten gehen lassen. Die Schüssel danach herausholen und den Backofen nun auf 200 Grad erhitzen. Den Teig auf einer bemehlten Fläche zu einem runden Laib formen und auf ein vorbereitetes Backblech geben. In den heißen Backofen geben (Mittelschiene) und 50 Minuten backen. Anschließend den Klopftest machen und auf einem Gitter auskühlen lassen. Das Brot kann man auch in einer Kastenform backen.

Während das Brot im Ofen ist, Schalotte, Gewürzgurken und Knoblauchzehe klein hacken. Alle restlichen Zutaten für die Soße in eine Schüssel geben und pürieren.

Das Rinderhackfleisch in eine Schüssel geben. Das Ei und die gewürfelte Zwiebel hinzugeben und die Masse vermengen. Mit Salz, Pfeffer und Paprikagewürz abschmecken. Anschließend ovale Pattys von je ca. 150 g formen.

Pattys in einer Pfanne mit ein wenig Öl beidseitig scharf anbraten. Temperatur reduzieren und durchgaren.

Brot aufschneiden. Auf die untere Hälfte ein Patty legen, dann mit der Burgersoße bestreichen. Eine Scheibe Käse, Rauke und Rotkohlstreifen aufstapeln. Mit einer weiteren Brotscheibe abdecken und alles mit einem durchgestochenen Holzstäbchen fixieren.

Monschauer Dütchen

Für die Dütchen:
4 Eier
200 g Zucker
4 TL Wasser
180 g Mehl
1 TL Butter

Zum Anrichten:
Vanilleeis
Schokosoße
Amaretto

Eier mit dem Zucker und dem Wasser mischen. Masse einige Minuten verrühren, bis sie schaumig wird. Das Mehl hinzugeben und wieder rühren.
Ein Backblech mit der Butter einfetten. Darauf sechs gleich große Teigplinsen verteilen. Für 6–7 Minuten bei 180 Grad in den Backofen geben.
Anschließend die Teigplinsen nach und nach mit einem Pfannenwender vom Blech abheben, zu Hörnchen einrollen und die so geformten Dütchen zum Erkalten in Gläser stellen.
Mit dem restlichen Teig ebenso verfahren.
Die Dütchen mit einer Kugel Vanilleeis und der Schokosoße auf einem Teller anrichten. Mit einem Teelöffel Amaretto verfeinern.

Eifeler Topfkuchen

2,5 kg festkochende Kartoffeln
2 Zwiebeln
Salz und Pfeffer
Muskat
Rosmarin
150 g Speck
4 Mettwürstchen
100 g Bacon

Die Kartoffeln reiben und den Stärkesaft abgießen. Die Zwiebeln klein hacken und unter die Kartoffelmasse heben.
Anschließend mit Salz, Pfeffer, Muskat und Rosmarin nach Geschmack würzen.
Speck würfeln, die Mettwürstchen in Scheiben schneiden. Beides unter die Kartoffelmasse mischen. Das Ganze in eine Auflaufform füllen und mit dem Bacon belegen. Für ca. 60 Minuten bei 200 Grad in den Backofen geben.

Die Kriminalromane von Erfolgsautor Rudolf Jagusch im Überblick
Alle Titel sind auch als eBook erhältlich.

Hotte-Fischbach-Reihe:

Eifelbaron
ISBN 978-3-89705-884-2
Eifelheiler
ISBN 978-3-89705-983-2
Eifelteufel
ISBN 978-3-95451-155-6
Eifelmonster
ISBN 978-3-95451-778-7

Weitere Kriminalromane:

Nebelspur
ISBN 978-3-89705-675-6
Die Sau ist tot
ISBN 978-3-95451-461-8

111er-Reihe:

Susanne und Rudolf Jagusch
111 Dinge über Schweine, die man wissen muss
ISBN 978-3-7408-0990-4

www.emons-verlag.de